후계자 1

후계자 1

초판1쇄 인쇄 | 2022년 1월 21일
초판1쇄 발행 | 2022년 1월 28일

지은이 | 이원호
펴낸이 | 박연
펴낸곳 | 한결미디어

등록 | 2006년 7월 24일(제313-2006-000152호)
주소 | 서울시 마포구 모래내로 83 한올빌딩 6층
전화 | 02-704-3331
팩스 | 02-704-3360
이메일 | okpk@hanmail.net

ISBN 979-11-5916-158-2 979-11-5916-157-5(set) 04810

후계자 1

후계자의 귀환

이원호 지음

저자의 말

이동욱은 '영웅시대'의 후계자 입니다. 이광의 대리인으로 한국인의 아프리카 진출, 남북한 이민자가 중심 세력인 '리스타 아프리카 연방'의 지휘관입니다.

'리스타'의 거대한 자금력을 바탕으로 남북한이 연합하면 엄청난 '시너지'를 얻게 된다는 것을 염두에 두고 썼습니다. 가능한 일이지요. 소설은 가능한 일의 기록이고 그것으로 대리만족부터 느끼게 해줍니다.

우연히 편의점에 들렀다가 시선을 내린 채 마스크 밖으로 말 한 마디 뱉지 않는 알바 '소녀'를 만났습니다. 서너 번 들렀어도 시선을 올리지 않는 소녀에게 (소녀가 아닐지도 모릅니다) 어느 날 내 책을 건네 주었습니다. 표지 뒤에다 이렇게 썼죠.

'희망이를 키워라, 그럼 보람이가 온단다.'

고맙다는 인사말도 못 받았지만 만족했지요. 내가 품고 있는 좌우명입니다. 포기하지 않고 희망을 품으며 항상 감사하는 자세를 갖춘다는 이것이 끊임없이 쓸 수 있게 만드는 원동력이기도 합니다.

코로나로 세상의 '운동'이 바뀌었습니다. 3년 동안 생활 패턴이 변해버렸지만 다 적응하고 살아갑니다. 많은 업종이 사라지고 대신 새로운 업종이 창출되었습니다. 그러나 겁낼 것 없습니다. 이 세상이 저 혼자 굴러가는 것이 아니거든요. 맞춰줍니다, 맞춰줘야 사업도 성공하게 되어 있으니까요. 이것이 사람 사는 세상입니다.

'후계자'는 영웅시대의 10부로 28권째 소설이 되었습니다. 주인공 이광의 군(軍) 생활부터 대학시절, 사원, 대리, 과장, 부장, 사장, 회장에서 세계 그룹으로, 그리고 남북한 연합의 '리스타연방'까지 이어지는 대하소설이 되었습니다. 그리고 지금도 계속 이어지고 있습니다.

여러분의 건강을 기원합니다. 그리고 새해에 소원성취 하십시오. 희망을 품고 노력하면 보람이 올 것 입니다.

이원호 올림

차례

1장
프랑스의 알카에다

"네가 가야겠다."

해밀턴이 대뜸 말했기 때문에 이동욱이 쳐다만 보았다.

오전 10시 반, 카이로의 리스타호텔 라운지 안.

이동욱은 해밀턴의 호출을 받고 카사블랑카에서 날아온 참이다.

커피 잔을 든 해밀턴이 말을 이었다.

"아프리카는 이제 큰일은 끝났어, 그렇지 않나?"

"그런 셈입니다."

"모두 네 공이지."

"천만에요."

이동욱이 머리를 저었다.

"전 시킨 일만 했을 뿐이죠. 다른 사람이 맡았더라도 결과는 같았을 겁니다."

"그래서 너를 보내는 거다."

"도대체 무슨 말씀이신지."

이동욱이 정색하고 해밀턴을 보았다.

"어디로 가라는 말씀입니까?"

"파리."

"무슨 일입니까?"

"시간이 걸리는 일이야."

"내가 저격병 출신입니다. 52시간을 기다린 기록이 있지요."

"그런가?"

쓴웃음을 지은 해밀턴이 눈썹을 모았다.

가늘어진 눈빛이 차갑게 느껴졌다.

"파리에 리스타를 노리는 조직이 있어."

해밀턴이 말을 이었다.

"리스타 자금이 파리를 중심으로 운용되고 있는데 지금 사고가 빈번하게 일어나고 있단 말이야."

이동욱의 시선을 받은 해밀턴이 입맛을 다셨다.

"이건 시간이 필요한 작전이야. 그리고 두뇌 싸움이기도 하지."

"……."

"우선 파리에 가서 리스타연합 본부장인 미셸을 만나 이야기를 들어보도록."

"자금 강탈 사건입니까?"

"지금까지 납치가 3건, 강도 사건이 5건, 횡령 사건이 6건이 일어났어. 이건 지금까지 네가 중국, 아프리카에서 해결한 사건과는 종류가 달라."

해밀턴의 얼굴에 쓴웃음이 번졌다.

"우리는 지금까지 해당 경찰청이나 각국 정보기관에 알리지 않았지만, 아무래도 이것이 리스타를 타깃으로 한 조직의 소행인 것 같다."

"……."

"최근에도 리스타상사의 자금을 횡령했던 루이스 사에트라는 자가 추적을 받다 아파트에서 뛰어내려 자살했어. 그런데 그건 입을 막으려고 살해한 것 같다."

해밀턴이 지그시 이동욱을 보았다.

"내가 당분간 아프리카에 있을 거다. 대신 너는 유럽에서 새 작전을 맡도록 해, 전권을 줄 테니까."

"가라면 가겠습니다."

마침내 이동욱이 고개를 끄덕였다.

"사장님이 여기 계신다면 더 말할 필요가 없지요."

"이곳이 리스타의 새 영토니까."

"파리로 갑니까?"

"넌 리스타연합의 감사관으로 파견되는 거야. 파리에 가면 널 도와줄 사람을 만나게 될 거다."

해밀턴이 앉은 채로 손을 내밀었다.

"이런 말 하기는 좀 이르지만, 새로운 일로 후계자 수업을 받는 거야."

"파리에 가신다구요?"

스미코가 묻자 이동욱이 고개를 끄덕였다.

리스타빌딩의 연합 사장실 안.

스미코는 정색한 표정이다.

"저도 같이 가요?"

"넌 여기 남아야 돼."

"며칠간 가시는데요?"

"좀 걸릴 거야."

이동욱이 앞쪽에 앉은 스미코를 보았다.

"여긴 해밀턴 사장이 직접 관리하게 돼."

"해밀턴 사장이?"

"그래. 넌 해밀턴 사장의 보좌역이 되고, 몇 등급 상승한 것이지."

"……"

"곧 해밀턴 사장이 부를 거야."

이동욱은 문득 스미코와는 이것으로 작별이라는 생각이 들었다.

그러나 스미코는 리스타연합의 총수 해밀턴의 보좌역이 된다.

러시아 측에서는 대환영할 상황이다.

"가지요."

이동욱의 말을 들은 김석호가 대번에 말했다.

오후 3시, 스미코를 만난 이동욱이 저택으로 돌아와 김석호를 부른 것이다.

"저 혼자 모시고 갑니까?"

"행동대 하나만 데리고 간다. 누가 좋을까?"

"아슐란이 파리에서 택시 운전을 했다고 합니다."

"좋아. 아슐란까지 둘만 같이 가자."

"준비하겠습니다."

어깨를 부풀린 김석호가 몸을 돌렸다.

이것으로 떠날 준비가 되었다.

김석호가 방을 나갔을 때 이동욱이 전화기를 들었다.

버튼을 눌렀을 때 신호음이 울리고 나서 곧 오사르의 목소리가 울렸다.

이동욱이 입을 열었다.

"오사르, 나 외국 출장을 나가게 되었어."

오사르는 가만있었고 이동욱이 말을 이었다.

"내가 시간 있을 때 전화를 할 거야."

"잘 다녀오세요."

오사르가 차분하게 말했다.

"기다리고 있을게요."

"잘 지내, 오사르."

"건강하시고……."

"그리고 외사촌 사업비 말야."

이동욱이 서두르듯 말을 이었다.

"곧 리스타에서 너한테 사람이 갈 거야."

"……."

"박 부장이란 사람인데 50만 불을 줄 거야. 그것으로 외사촌 사업비를 써."

"……."

"내 돈이야, 그리고 난 물려줄 사람도 없어."

"당신 무슨 일 있어요?"

오사르의 목소리가 가라앉았다.

"왜 그렇게 엄청난 돈을 주죠?"

"네가 갖고 있든지."

이동욱이 고개를 들어 창밖을 보았다.

나일강이 내려다보인다. 남빛 강물 위에 수백 척의 배가 떠 있다.

그렇다. 오사르를 다시 못 만날지도 모른다. 그런 예감이 들었기 때문에 가진 돈을 털어서 오사르에게 주는 것이 아닐까.

그때 오사르가 말했다.

"기다릴게요."

다시 기다린다는 말을 들으면서 이동욱이 오사르가 말했던 전사(戰士)의 아내가 떠올랐다.

파리, 카이로를 떠난 비행기가 파리의 샤를드골공항에 도착했을 때는 오후 5시 반이다.

이동욱이 김석호, 아슐란과 함께 입국장으로 나왔을 때 사내 둘이 다가왔다. 둘 다 백인이다.

"미셀입니다."

40대쯤의 사내가 먼저 이동욱에게 인사를 했다.

"연합의 유럽 본부장입니다."

리스타연합의 유럽 지역 실무 책임자다.

인사를 마친 일행은 곧장 공항 건물을 나와 대기시킨 승합차에 올랐다.

차가 출발했을 때 미셀이 입을 열었다.

"숙소를 몽마르트르의 안가로 정했습니다. 아무래도 호텔은 불편하실 것 같아서요."

"잘했어요."

"안가에서 바로 브리핑을 하겠습니다."

미셀이 말을 이었다.

"어제도 리스타상사의 부장 한 명이 납치되었는데 경찰에 신고도 못 했습니다. 신고하면 죽인다고 해서요."

"……."

"이것이 벌써 4번째 납치인데, 지난 3번 중 2번은 돈을 주고 풀려났지만 한 번은 납치된 사원이 살해되었습니다."

"이쪽에서의 대응 조직은 어떻게 되어 있는 거요?"

"제가 지휘하고 있습니다만 역부족이었습니다."

고개를 든 미셀이 이동욱을 보았다.

"리스타연합의 정보팀을 활용하고 있지만 성과는 없습니다."

이동욱이 소리 죽여 숨을 뱉었다.

당장에 납치 사건부터 해결해야 된다.

그런데 납치범의 정체조차 모르는 것이다.

오후 6시 정각.

리스타 법인의 상사 측 대표인 한응수 전무가 전화를 받는다.

"여보세요."

"나 모리스요."

한응수가 숨을 골랐다.

납치범이다.

상사의 자금부장 고필용이 납치된 지 28시간.

고필용은 어제 오후 2시경, 은행에 다녀오다가 납치된 것이다.

납치범과의 통화는 지금 세 번째, 자신을 납치범이라고 소개한 사내는 모리스라는 이름만 밝혔다.

그때 모리스가 말을 이었다.

"미화로 준비해요, 한 전무. 1천만 불을 내가 팩스로 보낼 10개 계좌번호로 1백만 불씩 입금해요."

"본사에서 비밀번호를 줘야 돼."

"이제 내 요구 조건을 알았으니까 본사에서 비밀번호를 받아야겠지. 시간은 20시간, 내일 오후 2시까지."

그러더니 말을 이었다.

"지금 팩스로 10개 계좌번호가 당신 사무실로 보내질 거요."

그러고는 통화가 끊겼다.

안가에 도착했을 때 현관 앞에서 기다리던 사내 중 하나가 미셀에게 말했다.

"방금 한 전무한테 전화가 왔습니다. 계좌번호 10개가 팩스로 보내졌구요."

이동욱이 응접실로 들어서면서 같이 듣는다.

오후 6시 반.

안가는 정원을 갖춘 2층 벽돌 대저택이다.

사내가 말을 이었다.

"내일 오후 2시까지 1천만 불을 나눠서 보내라고 했습니다."

저택의 건평은 2백 평이 넘었다.

아래층 응접실에 앉은 이동욱에게 미셀이 방금 보고한 사내를 소개했다.

"정보 담당 패리스입니다."

사내가 고개를 숙여 인사를 했다.

30대쯤의 백인이다.

"저는 연합 소속으로 프랑스 정보국 출신입니다."

패리스가 선 채로 말을 잇는다.

"브리핑을 해드리겠습니다."

응접실에는 10여 명의 사내가 모여 있었는데 안쪽에는 상황판이 설치되어 있다.

상황판 앞에 선 패리스가 말을 이었다.

"지난번에 자살로 처리된 루이스 사에트가 공금 350만 불을 인출했는데, 납치범의 협박에 의한 것으로 추정됩니다. 가족들의 증언으로는 사에트가 한동안 불안한 상태였다고 했습니다."

이동욱의 시선이 옆에 앉은 김석호, 아슐란에게 옮겨졌다.

둘의 눈동자에도 초점이 흐려져 있다.

이것은 아프리카 상황과는 전혀 다르다.

브리핑을 들은 이동욱이 식당으로 옮겨가 저녁 식사를 한다.

"이런, 짐을 풀지도 못하고 계시군요."

미셸이 웃음 띤 얼굴로 이동욱을 보았다.

"아프리카에서 고생을 하셨으니 여기서 좀 쉬셔야 하는데요."

이동욱은 고개만 끄덕였다.

미셸은 이동욱의 신상을 아는 것이다.

그때 김석호가 미셸에게 물었다.

"인명 피해는 얼마나 됩니까?"

"강도 사건이 5번, 납치가 3번 있었는데 납치된 한 명이 시체로 발견되었고 자살한 사에트까지 둘이 사망한 셈이죠."

포크를 내려놓은 미셸이 정색하고 패리스에게로 고개를 돌렸다.

"자금 피해는 얼마나 되나?"

"이번 고 부장 납치 사건을 제외하고 지금까지 미화로 4천2백만 불의 손실을 봤습니다. 횡령 금액까지 합한 금액이죠."

술술 대답한 패리스가 덧붙였다.

"물론 횡령한 5명의 행방은 아직 찾지 못했습니다. 그들은 실종 상태지요."

"경찰에 신고는 했습니까?"

다시 김석호가 묻자 패리스는 고개부터 젓고 대답했다.

"안 했습니다."

그때 미셸이 말했다.

"신고했다면 언론이 대서특필했겠죠. 리스타는 전 언론의 표적이 되었을 겁니다."

"시간이 걸리겠어."

식사를 마친 이동욱이 정원으로 나왔을 때 말했다.

옆에는 미셀뿐이다.

어둠이 덮인 정원 주위에는 보안등을 켜 놓았다. 나무 밑의 벤치로 다가가 앉은 이동욱이 미셀에게 눈으로 옆자리를 가리키며 말했다.

"당신의 이력을 보니까 프랑스 경찰 출신이던데, 이 일이 적격인 것 같군."

"정보 부서에만 20년 근무했습니다."

"당신이 중심이야."

"감사관님이 오셔서 조직이 갖춰진 셈입니다."

미셀이 말을 잇는다.

"저는 정보만 수집, 짜깁기를 할 뿐입니다."

"내가 여기 온 건 누가 압니까?"

"유럽 법인장도 모르고 있습니다. 이 저택에 모인 연합 소속의 정보 팀원뿐입니다, 감사관님."

이동욱이 고개를 끄덕였다.

지금까지 유럽 본부에서는 정보 수집과 예방에만 집중하고 있었다. 수비 위주다. 공격은 생각도 하지 못하고 있었다.

이동욱이 입을 열었다.

"내가 온 건 비밀로 하세요."

"예, 감사관님. 해밀턴 사장님께 들었습니다."

"회사 내부의 소행이라는 근거는 없습니까?"

"그 가능성도 조사하고 있습니다."

고개를 돌린 미셀이 이동욱을 보았다.

"고 부장의 납치는 어떻게 처리할까요? 내일 오후 2시까지 1천만 불을 내라고 하는데, 제 생각입니다만 경찰에 신고하는 것이 낫겠습니다."

어둠 속에서 미셀의 두 눈이 보안등 빛을 받고 번들거렸다.

"놈은 우리가 경찰에 신고 안 할 것을 믿고 있는 것 같습니다."

"고 부장의 가족은?"

"마레 지구의 관사에 처와 7살짜리 딸이 있습니다. 가족에게는 고 부장이 출장을 갔다고 했습니다."

이동욱이 시선을 돌렸다.

아직 납치범에 대해서 정보를 갖지 못한 상황인 것이다.

그때는 퍼뜨려 버리는 것이 부담을 줄이는 방법이다.

"모두 자메이카, 아이티, 코스타리카에 위치한 은행입니다. 인터폴은 물론 CIA의 접근도 불가능한 지역이죠."

미셀이 말했을 때는 다음 날 오전 8시 반이다.

몽마르트르의 안가 안.

납치범 모리스가 보내준 계좌번호를 말하는 것이다.

이동욱이 고개를 들었다.

"전화 위치 추적은?"

"그것도 실패했습니다. 하지만 녹음은 다 해놓았습니다."

둘은 응접실에서 마주 보고 앉아 있다.

그때 이동욱이 물었다.

"오후 2시까지인가?"

"예, 그렇습니다."

"납치범이 미국 쪽에 기반을 갖고 있는 모양이군."

미셀이 고개를 끄덕였다.

은행이 모두 미국 동부 해안 근처의 국가에 있다.

이동욱이 미셀을 보았다.

"자메이카에 3개 은행, 아이티에 3개, 코스타리카에 4개 은행이더군."

"그렇습니다, 감사관님."

모두 10개 은행에 각각 1백만 불씩 입금하라는 것이 납치범의 요구다.

그때 이동욱이 말했다.

"납치범의 전화를 나한테 연결시키도록 해요."

"알겠습니다, 감사관님."

미셀이 주저하면서 이동욱을 보았다.

다른 오더가 있느냐는 표정이다.

그러나 입을 다문 이동욱을 보더니 자리에서 일어섰다.

미셀과 엇갈려서 김석호와 아슐란이 들어왔다.

앞쪽 자리에 앉은 김석호가 입을 열었다.

"연락했습니다."

고개를 끄덕인 이동욱의 시선이 아슐란에게 옮겨졌다.

"넌 무기 받아와라."

"오늘 12시에 만나기로 했습니다."

아슐란이 바로 대답하자 이동욱의 얼굴에 쓴웃음이 번졌다.

"이제야 내가 제자리로 돌아온 것 같다. 난 책상 앞에 앉는 건 안 맞아."

미셀은 46세, 리스타연합 유럽 본부장 겸 리스타유럽 법인 소속의 중역이다.

붉은 얼굴. 리스타연합에 투신한 지 7년 만에 해밀턴의 신임을 받아 유럽 본부장이 되었다.

응접실을 나온 미셀이 상황실에서 기다리고 있던 패리스에게 다가가 말했다.

"납치범 그놈의 전화를 감사관께 연결시키도록 해."

"감사관이 직접 대화하시겠답니까?"

"그래."

"그럼 한 전무의 전화선을 연결시키겠습니다."

부랴부랴 전화기를 든 패리스가 기술 요원에게 지시하더니 통화를 끝내고 말했다.

"어떻게 하실 건가요?"

"글쎄, 내가 아나?"

"감사관을 수행한 둘이 어젯밤부터 바쁘게 돌아다니고 있습니다. 둘이 밖에 나갔다가 오늘 오전 3시경에야 돌아왔습니다."

"아프리카에서 암살 전문으로 활동했던 용병들이야. 우리 감사관도 말이지."

"명성이 자자하더군요."

패리스가 목소리를 낮췄다.

"그런데 이런 업무가 맞을까요? 이건 머리를 쓰는 일 아닙니까?"

"야, 닥쳐라."

말은 그랬지만 억양이 부드럽다.

패리스가 어깨를 치켰다가 내렸다.

"인원을 보강해서 본부장님이 독립적으로 이 작전을 맡는 것이 합리적이었습니다. 아프리카에서 용병 대장과 용병 둘을 불러서 뭘 하겠다는 건지……."

그때 전화벨이 울렸기 때문에 패리스가 전화기를 들었다.

"아, 유리."

패리스가 떠들었다.

"그래. 한 전무의 비상선을 이쪽으로 연결시키란 말야. 여기서도 같이 받게."

한응수는 50세, 리스타유럽 법인 소속의 리스타상사 측 대표다. 직급은 전무. 이번에 납치된 고필용이 상사 소속의 자금부장이었기 때문에 납치범을 직접 상대하는 신세가 되었다.

오전 11시 반, 한응수가 전화를 받는다. 비서가 바꿔준 것이다.

"여보세요, 한응수입니다."

"이동욱입니다."

"아, 예. 안녕하십니까?"

이동욱이라는 말을 들었으면서도 한응수는 당황했다.

"제가 인사를 드렸어야 하는데 아시다시피 그놈 전화를 기다리는 상황이어서요."

"알고 있습니다."

"여기 오신다고 해밀턴 사장님이 연락을 해주셨습니다."

"아, 그렇습니까?"

"전화를 사장님께 연결시키라고 하셔서 지시대로 했습니다."

"예, 알고 있습니다."

이동욱이 말을 이었다.

"1천만 불을 준비해놓으세요."

"예?"

놀란 한응수가 숨을 들이켰다가 재채기를 세 번이나 했다.

그때 이동욱이 말을 이었다.

"들으셨습니까? 놈이 요구한 1천만 불을 준비해놓으세요, 법인 사장이 결재할 테니까."

"예, 사장님."

우선 한응수가 대답을 했다.

이동욱은 그렇게 지시할 권한이 있는 것이다. 이동욱의 전결로 끝난다.

한응수가 확인하듯 물었다.

"그놈에게 보내실 예정입니까?"

"내가 알아서 할 겁니다."

"예, 사장님."

"그놈 전화가 오면 나한테 연결될 테니까 듣기만 하세요."

"알겠습니다."

"다시 연락드리지요."

통화가 끝났을 때 한응수는 길게 숨을 뱉었다.

갑자기 홀가분해진 것이다.

'그렇다. 이제 내 책임이 아니다. 납치범에게 돈을 주든 말든 지금부터는 이동욱의 몫이다. 이제 살았다.'

파리에 위치한 리스타유럽 법인은 유럽 전 지역을 총괄하고 있다.

각국마다 현지 법인이 있고 법인 안에 계열사 직원들이 파견 나와 있었기 때문에 방대한 조직이다.

유럽 법인의 사장은 피터 아문센, 리스타의 부회장이며 해외 법인 총괄 사장인 정남희가 신임하는 부하다.

낮 12시 반, 피터 아문센이 정남희의 전화를 받는다.

파리의 법인 사장 집무실 안이다.

"예, 부회장님."

잔뜩 긴장한 피터가 응답했을 때 정남희가 말했다.

"피터, 거기 법인 소속 직원이 납치당했지?"

"예, 부회장님."

피터가 전화기를 고쳐 쥐었다.

얼굴이 굳어졌고 눈의 초점이 흐리다. 본부에 보고는 했지만, 부회장이 직접 전화를 할 줄은 예상하지 못했다.

전 세계에 127개의 현지 법인이 있고 유럽 법인은 7개 '종합 법인' 중 하나다. 리스타 사원은 260만 명이며 납치, 강도 사건이 월평균 55회가 일어나는 것이다.

그중 유럽 법인에서 요즘 일어나는 사건의 물적 피해가 크기는 했다.

그때 정남희가 말했다.

"오늘 납치범의 요구사항으로 법인의 담당 전무가 자금 지출을 할 거야. 바로 승인해주도록."

"예, 부회장님."

"이상이야."

그러고는 통화가 끊겼기 때문에 피터는 어깨를 늘어뜨렸다.

피터 아문센은 44세, 리스타상사 출신으로 유럽 법인 사장으로 출세한 배경이 바로 정남희다.

오후 1시 반.

몽마르트르의 저택 안, 상황실에서 미셸과 패리스가 주위를 두리번거리고 있다. 불안한 표정.

납치범이 통보한 시간 30분 전.

30분 후에 납치범의 요구사항을 들어줄 것이냐 아니냐를 결정해야 한다.

그때 참다못한 미셸이 패리스를 보았다.

"승낙할까?"

납치범의 요구를 받아들일 것인가를 말하는 것이다.

그때 패리스가 외면하고 말했다.

"주겠지요."

"그냥 주고 끝나?"

"방법이 없지 않습니까? 지금 저 사람들 하는 걸 보시죠."

패리스가 턱으로 문 쪽을 가리켰다.

"전화질이나 하고 있지 않습니까? 감사관은 응접실에서 전화나 하고 수행원들은 놀러 나간 것 같습니다."

"그럴 리가."

미셸이 다시 벽시계를 보았다.

벌써 1시 45분이다.

시간이 너무 빨리 가는 것 같다.

1시 50분이 되었을 때 김석호와 아슐란이 응접실로 들어갔다.

아슐란이 먼저 입을 열었다.

"무기 가져왔습니다. 그리고 위성으로 전화 연결이 끝났습니다."

이동욱이 고개만 끄덕였을 때 김석호가 말을 이었다.

"준비 끝났습니다."

김석호의 두 눈이 번들거리고 있다.

오후 2시 정각.

리스타유럽 법인의 한응수 전무가 전화를 받는다. 전화기를 귀에 붙인 한응수의 얼굴은 굳어 있다.

리스타 법인 빌딩의 집무실 안, 옆에 직원 하나가 서 있을 뿐이다.

그때 직원이 전화기의 버튼을 눌러 동시에 통화를 작동시켰다.

"여보세요."

한응수가 응답했다.

"아, 미스터 한."

느긋한 사내의 목소리다. 모리스다.

모리스가 말을 이었다.

"약속 시간이 되었어. 자금, 준비되었지?"

그때다.

"네가 납치범이냐?"

다른 사내의 목소리가 고막을 때렸기 때문에 모리스가 숨을 들이켰다.

이곳은 저택의 상황실 안.

주위에 미셸과 패리스, 정보 요원 셋 그리고 김석호, 아슐란까지 7명이 이동욱을 중심으로 둘러앉아 있다.

모두 방금 이동욱의 말을 들은 것이다.

그때 스피커폰으로 사내의 목소리가 울렸다.

"다른 놈인데, 누구야?"

"내가 이번 사건의 전권을 위임받은 대리인이야."

"그래? 어쨌든 잘됐다."

모리스의 목소리가 웃음기를 띠었다.

"자금, 준비되었지?"

"넌 인질 석방할 준비가 되었나?"

"물론이지. 입금 확인만 되면 석방한다."

"내가 너를 어떻게 믿나?"

"믿어야지. 다른 방법이 없지 않나?"

모리스가 짧게 웃었다.

"아쉬운 건 너희들이야, 미스터."

"입금 얼마 후에 석방할 건가?"

"입금 확인 즉시."

"지금 인질과 통화할 수 있나?"

"지금은 곤란해."

그러자 이동욱이 짧게 웃었다.

"그럼 나도 곤란해, 모리스."

"뭐라고?"

"인질이 이미 죽었을 수도 있잖나?"

"그럴 리가."

"내가 널 어떻게 믿을 수 있겠나?"

"믿어야지."

"내가 못 믿는다면?"

"거래가 안 되는 거지."

"그럼, 거래 끝내자."

"인질이 죽어도 좋단 말이냐?"

"이미 죽었을지도 모르는데 무슨 개수작이야, 이 개자식아."

"거래 끝내잔 말이지?"

"개새끼. 전화 끝낸다."

그러고는 이동욱이 전화기를 내려놓았다.

미셸과 패리스의 얼굴이 하얗게 굳어졌지만 입은 열지 않았다.

그때 전화벨이 울렸기 때문에 모두 정신을 차렸다. 그러나 방금 이동욱이 내려놓은 전화기가 아니다. 김석호 앞에 놓인 전화기다.

김석호가 전화기를 들고 귀에 붙였다.

그러고는 짧게 응답만 하고 내려놓더니 이동욱을 보았다.

“좌표가 나왔습니다.”

그 순간, 이동욱이 벌떡 일어섰다.

10분 후.

차가 회사 뒷마당으로 들어선 순간, 미셸이 숨을 들이켰다.

헬리콥터다. 8인승 헬기가 로우터를 회전시키고 있다. 저택에서 2킬로 거리인 ‘베리나’ 회사의 뒷마당이다.

차에서 내린 이동욱이 힐끗 미셸을 보더니 말했다.

“타.”

미셸은 이동욱이 따라오라고 하는 바람에 영문도 모르고 차에 타고 이곳까지 온 것이다.

이동욱까지 넷이 타고 날아왔다.

헬기는 넷이 탑승하자마자 곧 몽마르트르의 상공 위로 떠올랐다.

헬기 안에서 기다리고 있던 사내가 이동욱에게 지도를 내밀면서 말했다.

“이곳입니다.”

모두 헤드셋을 쓰고 있어서 사내의 목소리가 명료하게 울렸다.

이동욱이 사내가 짚은 지도를 보았다.

“생제르맹앙레 교외의 저택입니다.”

이동욱 옆에서 미셸이 숨을 죽이고 지도를 본다.

사내가 말을 이었다.

“전화를 한 곳은 3킬로 떨어진 이곳입니다. 아담이란 카페 전화를 썼는데요.”

사내가 지도 한 곳을 짚더니 다시 저택을 짚었다.

"전화를 걸고 이곳으로 돌아왔습니다. 차를 탔는데 일행이 둘 있더군요."

고개를 든 이동욱의 시선이 미셸과 마주쳤다.

헬기가 속력을 내어 날아가고 있다. 미군용이다. 앞에 조종복 차림의 사내 둘이 조종석에 앉아 있다.

이동욱이 정색하고 미셸에게 물었다.

"미셸, 지금 무슨 말인지 알겠나?"

"납치범 위치를 찾은 겁니까?"

미셸이 기다렸다는 듯이 물었다. 두 눈이 번들거렸고 입에서 침까지 튀었다.

"어떻게 찾은 겁니까?"

"인공위성."

이동욱이 똑바로 미셸을 보았다.

"미군용 첩보 위성을 빌린 거야. 이번 사건으로 위성 2개가 공동 작업을 했지."

"……."

"경비가 1천8백만 불 들었어."

이동욱이 어깨를 치켰다가 내렸다. 그래서 그것이 1천8백 불로 들렸다.

생제르맹앙레, 파리 북서쪽 21킬로 지점, 센강 하류의 전원 도시.

작은 도시 교외의 대저택은 짙은 숲에 싸여 있다.

오후 2시 47분.

3층 대저택의 3층 응접실에 둘러앉은 세 사내, 그중 하나가 입을 열었다.

"기다려. 3시 정각에 다시 한 번 연락을 하자구."

50대쯤의 사내가 말을 이었다.

"그놈들이 강한 척해봐야 뻔하다. 밀고 나가면 돼."

그때 30대 사내가 이맛살을 찌푸렸다.

"이번에도 고필용 목소리를 듣겠다면 어쩌죠?"

"한 번만 더 그 소리를 한다면 고필용을 죽인다고 해."

50대가 단호한 표정으로 말했다.

"명심하라구. 칼자루를 쥔 쪽은 우리야. 놈들은 우리한테 끌려오게 되어 있어."

"갑자기 나타난 놈의 분위기가 이상해."

지금까지 잠자코 있던 사내가 입을 열었다.

30대의 작업복 차림이다.

조금 전에 모두 이동욱과의 통화 내용을 들은 것이다.

"이번에도 그놈이 강하게 나가면 우린 방법이 없지 않습니까?"

그때는 50대가 입을 다물었다.

인질로 잡았던 고필용은 도망치다가 3층 창문에서 떨어져 죽은 것이다.

바로 이곳 옆방에서 아래쪽 돌바닥으로 떨어져 머리가 박살이 났다.

그때 헬기의 로우터 소음이 울렸기 때문에 그들은 고개를 들었다.

"바로 저곳입니다."

조종복 차림의 사내가 숲에 싸인 저택을 손으로 가리켰다.

대저택이다.

본관은 3층, 그 옆쪽에 창고와 부속동이 날개처럼 붙어 있다.

황토색 지붕, 회색 벽돌로 지은 대저택. 마당에는 승용차 3대가 주차되어 있고 유리창이 오후의 햇살을 받아 반짝였다.

헬기는 저택의 위로 날아가고 있다.

한동안 저택을 내려다보던 이동욱에게 조종사가 말했다.

"저택에 11명이 있습니다."

그때 몸을 일으킨 이동욱이 조종석으로 다가가 영상 스크린을 보았다.

내비게이션형 스크린에는 주택이 형체로만 보였고 안에 붉은 점이 벌레처럼 꾸물거렸다.

이동욱이 고개를 끄덕였다.

"일단 지나가도록. 다시 한 번 확인하기로 하지."

3시 정각이 되었을 때 한응수가 전화를 받았다. 사무실에서 꼼짝 않고 기다리던 한응수다.

2시에 이동욱과 납치범 모리스와의 통화 내용을 다 들었기 때문에 다시 전화가 올 것을 예상하고 있었다.

"여보세요."

"응, 당신이군."

한응수의 목소리를 들은 모리스가 알은척했다.

"어때? 준비했나?"

"뭘 말야?"

한응수가 시치미를 떼자 모리스는 버럭 소리쳤다.

"두 번 말하지 않겠어. 송금할 준비는 되었나?"

"노."

"안 되었단 말야?"

"고필용의 목소리를 듣기 전까지는 돈 못 보낸다."

"좋아. 그럼 고필용의 시체를 보내주지."

"마음대로."

"네 대리인을 바꿔."

"대리인을 왜? 전화를 끊지그래?"

"대리인 생각도 그러냐?"

"이 지식이 뒤가 캥기는군, 전화를 끊지 못하는 걸 보면."

도무지 한응수 같지 않은 대답이었기 때문에 모리스가 숨을 들이켰다.

그때 50대 사내가 전화기의 눌림 장치를 눌러 통화를 끝내고는 모리스를 보았다.

"놈들하고는 이야기가 안 될 것 같다."

사내의 얼굴이 찌푸려져 있다.

"대리인인가 하는 놈이 나타나서는 일이 어렵게 되었어."

"고필용을 팔만 묶어놓았기 때문에 이렇게 된 거요."

모리스가 투덜거렸다.

"이번 작전은 너무 느슨했어요. 놈들한테 하루 여유를 주고 연락한 것도 잘못한 겁니다."

그 순간 헬기의 로우터 소음이 울렸기 때문에 셋은 입을 다물었다.

이동욱이 손에 쥔 MP5의 탄창을 확인하고는 조종사에게 소리쳤다.

"쏴!"

그 순간, 헬기에서 공대지 미사일이 날아갔다.

가스 발사음을 내면서 연속해서 4발이 날아갔다.

"쉭, 쉭, 쉭쉭."

열어젖힌 헬기의 문밖으로 길이 1, 2미터의 미사일이 연속해서 날아가는 것이 보인다.

한낮, 헬기는 저공으로 날아가는 중이고 저택과의 거리는 2백 미터 정도다. 저택은 교외의 외딴 지역으로 옆쪽은 짙은 숲으로 덮인 산이다.

4발의 미사일이 저택을 향해 날아가고 있다.

셋이 창밖을 향해 시선을 돌린 시간은 5초밖에 되지 않는다.

헬기의 소음이 들린 지 7초쯤 되었나?

그 순간이다.

가스가 새는 소리가 들렸기 때문에 귀가 밝은 모리스가 주위를 두리번거렸다.

"꽝!"

폭음과 함께 방 안이 환해졌고 모리스는 자신의 몸이 허공으로 떠오르는 것을 느꼈다.

"꽝!"

두 번째 폭음이 울렸을 때 모리스의 의식이 끊어졌다.

미사일 4발이 모두 저택에 명중했다. 3층 본관이 산산조각이 나면서 불길이 일어났다.

폭발이 그치자마자 헬기는 저택 앞마당에 착륙했다. 이동욱이 MP5를 움켜쥐고 헬기에서 뛰어내렸고 뒤를 김석호와 아슐란이 따른다. 셋이다.

이동욱은 불길이 오르는 본관으로 달려갔다.

움직이는 생명체는 아직 보이지 않는다.

3시 35분.

생제르맹앙레 경찰서의 순찰차 3대가 저택에 도착했을 때 불길은 창고로 번져 있었다.

"가스 폭발이야?"

부서장 피에르가 소리쳐 묻자 현장에 가장 먼저 도착한 경관 바스통이 고개를 기울였다.

"이건 아무래도 폭발물 사고 같습니다."

"폭발물이라고?"

"예, 현재까지 시체가 3구 발견되었는데 겨우 끄집어내었습니다."

"젠장, 여기 빈집이었잖아."

피에르가 시체가 눕혀진 마당 끝으로 가서 내려다보았다.

불에 타고 찢어진 시체다.

"안에 또 있나?"

불길이 오르는 저택 쪽을 턱으로 가리키며 묻자 바스통이 불길을 피하려고 한 걸음 물러섰다.

대답할 상황이 아닌 것이다.

4시 15분.

다시 저택으로 돌아온 이동욱이 미셸에게 말했다.

"이것으로 고필용 납치 사건은 끝난 것으로 알도록."

미셸의 시선을 받은 이동욱이 말을 이었다.

"고필용에게 미안하지만, 납치범에게 끌려다닐 수만은 없어. 이게 내 결정이야."

"……."

"하지만 이것으로 끝나지 않았어."

이동욱이 똑바로 미셸을 보았다.

"공금 횡령하고 사라진 5명이 남아있어. 지난번 납치 사건도 아직 미결이야. 난 그것까지 추적할 거다."

"알겠습니다."

마침내 시선을 내린 미셸이 대답했다.

"적극 협조하겠습니다."

"지독하군."

저택에서 나와 회사로 돌아가는 차 안에서 마침내 미셸이 입을 열었다.

운전석에 앉은 패리스가 고개를 돌렸다.

얼굴에 쓴웃음이 떠올라 있다.

"과연 명성이 틀리지 않네요."

"맞아."

미셸도 고개를 끄덕였다.

"어느새 CIA를 이용해서 위성 2개를 이쪽으로 돌리다니. 더구나 군사 위성을."

"1,800만 불을 썼다고 했습니다. 그걸 누가 지불했을까요?"

"본사겠지."

한숨부터 쉬고 난 미셸이 말을 이었다.

"전화 한 통에 위성 2개를 돌리고 거금 1,800만 불을 지급하도록 하다니, 과연 거물이다."

패리스가 고개를 돌려 미셸을 보았다.

"미결 사건도 다 추적한다고 했지 않습니까? 기대가 큽니다."

미셸이 고개를 끄덕였다.

미셸은 이동욱과 헬기에 동승해서 저택의 폭파 현장까지 목격한 것이다. 그리고 헬기가 착륙했을 때 헬기 안에서 이동욱 팀이 처리하는 과정을 다 보았다. 밖으로 튀어나온 시체를 불타는 저택 안으로 던져 넣는 장면까지.

"어떻게 할 겁니까?"

만수르가 묻자 바라타크는 들고 있던 찻잔을 내려놓았다.

"기다려."

"뭘 기다리란 말입니까?"

오전 10시, 샤르트르의 저택 안.

파리 서남쪽 88킬로 지점의 샤르트르는 보스 평야의 중심 도시다.

바라타크는 이곳에 자리 잡은 지 3년 반, 이미 지방 유지로 운송업과 창고업을 기반으로 굳어진 상태다.

2층 저택은 평야가 내려다보이는 교외 언덕에 위치해 있다.

바라타크가 입을 열었다.

"이번에 파리에 온 감사관이 한국인 이동욱이란 놈이야."

"이동욱?"

만수르가 큰 눈을 가늘게 떴다.

"아프리카에서 리스타연합 용병단 단장을 하던 놈입니까?"

"거물이지."

"그놈이 이번에 생제르맹앙레를 부순 놈입니까?"

"그래. 그놈이 위성까지 동원했어."

다시 찻잔을 잡은 바라타크가 말을 이었다.

"헬기를 동원해서 미사일을 쐈어."

"미사일을?"

"파리 근교에 주둔한 나토 소속의 제47공군 기지에서 공격용 헬기 1대가 동원된 거야."

"……."

"공대지 미사일 4기가 발사되었어."

"빌어먹을."

그때 한 모금 차를 삼킨 바라타크가 얼굴을 일그러뜨렸다.

"이제부터는 이동욱과 전쟁이다. 그놈이 이것으로 끝낼 것 같지가 않아."

"그렇다면."

어깨를 편 만수르가 천천히 고개를 끄덕였다.

"해볼 만한 게임이 되겠네."

바라타크는 44세, 팔레스타인 출신으로 이집트에서 젊은 시절을 보내다가 테러 조직에 가담, 프랑스로 옮겨 온 독특한 이력의 사내다.

카이로 대학 졸업, 빈 라덴과 함께 알 카에다를 설립했지만 반년 만에 독립, '아부하드파'를 이끌고 있다.

아부하드파의 주 활동 무대는 시리아와 터키 지역으로 알려졌지만 이곳, 샤르트르가 본부다. 자금 조달이 유럽에서 이루어지기 때문이다.

지금까지 바라타크는 리스타그룹을 집중 공략하여 4천만 불 정도의 실적을 올렸다.

리스타는 명성을 중요시하는 세계 제1의 기업이다. 사건이 일어나도 경찰에 신고하지 않고 자체적으로 해결하려고 하는 바람에 바라타크에게는 기회가 되었다.

그런데 이제 이동욱이 출현한 것이다.

위성을 끌어내고 미 공군의 무장 헬기까지 동원하여 아예 저택에다 공대지 미사일을 쏴 버렸다.

긴장이 될 수밖에 없다.

이곳은 몽마르트르의 저택 안.

이동욱이 앞에 앉은 슈거에게 물었다.

"이놈들 도대체 누군 것 같소?"

"미사일로 박살을 내버려서 흔적이 별로 없습니다."

슈거가 고개를 흔들었다.

"다만 주차장의 차 트렁크에 실려 있던 고필용의 시체가 온전하게 발견된 게 소득이죠."

이동욱이 외면했다.

고필용은 머리가 깨진 시체로 발견되었다. 미사일로 폭파되기 전에 살해된 것이다.

그때 김석호가 입을 열었다.

"경찰은 고필용이 3일쯤 전에 살해되었다고 했습니다."

"저택은 마틴이라는 사업가가 임대했는데 신분도 가짜입니다."

슈거가 말을 이었다.

"현재까지 시체가 11구 발견되었는데 확인 중입니다."

슈거는 CIA 요원이다. 본부의 지시에 따라 이동욱에게 협조하고 있는 것이다.

고개를 든 이동욱이 쓴웃음을 지었다.

"어쨌든 기생충 11마리를 없앤 건 맞아. 하지만 이 사건은 해결된 것이 아냐."

공금을 횡령하고 실종된 사원이 5명이나 남아있는 것이다.

오후 3시 반.

샤르트르 시내의 포도주 저장 창고 사무실 앞에 승용차 1대가 멈춰 섰다.

경찰의 순찰차다. 순찰차에서 내린 남녀 둘이 사무실로 들어서자 안에서 사내 하나가 맞는다.

"어서 오십시오."

창고 관리자다.

관리자와 눈인사를 한 남녀가 자리에 앉는다.

샤르트르 경찰서의 수사관 앙드레와 루이스.

미리 연락한 터라 관리자가 눈썹을 모으고 둘을 보았다.

"창고를 수색하려면 수색 영장을 가져오셔야지."

"수색하는 게 아냐."

앙드레가 부드러운 표정으로 말했다.

"안의 내용물만 확인하는 거야. 소방서에서 소방 점검하는 것이나 같다구."

"나, 참. 그러면 소방서에서 하면 되겠네. 경찰서 일은 아니지 않소?"

그때 루이스가 관리자를 노려보았다.

"뭐 숨길 것 있는 거요? 문만 열어주면 될 건데 자꾸 왜 그래?"

정기적인 창고, 건물 점검이다.

루이스는 29세, 앙드레와 같은 조(組)가 된 지 1년 반.

남녀가 같은 조가 되었을 때 '부부' 행세를 할 때도 있지만, 이건 아니다. 앙드레가 동성애자이기 때문이다. 그래서 그런지 조(組)에서 루이스가 적극적인 역할이다.

루이스가 관리자를 노려보았다.

"그럴수록 좀 수상한데. 창고 안에 마약이나 무기를 숨겨둔 것 아냐?"

내친김에 루이스가 말을 쏟는다.

"생제르맹앙레 사건 들었지? 그 건물 안에서 정체불명의 시체가 11건이나 발견되었어. 리스타 법인 간부 하나의 시체도 발견되었고. 여기 창고에도 시체가 숨겨져 있을지도 모르지."

"나, 이런."

당황한 관리자가 입을 딱 벌리고는 도움을 청하듯이 앙드레를 보았다.

앙드레가 외면했고 루이스가 자리에서 일어섰다.

"자, 어쩔 거요? 창고 문, 안 열 거야?"

"허락을 받아야 돼."

마침내 관리인이 말했다.

이제 영장 이야기는 쏙 들어갔다.

"연락을 할 테니까 기다려요."

전화는 만수르가 받았다.

"뭐라구? 창고 조사?"

관리자의 말을 들은 만수르가 소리쳤다.

바라타크는 외출했기 때문에 보좌관인 만수르가 대리인 역할이다.

잠깐 이맛살을 찌푸렸던 만수르가 입을 열었다.

"보류시켜, 영장도 없이 수색하다니. 영장 갖고 오라고 해!"

전화기를 내려놓은 관리자가 루이스를 보았다.

"영장 갖고 와야 되겠습니다."

관리자가 루이스의 시선을 피하고는 말을 이었다.

"우리 법대로 합시다."

돌아가는 차 안에서 루이스가 앙드레에게 말했다.

"가만 생각하니까 화가 나네. 이거, 뭐가 있는 거 아냐?"

"글쎄."

"바라타크가 샤르트르시의 명사지만, 이게 뭐야? 창고 문만 열어주면 될 걸."

"그냥 놔둬."

"난 못 놔둬."

차에 속력을 내면서 루이스가 눈을 치켜떴다.

"영장 받아낼 거야."

그러나 루이스가 신청한 영장은 1시간도 안 되어서 기각되었다.

담당 판사 오브리온이 사생활 보호 차원에서 가차 없이 기각한 것이다. 오브리온은 친절하게도 별첨란에 과잉 수색은 민폐의 우려가 있다고 기록까지 해준 것이다.

"개새끼. 이놈은 바라타크하고 같은 골프 회원이야."

루이스가 서류를 구기면서 말했다.

"좋아. 그렇다면 방법이 있지."

"루이스, 참아라."

앙드레가 말렸지만 루이스가 손목시계를 보았다.

"앙드레, 넌 구경만 해."

"누구 시키려고?"

"피터를 시키면 돼. 걘 전과도 없으니까 걸려도 문제가 없어."

"젠장."

앙드레가 길게 숨을 뱉었다.

"고집은."

그러나 루이스를 말릴 수는 없다, 항상 끌려다니는 입장이니까.

요르단의 암만, 인터컨티넨탈호텔의 룸 안에서 두 사내가 마주 앉아 있다.

오후 4시 반, 창밖은 화창한 날씨다.

안쪽에 앉은 사내가 먼저 입을 열었다.

"지금까지 바라타크가 방심하고 있었어. 리스타가 경찰이나 수사기관에 의뢰하지 않았다고 손을 놓고 있었던 게 아냐."

사내가 고개를 절레절레 흔들었다.

"이동욱을 파견했으니 바라타크는 조심해야 돼."

사내는 알 카에다의 간부 아부핫산.

바라타크로부터 협조 요청을 받고 앞에 앉은 하다드를 파견하려는 것이다.

그때 하다드가 입을 열었다.

"이번에 행동대를 10명이 넘게 잃어서 전력이 부족한 것이죠. 어쨌든 급한 것 같습니다."

"파키스탄의 미군 기지에서 빼낸 정보는 바로 너한테 전달해줄 것이다."

"알겠습니다."

하다드는 37세, 알 카에다의 핵심 요원으로 지금 종적을 감춘 오사마 빈 라덴의 최측근이기도 하다.

아부핫산이 말을 이었다.

"바라타크가 알 카에다의 희망이야. 이제는 중심이라구."

"알고 있습니다."

"지금 기반을 굳혀야 하는 상황이야. 네 역할이 크다."

아부핫산이 번들거리는 눈으로 하다드를 보았다.

"유럽에서 우리 조직을 굳혀야 돼. 그 책임이 너한테 있는 거다."

하다드가 고개만 끄덕였다.

난세다. 9·11 이후로 이라크의 후세인이 멸망했고 아프간의 탈레반 정권도 궤멸되었다.

알 카에다의 창시자이며 9·11테러의 배후였던 오사마 빈 라덴은 미국의 추적을 피해 잠적했기 때문에 지도자 부재의 상황이다. 그렇기에 바라타크 세력이 그 희망이다.

담장을 넘어간 피터가 창고 뒷문으로 거침없이 다가갔다.

오후 6시 반, 어두워지기 시작하는 창고 주위는 인적이 없다.

이윽고 뒷문 앞에 선 피터가 주머니에서 망치를 꺼내더니 열쇠를 내리쳤다.

두 번째 내리쳤을 때 열쇠가 풀렸고 피터가 문을 열었다.

육중한 문이 열리더니 피터가 안으로 들어섰다.

"들어갔다."

차 안에서 피터를 응시하던 루이스가 문을 열고 밖으로 나왔다.

이곳은 창고 건너편의 길가. 길가에는 수십 대의 차량이 주차되어 있었는데 인적은 없다.

길을 건넌 루이스가 먼저 담장을 뛰어넘었다.

높이가 1미터 50 정도의 벽돌담이다.

담장을 넘어간 루이스가 곧 열린 뒷문으로 들어갔을 때 앙드레가 입맛을 다시고는 담장 밑에 섰다. 그러고는 몸을 돌려 주위를 둘러보았다. 망을 보는 것이다.

"시신 신원 하나가 확인됐습니다."

자리에 앉자마자 슈거가 말했다.

오후 7시 반, 몽마르트르의 저택으로 슈거가 이동욱을 찾아왔다.

슈거가 말을 이었다.

"이름이 아무디. 남예멘 태생, 알 카에다 전사로 29세. 5년 전, 파키스탄에서 체포되었을 때 지문과 일치. 1년 복역 후 석방됨."

고개를 든 슈거가 이동욱을 보았다.

"아무디는 오사마 빈 라덴의 전사였습니다. 그런데 생제르맹앙레에서 시체로 발견된 것입니다."

"갓댐."

이동욱이 쓴웃음을 지었다.

"내가 프랑스에서 알 카에다의 잔당을 만나게 되는군."

"본부에서도 긴장하고 있습니다."

"생제르맹앙레에만 있을 리가 없어."

이제는 이동욱이 정색하고 말을 이었다.

"그리고 이것으로 끝난 게 아냐."

지금 실종자 수색도 계속하고 있는 것이다.

그 시간에 루이스는 창고 안에서 피터를 찾는 중이다.

"피터!"

루이스가 불렀지만 대답이 없다.

넓은 창고다. 세로 25미터 가로 100미터 정도의 창고 안에는 상자, 종이박스가 가득 쌓여 있다. 높이가 10여 미터는 되었기 때문에 폭이 2미터 정도의 통로가 두 줄로 미로처럼 뚫려 있다. 천장에 전등이 켜져 있지만 어둡다.

피터를 안에 들여보냈지만 보이지 않았기 때문에 루이스는 당황했다.

"피터!"

피터는 대답이 없다. 21살짜리 피터는 자동차 수리 센터 직원이다. 바에서 술 먹고 행패를 부리다가 루이스한테 체포된 인연이 있는 것이다.

안으로 들어가던 루이스가 오른쪽으로 꺾어졌다가 문득 걸음을 멈췄다.

오른쪽에 쌓인 박스에 '메이드 인 파키스탄'이라는 마크가 찍혀 있었기 때문이다.

우연히 본 것이지만 갑자기 궁금해졌다.

내용물에는 '카펫'이라고 적혀 있다. 준비해 간 플래시로 주위를 비춰 보았더니 카펫 박스가 20여 개나 되었다.

그때다. 뒤에서 인기척이 나더니 피터가 다가왔다.

"형사님, 여기서 뭐 해요?"

"피터, 이 귀여운 놈."

깜짝 놀란 루이스가 피터를 향해 손가락을 입술에 세로로 붙여 보였다.

"너 문 앞에서 망을 좀 봐줄래?"

"오케, 대장."

피터가 한쪽 눈을 감았다가 떴다.

피터하고는 미리 말을 맞췄다. 창고 관리자에게 발각된다면 안으로 들어온 피터를 쫓아 들어왔다고 할 참이다.

이동욱이 들어서자 한응수와 미셸이 자리에서 일어섰다.

이곳은 파리 오페라로 근처의 고급 카페 '마리'의 방 안, 오후 8시다.

인사를 마친 셋이 자리에 앉았을 때 이동욱이 먼저 한응수에게 물었다.

"공금 횡령을 하고 종적을 감춘 사원이 5명이죠?"

"그렇습니다."

한응수가 고개를 끄덕였다.

"건설이 1명, 유통이 1명, 상사 사원이 3명인데 제가 책임자로 되어 있습니다."

상사 사원이 많고, 유럽 법인에는 각 계열사 대표가 소속되어 있지만 1명이 맡는 것이 효율적이기 때문이다.

그때 이동욱이 다시 물었다.

"이건 횡령하고 도망친 것이 아니라 횡령을 가장한 납치가 아닐까요?"

"저도 그런 생각을 했지만 증거가 남아 있어서요."

한용수의 시선을 받은 미셸이 말을 이었다.

"횡령자가 제각기 편지나 전화로 연락을 해왔거든요. 미안하다느니 곧 갚겠다느니 하고 말입니다."

고개를 든 미셸이 이동욱을 보았다.

"그 편지, 전화로 한 이야기를 녹음한 테이프가 있습니다, 감사관님."

"그 금액이 모두 얼마입니까?"

"2,300만 불 정도 됩니다. 다섯 명이 가져간 금액입니다."

"우리가 알 카에다의 표적이 되어 있었던 것 같습니다."

불쑥 이동욱이 말했을 때 둘은 숨을 죽였다.

이동욱이 말을 이었다.

"조금 전, 또 한 명의 시신 확인이 되었어요. 그놈도 알 카에다였습니다."

"……."

"연합에 보고를 했더니 나에게 전권을 위임한다고 했어요. 이제 이곳에서 알 카에다와 전쟁이 일어날 것 같습니다."

"……."

"도망친 다섯 명도 알 카에다에 희생되었다고 봐야 될 겁니다."

이동욱의 시선이 미셸에게 옮겨졌다.

"이놈들이 빈 라덴하고 연결되어 있을지도 몰라."

오후 9시.

바라타크가 창고 관리자 소르망한테서 전화를 받는다.

"사장님, 창고가 털렸습니다."

"뭐라고?"

놀란 바라타크가 저도 모르게 소리쳤다. 저택 응접실에는 혼자뿐이다.

소르망이 서둘러 말을 이었다.

"물건이 털린 게 아닙니다. 창고 안으로 경찰서 형사 루이스가 들어와서 여기저기를 뒤지고 갔습니다."

"아니, 어떻게 들어갔는데?"

"뒷문 자물쇠를 부수고 들어갔습니다. 그것이 CCTV에 다 찍혔습니다."

"넌 뭐하고 있었단 말이냐?"

"보안벨이 울리지 않아서 몰랐습니다. 루이스가 경찰서에 신고한 보안 회선을 알고 있어서 선을 끊어 놓은 것 같습니다."

"……."

"창고 안에 CCTV를 설치해놓은 것도 모르고 있었습니다. 제가 감시실에서 조금 전에 확인했습니다."

"루이스 그년이 어디까지 아는 거야?"

"카펫 상자와 안쪽의 공예품 상자, 그리고 그 안쪽의 여러 곳을 사진으로 찍어 갔습니다."

"여러 곳을?"

"예."

"어디까지냐?"

"거의 다 찍었습니다."

그때 심호흡을 한 바라타크가 목소리를 낮췄다.

"알았다. 전화 끊는다."

"어쩔 거야?"

앙드레가 묻자 루이스가 머리를 기울였다.

샤르트르 시내의 바 안, 오후 10시.

순찰차를 경찰서에 주차해 놓고 루이스와 앙드레는 맥주를 마시는 중이다.

맥주병을 움켜쥔 루이스가 입을 열었다.

“내일 사진 현상을 하면 더 자세히 알게 되겠지. 그때 결정하지.”

“수상한 게 있어?”

“많아.”

“뭐가?”

“파키스탄, 이라크, 사우디, 시리아산 상품까지 있어. 그렇게 상품이 많은지 몰랐어.”

“바라타크는 수입업자야. 창고업, 운송업도 하지만 갑부라고.”

“누가 모르나?”

“프랑스 국적이고. 세금도 엄청 내는 애국자라고.”

“프랑스가 돈 벌게 해주는 거지, 팔레스타인 놈을.”

“와이프 봤지? 파리 출신 미인이야. 소르본 대학교수였대.”

그때 루이스가 웨이터를 불러 스카치를 시켰다.

그러자 앙드레가 입맛을 다셨다.

“루이스, 열 받지 마. 일 벌이지 말라구.”

“닥쳐, 앙드레.”

“영장도 없이 숨어 들어가서 찍은 사진으로 뭘 하겠다는 거야? 거기서 시체라도 봤으면 몰라도.”

그때 웨이터가 스카치를 가져오자 루이스가 병째로 한 모금을 삼켰다.

“개 같은 팔레스타인 놈들.”

“그렇군. 바라타크가 팔레스타인인이라 이러는구나.”

앙드레가 말했을 때 루이스가 맥주를 한 모금 삼키고는 더운 숨을 뱉었다.

"그렇다, 앙드레."

루이스의 두 눈이 번들거리고 있다.

"이쪽으로 연결된 통화 지역이 있습니다."

슈거가 이동욱에게 말했다.

"샤르트르시입니다."

손가락으로 지도를 짚은 슈거가 이동욱을 보았다.

"폭파된 저택과 이 지역과의 최근 한 달간의 통화 횟수가 약 5백 회 정도 됩니다."

"갓댐."

쓴웃음을 지은 이동욱이 팔짱을 끼고 의자에 등을 붙였다.

오전 8시 반, 저택 응접실에는 이동욱과 김석호, 아슐란 셋이 슈거를 중심으로 둘러앉아 있다.

"샤르트르에 놈들의 기지가 있는 모양이다."

이동욱이 말을 이었다.

"하나씩 드러나는 거야."

"제가 아슐란하고 가지요."

김석호가 말하자 이동욱이 고개를 끄덕였다.

"미셸하고도 같이 가보도록. 인공위성이 핑핑 돌더라도 발로 뛰어야 되는 거야."

"알겠습니다."

김석호의 시선이 슈거에게 옮겨졌다.

"슈거 씨, CIA도 협조해주셔야겠는데."

"그럼 저도 수행하겠습니다."

슈거가 말을 이었다.

"샤르트르 현지에 익숙한 요원도 데려가도록 하지요."

리스타연합과 CIA의 합동 작전이다.

사무실로 출근한 루이스에게 형사과장 세지르가 말했다.

"루이스, 내 방으로 들어와."

"앙드레하고 같이 갈까요?"

"그건 침대에 갈 때 이야기고."

그러자 주위 형사들이 킥킥 웃었고 어깨를 치켰다가 내린 루이스가 과장실로 따라 들어갔다.

40대 중반의 세지르는 샤르트르 경찰서의 터줏대감이다. 15년째 샤르트르에서 근무하고 있다.

루이스가 테이블 앞쪽에 앉았을 때 세지르가 지그시 루이스를 보았다.

"이봐, 너 요즘 바빠?"

"별로. 무슨 일인데요?"

"너 랑부예에 가서 오말리 피해자들의 탄원서를 가져와."

"내가 왜요? 저희들이 가져와야지."

"네가 맡았던 사건 아냐? 마무리를 해줘야지."

"젠장."

루이스가 의자에 등을 붙였다.

오말리는 넉 달 전에 루이스가 체포해서 지금 수감 중인 강도다.

오말리 가족은 피해자들을 설득해서 탄원서를 쓰기로 약속받았다는 것이다.

피해자들은 지금 샤르트르 동쪽 35킬로 지점인 랑부예에 있다.

세지르가 가보라는 듯이 손을 저었다.

"그래. 앙드레하고 둘이 다녀와."

그러고는 덧붙였다.

"일박하고 와도 된다."

"지금 뭐 하는 거야?"

앙드레가 눈썹을 모으면서 루이스를 보았다.

오전 9시 10분, 샤르트르 경찰서 주차장.

루이스가 트렁크를 열고 무기 상자에서 베레타 92F를 꺼내 14발이 든 탄창을 집어넣는 중이다.

그 옆에 선 앙드레가 묻는 것이다.

"보면 몰라?"

탄창을 넣은 권총을 권총집에 끼워 넣은 루이스가 점퍼를 위에 걸치면서 말했다.

"내가 경찰 생활 6년이야, 앙드레."

"나보다 2년 늦지, 형사."

"그래도 내가 선임이라는 거 잊지 마."

"내 근태 성적만 좋았다면 너한테 이런 무시를 안 당하는데."

"네가 동성애자이기 때문이지."

"닥쳐, 이 암캐야."

"넌 암수가 불분명한 개야."

앙드레가 어깨를 늘어뜨렸다. 덩치가 크고 멀쩡한 미남이지만 앙드레는 성격이 여리다.

그러나 둘은 팀 호흡이 잘 맞는다.

트렁크를 닫으면서 루이스가 말을 이었다.

"어젯밤 바라타크 창고의 보안선 절단 사건이 그냥 덮였어. 뒷문이 부서졌는데도 말야. 이건 바라타크가 뒤가 구리다는 증거야."

그때 앙드레가 운전석으로 다가갔다.

"내가 운전을 하지."

다른 때 같으면 루이스가 양보하지 않겠지만 놔두었다. 운전석 옆자리로 돌아가 앉으면서 루이스가 말을 이었다.

"찜찜해서 권총을 찬 거야, 앙드레."

하다드가 앞쪽에 앉은 바라타크와 만수르를 번갈아 보았다.

"일단 적을 확실하게 파악하고 전략을 세우는 겁니다. 이동욱과 그 조직을 조사할 동안 우리도 재정비를 해야겠습니다."

하다드가 말을 이었다.

"내가 데려온 행동대가 이곳에 익숙해질 시간도 필요해요."

바라타크가 고개를 끄덕였다.

"상황이 빨리 전개되는 중이야. 하다드, 어젯밤에 내 창고에 샤르트르의 경찰 하나가 침입해서 사진을 찍어 갔어."

하다드의 시선을 받은 바라타크가 쓴웃음을 지었다.

"골치 아픈 형사 하나가 있는데 창고 수색을 거부당하니까 몰래 들어온 것인데……."

"우리가 약점 잡힐 게 있는 거요?"

"안에 마약이 좀 들었고 시체 2구를 아직 치우지 못했어."

"이런."

"하지만 창고 안을 영장 받고 수색할 수는 없어."

바라타크가 어깨를 부풀렸다가 내렸다.

"영장은 받지 못할 테니까."

"사진을 찍었다니, 그거 곤란한데."

"곧 처리할 거야."

바라타크가 정색하고 하다드를 보았다.

"하다드, 나로서는 이렇게 도와주러 와 준 것을 고맙게 생각하지만, 한 가지 분명하게 해둘 것이 있어."

"말씀하시지요."

"우리 아부하드파는 알 카에다에서 분명하게 분리되어 나온 거야. 그것을 명심해주도록."

그러자 하다드가 빙그레 웃었다.

"알고 있습니다. 아부하드파는 알 카에다의 하부(下部) 조직이 아닙니다. 그것은 제가 지도자 동지께 직접 들었습니다."

"오사마 님도 그렇게 말씀하셨나?"

"암만에 계시는 아부핫산 님도 그렇게 말씀하셨습니다."

"아부핫산도 잘 알고 있을 테니까."

"아부하드의 바라타크 님이 이제는 알 카에다의 희망이고 중심이라고 하셨습니다."

그제야 바라타크의 얼굴에 웃음이 떠올랐다.

"아부핫산이 오사마 님의 심중을 잘 알지."

하다드가 데려온 전사는 25명. 제각기 요르단, 파키스탄, 사우디, 터키 여권까지 소지하고 있었는데 당국의 눈치가 보였기 때문에 제각기 입국했고 샤르트르에서는 바라타크의 별장으로 들어갔다. 외딴 숲속의 별장이어서 완벽한 은신처다.

만족한 바라타크가 자리에서 일어섰다.

오전 10시 반이다.

샤르트르의 노트르담 성당은 프랑스의 대성당 중에서 단연코 최고 걸작이다. 그래서 관광객이 끊이지 않는다.

오후 1시 반.

대성당 북쪽의 주차장에 서 있는 아슐란에게 슈거가 다가왔다. 둘 다 관광객 차림. 아슐란의 목에는 카메라가 걸려 있다.

"작은 도시야. 그래서 소문도 빨리 퍼져."

다가선 슈거가 주위를 둘러보며 말했다.

"어젯밤, 이 지방 명사에다 백만장자인 바라타크의 창고가 강도한테 개방되었다는군. 강도가 문을 부수고 들어갔다가 나왔는데 경찰에 신고도 안 했다는 거야."

"뒤가 구린 놈이군."

"바라타크는 팔레스타인 출신으로 카이로 대학을 나온 놈이야. 그리고 요르단에서 10여 년을 지냈다는데 프랑스에 온 지 8년, 프랑스 국적자야."

슈거가 말을 이었다.

"생제르맹앙레에서 미사일을 맞은 저택과 이곳이 한 달 동안 5백여 번이나 전화 통화를 했어. 그놈들이 이곳에 있다니까."

"바라타크인가?"

"수상한 놈이야. 이곳은 바닥이 좁아서 용의자가 금방 드러나."

"갓댐."

어깨를 치켰다가 내린 아슐란이 뒤를 돌아보았다.

그러자 이쪽에 시선을 주고 있던 조원들이 다가왔다.

"여기야."

차를 세운 앙드레가 턱으로 문을 가리키며 말했다.

4층짜리 허름한 연립 주택 앞, 이곳은 랑부예 시내의 오래된 주택가다. 강도 사건 피해자는 3층에 살고 있다.

차를 길가에 주차한 둘은 현관으로 다가갔다.

오후 2시, 미리 전화를 했기 때문에 피해자는 기다리고 있을 것이다.

앞장선 앙드레가 고개를 돌려 루이스를 보았다.

"루이스, 오늘 여기서 하루 쉬었다가 가자."

"여기 너희들 클럽이 있나?"

계단을 따라 오르면서 루이스가 물었다.

시멘트 계단은 낡았고 더럽지만, 건물 안은 조용하다.

앞서가던 앙드레가 루이스의 시선을 받더니 쓴웃음을 지었다.

"없어. 술 한잔 생각이 나서."

앙드레는 미혼이다. 아마 결혼하지 않을 것 같다.

둘이 앞뒤로 서서 3층 계단에 발을 내렸을 때다.

계단 위쪽에서 어른거리는 인기척이 났기 때문에 둘은 고개를 들었다.

그 순간, 뒤에 서 있던 루이스가 와락 소리쳤다.

"비켜!"

"퍽! 퍽!"

둔탁한 발사음이 울렸고 이어서 요란한 총성이 이어졌다.

루이스가 쏜 것이다.

"탕! 탕! 탕!"

계단 위쪽에 서 있던 사내가 두 손을 벌리면서 아래로 굴러떨어졌다.

루이스가 권총을 쥐고 벽에 기대서서는 가쁜 숨을 뱉었다. 그러고는 고개를 숙여 옆쪽을 보았다.

그제야 루이스의 눈동자에 초점이 잡혔다.

"앙드레!"

루이스가 소리치면서 옆쪽에 쓰러진 앙드레에게 달려갔다.

발길에 쓰러진 사내의 몸통이 밟혔다.

사내는 이미 몸이 늘어져 있다.

10분 후.

형사과장 세지르가 버럭 소리쳤다.

"뭐야? 앙드레가?"

세지르는 지금 루이스의 전화를 받고 있다.

세지르가 숨을 죽였을 때 루이스의 말이 이어졌다.

"지금 랑부예 경찰이 도착했어요. 그놈은 내 총에 맞아서 죽었어요."

"누, 누구야, 그놈이?"

"신분증이 없어요."

"도대체 왜?"

"그놈이 우리를 기다리고 있었던 것 같아요. 우리가 피해자 집에 가는 걸 알고 있었던 것 같아요."

"……."

"앙드레가 앞장서 가다가……."

말문이 막힌 루이스가 잠깐 말을 멈췄다가 말을 잇는다.

"나중에 연락하겠어요."

"샤르트르 경찰서 소속 형사 하나가 랑부예에서 사살되었다고 난리야."

슈거가 차 안으로 들어오면서 말했다.

"출장을 갔다가 당했다는군."

"이 동네가 시끄럽군."

아슐란이 차창 밖으로 보이는 창고를 응시하면서 말을 이었다.

"저 창고에 들어간 놈이 누구야?"

길 건너편에 보이는 창고에는 오늘 서너 명의 사내가 오락가락하고 있다. 뒷문 앞에도 두 사내가 서 있었는데 이야기 중이다.

둘은 지금 어젯밤 강도가 들어왔다는 바라타크의 창고를 보러 온 것이다.

"창고 규모가 큰데."

슈거가 선팅이 된 차창을 통해 창고를 보면서 말을 이었다.

"저 창고를 한 번 봐야겠어."

그때 핸드폰이 울렸기 때문에 슈거가 서둘러 주머니를 뒤졌다. 핸드폰을 꺼내 쥔 슈거가 응답했다.

"응, 나야."

그때 사내의 목소리가 옆에 앉은 아슐란에게도 들렸다.

"어젯밤 바라타크의 창고 문을 부수고 들어간 건 차량 정비소 직원인 피터란 놈이었어요."

"그래? 그놈, 잡았어?"

"아니. 그놈은 창고에 들어가서 망만 보았다는 거요."

"무슨 말야?"

"그놈이 떠벌리고 있는 것을 우리 정보원이 들은 겁니다."

"그래서?"

"형사 하나가 시켰다는 겁니다. 바라타크 창고를 수색하려고 했더니 수색 영장이 발급되지 않아서 말요."

"……."

"그래서 그놈, 피터한테 '네가 부수고 들어가면 널 쫓는 시늉으로 따라 들어가서 수색한다'고 했다는군요."

"오오."

"형사가 안에 들어가서 사진만 수백 장 찍고 나왔답니다."

"괜찮은 형사네."

"그 자식이 무용담으로 떠벌리고 있으니 아마 바라타크 측도 다 알고 있을 겁니다."

"그렇겠지."

"그런데 일이 묘하게 되었어요."

"뭔데?"

"그 형사가 오늘 랑부예로 탄원서를 받으러 갔다가 조원이 총에 맞아 죽었어요."

"조원이? 아니, 그럼 그 형사가……."

"같이 연립 주택에 들어갔는데 괴한이 총을 쏜 겁니다."

"……."

"조원은 현장에서 죽고 괴한도 그 형사가 쏜 총에 맞아 죽었어요."

슈거와 아슐란은 서로의 얼굴을 보았다.

"루이스 씨?"

사내의 목소리가 울렸을 때 루이스는 숨부터 골랐다.

오후 3시 반, 랑부예 경찰서 안.

앙드레 피살 사건을 진술하고 잠깐 복도에 나와 있을 때다.

"누구야?"

루이스가 거친 목소리로 묻자 사내는 정중하게 말했다.

"이번 사건을 수사하는 기관인데, 루이스 씨를 만나야 할 것 같습니다."

"어느 기관이오?"

"CIA."

그 순간 놀란 루이스가 숨을 들이켰다.

"CIA?"

"그래요, 루이스 형사."

"CIA가 왜?"

"생제르맹앙레 저택 폭발 사건, 그건 아랍 테러단과 연결되어 있어요."

"……."

"오늘 당신 파트너 앙드레 형사가 피살된 건 당신을 노렸던 거요."

"……."

"당신이 어젯밤 바라타크의 창고에 들어간 것이 타깃이 된 것 같습니다."

그때 루이스가 말했다.

"만납시다."

이동욱이 앞에 앉은 루이스를 보았다.

파란 눈동자가 하늘빛을 닮았다. 검은 머리칼, 흰 피부는 잘 닦인 대리석처럼 반질거렸다. 그러나 구겨진 점퍼, 무릎이 튀어나온 바지, 더러운 운동화를 신었다. 검은 머리칼을 뒤로 묶었지만, 일부는 귀밑과 얼굴로 빠져나왔다.

이곳은 랑부예 교외의 카페 안, 옆 테이블에 아슐란과 슈거, 김석호까지 따라와 앉아 있다.

이동욱이 입을 열었다.

"난 리스타연합의 유럽 지역 책임자로 이번에 파견된 이동욱입니다."

루이스가 눈만 크게 떴고 이동욱이 말을 이었다.

"생제르맹앙레의 저택은 내가 폭파시킨 겁니다. 정찰 위성으로 저택이 놈들의 근거지인 것을 알고 미사일을 쏜 것이지요."

루이스의 눈동자가 흔들렸고 이동욱이 똑바로 시선을 주었다.

"그것은 우리 리스타의 간부 하나가 놈들에게 납치된 상황에서 인질 대금으로 협상을 하다가 일어난 일이오."

그때 이동욱이 고개를 돌려 옆에 앉은 김석호, 아슐란, 슈거를 눈으로 가리켰다.

"루이스 형사, 옆자리에 리스타 간부들과 CIA 담당자가 와 있습니다. 자세한 이야기를 들어보시지요."

만수르가 목소리를 낮추고 말했다.

"창고 정리를 시작했는데 시간이 좀 걸릴 것 같습니다."

바라타크가 고개만 끄덕였고 만수르가 말을 이었다.

"루이스가 아직 돌아오지 않았습니다. 지금도 랑부예에 있는 것 같은데요."

"그년을 없애는 건데 일이 커졌어."

"아직 사진을 현상하지는 않은 것 같습니다. 그럴 시간이 없었지요."

샤르트르의 저택 안, 오후 4시 40분.

만수르의 얼굴이 굳어 있다.

그때 전화벨이 울렸기 때문에 만수르가 전화기를 들었다.

"여보세요."

"누구야?"

대뜸 수화구를 울리는 목소리, 하다드다.

"나 만수르요."

"바라타크 씨는?"

"옆에 있습니다."

"내가 움직이기는 좀 그러니까 30분 후에 만나자고 전해. 급해."

"그러지요."

고분고분 대답한 만수르가 통화를 끊고 바라타크를 보았다.

"하다드 씨가 만나자는데요. 급하답니다."

그러더니 고개를 기울였다.

바라타크와 직접 통화하지 않은 것이 그제야 생각난 것 같다.

30분 후.

별장 근처의 호숫가 벤치에서 바라타크와 하다드가 나란히 앉아 호수를 바라보고 있다.

"형사한테 암살자를 보냈어요?"

"그래."

고개를 끄덕인 바라타크가 입맛을 다셨다.

"실패했어."

하다드가 오기 직전에 지시한 사항이다.

"만수르가 전문가를 골라 보냈는데 다른 놈을 죽이고 당했어."

"젠장, 이젠 놈들이 눈치챘겠는데."

고개를 돌린 하다드가 바라타크를 보았다.

"그 루이스라는 여형사를 제거하려고 랑부예로 출장을 보낸 것이지요?"

"그래. 경찰에 내 끄나풀이 있어."

바라타크가 말을 이었다.

"형사과장이야, 나한테 매수된 놈이지."

어깨를 부풀렸다가 내린 바라타크가 말을 이었다.

"조금 전에도 그 이야기를 했는데, 그년이 창고에서 찍은 사진이 문제가 될 것 같아."

"……."

"지금 창고 정리를 하고 있지만, 시간이 부족해서."

"그 형사 지금 어디에 있죠?"

"지금도 랑부예에 있어."

고개를 든 바라타크가 하다드를 보았다.

"그년을 살려두면 안 돼."

현관으로 들어선 세지르가 소리쳤다.

"마리! 나 왔다!"

대답이 없었기 때문에 세지르가 투덜거렸다.

"또 마신 거냐? 마시고 자는 모양이군."

마리는 세지르의 세 번째 부인으로 작년부터 술을 자주 마셨다. 알코올 중독까지는 안 되지만 오후 5시가 넘으면 술 마시는 버릇이 든 것이다.

세지르가 40대 후반인데 아직 자식이 없는 것이 그 이유 중 하나다.

응접실로 들어선 세지르가 순간 눈을 크게 떴다.

소파에 루이스가 앉아 있었기 때문이다.

"아니, 너."

그때 루이스가 쓴웃음을 지었다.

"마리는 걱정 마세요, 자니까."

"너 어떻게 들어온 거야?"

"집이 좋아요, 세지르. 비싼 가구도 많고, 냉장고는 최고급품인 삼성 제품이

더군요."

"이런 건방진."

정신을 차린 세지르가 어깨를 부풀렸을 때다.

뒤에서 인기척이 들렸기 때문에 세지르가 몸을 돌렸다. 그러고는 숨을 들이켰다.

사내 셋이 서 있다. 그중 둘은 권총을 겨누고 있다.

중앙에 선 사내가 말했다.

"반항하면 가차 없이 쏴 죽이겠다, 너 아니더라도 입을 열 놈은 얼마든지 있으니까."

잠시 후에 손발이 묶인 세지르가 짐짝처럼 소파 구석에 던져졌고 앞쪽에 사내 하나와 루이스가 앉았다.

사내가 세지르에게 물었다.

"바라타크하고는 언제부터 연결되었지? 두말하기 싫으니까 바로 말해, 세지르."

사내가 웃음 띤 얼굴로 말을 이었다.

"자, 하나씩. 만난 시기, 그다음에는 네가 먹은 뇌물을 순서대로."

그때 세지르가 눈을 치켜떴다.

이제 정신이 조금 든 모양이다.

"무슨 말인지 모르겠는데."

그때 사내가 세지르 뒤에 선 사내들에게 말했다.

"손가락 하나를 잘라."

그때 사내 하나가 수갑이 채워진 세지르의 팔을 움켜쥐었고 사내 하나는 손가락 하나에 가위를 끼었다. 전지용 가위다.

놀란 세지르가 몸부림을 치다가 손가락이 가위에 걸친 순간 굳어졌다.

"으악!"

세지르의 비명이 응접실을 울렸다.

손가락 하나가 잘린 것이다.

그때 사내가 다시 말했다.

"자, 바라타크는 언제 만났지?"

"나는……."

"만나서 포섭되었을 때가 언제야?"

"그건……."

"잘라."

그때 전지용 가위가 다시 손가락에 걸렸고 세지르가 입을 열기도 전에 손가락이 잘렸다.

"으악!"

"자, 세 번째 손가락."

지시한 사내가 다시 묻는다.

"바라타크한테서 얼마나 받은 거냐?"

그때 세지르가 숨을 들이켰을 때 사내가 말했다.

"잘라."

"으악!"

세 번째 손가락이 잘렸을 때 세지르가 소리쳤다.

"다 말할게! 잠깐만 기다려!"

"루이스가 차를 랑부예 경찰서에 두고 사라졌습니다."

만수르가 하다드에게 보고했다.

오후 9시 반, 이곳은 샤르트르 시내의 바.

구석 쪽 밀실에서 하다드와 만수르가 마주 보고 앉아 있다.

만수르가 말을 이었다.

"아무래도 눈치를 챈 것 같습니다."

"당연하지."

맥주병을 쥔 하다드가 지그시 만수르를 보았다.

"지금부터는 저놈들한테 선수를 빼앗기게 될 것 같아."

"우리가 발각된 겁니까?"

"생제르맹앙레의 은신처가 미사일 공격을 받은 것이 그 증거야. 그때부터 이동욱이 기선을 잡았어."

"샤르트르까지는 모를 것 아닙니까?"

"루이스 형사의 창고 잠입 사건이 그 계기가 되었는데."

하다드의 이맛살이 모아졌다.

"루이스가 이동욱하고 결합하면 그것이 최악의 상황이 되는 거야."

"……."

"그래서 말인데."

맥주병을 내려놓은 하다드가 만수르를 보았다.

"더 이상 샤르트르에서 만들어 놓은 기반 따위에 미련을 가질 필요는 없는 것 같은데."

"그럼 어떻게 하는 것이 좋겠습니까?"

"피하는 것이 나을 거야. 일단 파리나 아니면 아래쪽 마르세유, 또는 외국이라도."

"곤란한데요."

대번에 고개를 저은 만수르가 하다드를 보았다.

"창고에 쌓인 상품 가치가 1천만 불이 넘어요. 그걸 놔두고 가란 말입니까?"

"대리인한테 넘길 수 없을까?"

"믿고 맡길 놈이 없어요."

만수르가 말을 이었다.

"그 방법도 상의했는데 믿을 만한 놈이 없습니다. 다 떼어먹을 겁니다."

"시간이 없어."

하다드가 똑바로 만수르를 응시했다.

"지금 욕심부릴 수는 없는 상황이야. 오늘 밤에 떠나야 돼."

"그렇게 급합니까?"

"이동욱을 상대하고 있다는 것을 알아야 된다구, 이 사람아."

하다드가 말을 이었다.

"미국의 정찰 위성을 2개나 사용할 수 있는 인간이라구. 미군 헬기를 빌려 공대지 미사일을 프랑스 영토 안에서 쏴 제치는 놈이야. 그것을 알면서도 CIA가 덮어주는 미친놈을 우리가 상대하고 있다는 것을 알아야 돼."

어느덧 하다드의 얼굴이 상기되었고 목소리가 높아졌다.

"알 카에다의 아부하드파를 여기서 끝낼 생각이라면 그렇게 해. 남아서 창고의 상품을 처리하라고."

"내가 바라타크 님을 설득할 능력이 부족합니다."

"내 이야기를 그대로 전해."

정색한 하다드가 말을 이었다.

"이곳은 내가 맡을 테니까 당분간만이라도 이곳을 떠나라고."

영장 담당 판사 오브리온은 58세, 샤르트르의 명사다. 판사가 된 지 21년, 그중 10년을 샤르트르시에서 근무한 것이다.

오후 10시 반.

응접실에서 TV를 보던 오브리온이 뒤쪽의 인기척을 듣고 말했다.

"카샤, 선반에서 위스키하고 잔을 가져와라."

같이 살고 있는 딸한테 말한 것이다.

카샤는 30세, 작년에 이혼하고 나서 2살짜리 딸 마리나와 함께 오브리온에게로 옮겨 왔다.

그때 카샤가 옆으로 다가왔기 때문에 오브리온이 고개를 들었다.

그 순간, 오브리온이 숨을 들이켰다.

사내다.

낯선 사내가 시선을 마주치더니 빙그레 웃었다.

"너 누구야?"

놀란 오브리온이 묻자 사내가 고개부터 저었다.

"입 닥치고 들어, 오브리온."

그때 오브리온은 옆쪽으로 다가선 또 한 명의 사내를 보았다.

사내는 손에 소음기가 끼워진 권총을 쥐고 있다.

"오브리온, 너 정말 큰일 났어."

사내가 쥔 권총 총구가 오브리온의 두 눈 사이를 겨누고 있다.

이동욱이 고개를 돌려 루이스를 보았다.

둘은 샤르트르 외곽의 호텔 응접실에 들어와 있다.

"지금 영장 판사 오브리온을 데려올 텐데, 하나씩 바라타크의 인맥이 드러날 거요."

"또 있어요?"

루이스가 묻자 이동욱이 고개를 끄덕였다.

"바라타크가 알 카에다의 유럽 조직이라는 증거가 드러나고 있어요. 이제 CIA도 적극 협력하고 있습니다."

"……."

"빈 라덴을 찾아낼 가능성도 있어요."

"……."

"생제르맹앙레 저택에서 발견된 시신 2구가 알 카에다 전사로 밝혀졌거든요."

이동욱이 말을 이었다.

"지금 바라타크 저택 주위로도 감시병을 보냈어요."

루이스가 숨을 들이켰다.

이제 전쟁이 본격적으로 시작되었다.

그때 이동욱이 물었다.

"루이스 씨, 이런 상황에서 경찰 업무를 계속 수행할 수는 없을 것 같은데, 당분간 휴직이라도 하는 게 어떻습니까?"

"내가 왜요?"

루이스가 고개를 저었다.

"그럴 수 없어요. 내가 테러단이 겁나서 도망친다는 말입니까?"

"아직 그놈들 윤곽이 다 드러나지 않았으니까."

이동욱이 똑바로 루이스를 보았다.

"일주일 동안이라도 휴가를 내요."

그때 방으로 김석호가 들어섰다.

손에 큰 봉투를 들고 있다.

"사진 현상됐습니다."

"하다드, 샤르트르에 이동욱이 가 있다. 방금 정보를 받았어."

아부핫산의 목소리가 수화구를 울렸다.

"너희들이 발각된 거다. 지금 너희들 뒤를 밟고 있다고 봐야 돼."

"젠장."

투덜거린 하다드가 어깨를 부풀렸다가 내렸다.

"알겠습니다. 다시 연락드리지요."

전화기를 귀에서 뗀 하다드가 자리에서 일어섰다.

이곳은 랑부예의 바 안, 밤 11시 반이다.

바에서 나온 하다드 옆으로 부스카가 다가왔다.

부스카는 길가에 주차된 차 앞에서 기다리고 있었다.

"대장, 샤르트르 경찰서 형사과장 세지르가 실종되었다고 만수르가 연락해 왔습니다."

멈춰 선 하다드의 시선을 받은 부스카가 쓴웃음을 지었다.

"집에서 신고를 했다는데 아무래도 납치당한 것 같다네요. 응접실에 핏자국이 있답니다. 경찰서에서 퇴근했다가 집에서 실종된 겁니다."

"빌어먹을, 시작되었군."

하다드가 어깨를 부풀렸다가 내렸다.

"바라타크 씨는 지금 어디 있는 거야?"

"곧 샤르트르를 떠난다고 했습니다."

"이제야 떠나는군."

고개를 든 하다드가 주위를 둘러보았다.

"그놈들한테 뒤를 잡힐지 모르겠다."

차로 다가간 하다드가 부스카에게 말했다.

"이제는 내가 전면에 나서는 거야."

모퉁이를 돌았을 때 바로 눈앞에 승용차 한 대가 서 있었기 때문에 아벨은 기겁을 했다.

"끼이익!"

몸까지 뒤로 젖히면서 브레이크를 밟자 차가 요란한 마찰음을 내면서 멈춰 섰다.

앞쪽 차와의 거리가 10센티도 안 된다.

"이런, 썅."

밤 12시 10분, 샤르트르의 북쪽 랑부예 숲을 관통하는 숲길.

1차선 도로였지만 차량 통행이 드문 곳인 데다 깊은 밤이다.

"이거 뭐야?"

버럭 소리친 아벨이 운전석 문을 열고 밖으로 나왔다.

길에 멈춰 선 승용차는 보닛이 열린 채 사내 하나가 그 앞에 서서 이쪽을 쳐다보고 있다.

"뭐야? 빨리 차를 치워!"

좁은 도로다.

양쪽은 짙은 숲이어서 차를 옆으로 치워야 한다.

그때 사내가 상반신을 세웠다.

그 순간이다.

"퍽! 퍽! 퍽!"

어둠 속에서 총성이 울렸다.

아벨이 숨을 들이켰을 때다.

양쪽 숲에서 두 사내가 나타났다. 각각 손에 권총을 쥐고 있다.

"앗."

놀란 아벨이 몸을 뒤로 젖혔지만 재킷 안의 권총을 쥐지는 않았다.

그러나 차 안에 타고 있던 보리스, 카이잔은 엎어진 채 움직이지 않는다.

그때 차 앞에 서 있던 사내가 아벨에게 다가왔다.

"자, 가자."

두 눈이 번들거리고 있다.

2장
전쟁

"저택이 비어 있습니다."

김석호가 이동욱에게 보고했다.

밤 12시 35분, 샤르트르의 안가(安家).

응접실 안은 열띤 분위기다.

김석호가 말을 이었다.

"어젯밤에도 바라타크는 저택에 들어오지 않았습니다. 와이프만 하인들하고 남아 있습니다."

"우리가 와 있는 줄 아는 거야."

"바라타크가 도주한 것 같습니다."

그때 사내 하나가 그들에게 다가왔다.

"랑부예 숲에서 바라타크 부하들이 탄 차를 잡았습니다. 그중 한 놈을 이곳으로 끌고 오는 중입니다."

이동욱이 고개를 끄덕였다.

"그놈한테 바라타크 주변을 알아보면 내막을 알 수 있겠지."

바라타크의 부하들을 잡으려고 여러 곳에 덫을 놓았던 것이다.

고개를 든 이동욱이 김석호를 보았다.

"바라타크가 매수한 놈이 아직도 남아 있어. 그놈들은 지금 전전긍긍하고 있을 거야."

형사과장 세지르는 경찰이 수색 중이고, 영장 담당 판사 오브리온은 아직 실종 신고도 되지 않았다. 협박을 받은 딸 카샤가 입을 다물고 있었기 때문이다.

그때 이동욱이 생각난 듯 물었다.

"루이스는?"

루이스가 눈을 떴을 때는 오전 7시 20분이다.

이곳은 샤르트르의 안가(安家), 이동욱의 안가다.

어젯밤, 형사계장 보리트한테 전화로 휴가 신청을 했기 때문에 오늘부터 휴가다.

루이스가 씻고 식당으로 나왔을 때 식탁에 앉아 있던 아슐란이 고개를 들었다.

"어서 오십쇼. 여기 앉으시죠."

뷔페식으로 차려진 식당이라 옆쪽에 서너 명이 접시에 담아 온 음식을 먹는 중이다.

루이스가 접시에 소시지 한 개와 삶은 계란 한 개를 담아들고 앞자리에 앉았다.

그때 씹던 것을 삼킨 아슐란이 루이스를 보았다.

"사진 중에 파키스탄제 카펫 박스와 향료, 타일이 든 박스 제조사가 유령 회사였습니다."

루이스의 표정을 본 아슐란이 빙그레 웃었다.

"파키스탄의 CIA에서 조사를 한 것이죠. 바라타크가 단시간에 거부(巨富)가 된 것은 밀수해 온 마약을 거래했기 때문일 겁니다."

긴장한 루이스가 소시지를 삼키고는 아슐란을 보았다.

"이 근처에서는 마약 거래가 드물어요. 기껏해야 네덜란드에서 들여온 대마초 정도인데."

루이스가 말을 이었다.

"마약을 이곳까지 실어오다니, 믿기지가 않아요."

"보관하기 좋은 환경 때문이겠지요. 경찰서장, 판사, 시장까지 보호해주고 있는 곳이니까요."

커피 잔을 든 아슐란이 루이스를 보았다.

"어젯밤에 잡아 온 바라타크의 부하 한 놈이 다 불었습니다."

"누가요?"

"아빌이라는 놈인데 마약 공급을 맡고 있었습니다."

아슐란의 얼굴에 웃음이 떠올랐다.

"루이스 님이 카펫 박스 사진을 찍어 간 걸 놈들이 CCTV로 본 겁니다. 그러고 나서 옮기기 시작했는데 어젯밤에 다 끝냈더군요."

"……."

"지금 옮긴 장소로 우리 요원들이 출동했습니다. 나도 곧 출동합니다."

"저도 가죠."

그러자 아슐란이 포크를 내려놓더니 입맛을 다셨다.

"날 따라오지 않으시는 게 낫겠는데."

"왜 그러죠?"

"난 시체 찾으러 갑니다."

"시체?"

"이놈들이 납치해서 죽인 리스타유럽 법인 직원들요. 시체를 창고에 숨겨 놓았다가 이번에 다시 옮겼는데 그걸 찾으러 갑니다."

아슐란이 웃음 띤 얼굴로 루이스를 보았다.

"우리 대장은 이번 작전에서 루이스 형사가 제일 큰 공을 세웠다고 하십디다. 형사님이 바라타크의 창고에 들어가지 않았다면 이렇게 되지 않았죠."

오후 1시 반.

리스타유럽 법인 사장 피터 아문센이 이동욱의 전화를 받는다.

"공금 횡령하고 실종된 직원 넷의 시체를 찾았습니다."

놀란 피터가 숨을 들이켰고 이동욱의 말이 이어졌다.

"샤르트르의 유명 인사 바라타크라는 자가 납치 주역이었고 시체를 바라타크의 창고에 보관하고 있었던 겁니다."

"……."

"샤르트르 경찰과 파리 경찰청에 동시 신고를 하시지요. 내가 위치를 알려드릴 테니까요. 샤르트르 경찰서장은 바라타크의 뇌물을 먹은 놈이지만, 사장님만 알고 계시지요. 곧 그놈도 처리되겠지만 말입니다."

"예, 감사관님."

"다시 연락드리겠습니다."

통화가 끝났을 때 피터는 손등으로 이마의 땀을 닦았다.

연속해서 사건이 터진다.

마치 묶인 채 연타를 맞는 것 같다. 오후 2시, 하다드가 베르사유의 안가에서 보고를 받고 나서 느낀 감정인 것이다.

하룻밤 사이에 바라타크가 숨겨 놓은 마약이 적발되었고 리스타 직원들의 시체도 발견되었다.

"바라타크 씨는?"

보고를 들은 하다드가 묻자 연락차 온 만수르가 입을 열었다.

"지금쯤 마르세유에 도착했을 겁니다."

"그렇군."

하다드가 고개를 끄덕였다.

지중해 최대의 항구 도시, 은신하기에 가장 적합한 도시.

지금도 갱단과 마약 조직이 공존하고 아랍 테러단이 기지로 삼는 대도시다.

그때 다시 하다드가 묻는다.

"지금 잡혀 있는 놈이 바라타크 씨가 마르세유로 떠난 거 모르지?"

"알고 있는 건, 저뿐입니다."

랑부예 숲에서 잡힌 아빌이 다 불어버린 것을 하다드도 아는 것이다.

하다드가 말을 이었다.

"샤르트르의 처리는 어떻게 했나?"

"창고에 상품이 많이 남아 있어서 당분간 관리인한테 맡겼습니다."

"소르망이라는 놈인가?"

"예, 관리자일 뿐입니다."

"별장이나 부동산은?"

"집사한테 맡긴 상황입니다."

"나중에 처리하면 되겠지."

그때 만수르가 고개를 들었다.

"아빌이 자백한 마약 은닉처 한 곳과 리스타 직원 4구의 시체가 발견되었기 때문에 언론이 떠들썩하게 보도할 것입니다."

아빌이 마약 은닉처 한 곳을 자백한 것이다.

만수르가 말을 이었다.

"이번에 엄청난 손해를 봤습니다. 마약 일부를 압수당한 데다 샤르트르 거점이 완전히 붕괴되었고 지금까지 다져온 사회적 기반이 무너져 버렸습니다. 우리가 계속 당하기만 한 겁니다."

그때 하다드가 쓴웃음을 지었다.

"잘 나가던 때는 생각나지 않는 모양인데, 지금까지 잘 나갔잖아?"

"무슨 말씀입니까?"

"이동욱이 생제르맹앙레 저택을 미사일로 쏘기 전까지 말야."

하다드가 눈을 가늘게 떴다.

"방심했다는 생각 안 들어?"

"……."

"자만했어. 이 천국 같은 분위기에서 말야."

하다드가 창밖을 둘러보는 시늉을 했다.

전원주택이어서 창밖은 짙은 숲이다.

그때 하다드가 말을 이었다.

"잘 나갈 때는 방심하거나 자만심에 빠지기 쉽지. 이제 이동욱이 그럴 차례야."

하다드의 눈빛이 강해졌다.

"내가 그것 때문에 여기 남아 있는 것이고."

"바라타크가 알 카에다였어."

이동욱이 탁자 위에 놓인 마약을 보면서 말했다.

바라타크가 옮겨 놓은 마약의 일부를 가져온 것이다. 나머지는 파리 경시청의 특별기동반이 현장에서 압수했다.

둘러선 김석호, 아슐란, 슈거, 루이스의 얼굴이 굳어 있다.

오후 3시, 오늘은 루이스도 회의에 참석했다.

"그런데 샤르트르를 떠난 건 확실한 것 같은데."

이동욱의 시선이 슈거에게 옮겨졌다.

"정보는?"

"파악 중입니다. 하지만."

고개를 기울인 슈거가 말을 이었다.

"샤르트르에 바라타크의 잔당이 남아 있는 건 확실합니다."

"아빌은 외부 세력이 지원군으로 와 있다고 했어."

"있는 것 같습니다. 놈들이 어디에서 왔는지를 파악 중입니다."

정보는 모두 CIA에 의존하고 있다. 리스타연합의 기반이 아직 취약하다.

회의를 마쳤을 때 루이스가 이동욱에게 말했다.

방 안에 둘이 남기를 기다렸던 것 같다.

"내가 샤르트르를 중심으로 파리 주변의 소도시를 잘 압니다. 숲속 전원주택, 별장이 많아서 은신처로 적당한 곳을 수색해 보시지요."

이동욱의 시선을 받은 루이스가 말을 이었다.

"경찰용 지도도 준비해 올 수 있어요. 나를 수색조의 일원으로 가담시켜 주시죠."

그때 이동욱이 고개를 끄덕였다.

"팀을 만들어 드리지."

인터폰을 누른 이동욱의 얼굴에 웃음이 떠올랐다.

"우리한테는 루이스 씨 같은 전문가가가 필요한 상황이니까."

그때 응접실로 아슐란이 들어섰다.

"부르셨습니까?"

"루이스 씨가 수색조를 맡겠다고 했어. 팀을 만들어라."

"몇 명이면 되겠습니까?"

아슐란이 이동욱과 루이스를 번갈아 보았다.

루이스가 당황한 듯 얼굴을 붉혔을 때 이동욱이 물었다.

"몇 명이 필요해요?"

"네 명 정도, 차는 두 대."

"좋습니다."

고개를 끄덕인 이동욱이 아슐란을 보았다.

"당장 준비해."

그러고는 이동욱이 덧붙였다.

"루이스 씨 지시에 절대복종하라고 주의시키도록."

아슐란이 서둘러 응접실을 나갔을 때 이동욱이 루이스를 보았다.

"휴가 기간에 리스타 일을 해주시는 셈인데, 아예 리스타로 옮겨 오는 게 어때요?"

루이스는 웃기만 했다.

오후 9시 반.

피터 아문센이 마레 지구에 위치한 저택 현관 앞에서 차에서 내렸다.

프랑스 상공장관 에밀 루카스와 저녁을 먹고 귀가한 참이다.

3백 평쯤의 대지에서 정원 끝 쪽에 분수대까지 만들어 놓은 2층 벽돌 저택이다.

이곳이 리스타유럽 법인 사장의 저택인 것이다.

"내일 뵙겠습니다."

운전사 마크가 인사를 하더니 차를 몰고 옆쪽 주차장으로 다가갔다.

마크는 매일 오전 7시에 집으로 와서 피터의 차를 몰고 회사로 가는 것이다.

고개를 끄덕인 피터가 현관문을 열고 안으로 들어섰다.

그 순간 피터가 숨을 들이켰다.

사내 둘이 서 있다.

그리고 한 사내는 총을 겨누고 있다.

이동욱이 피터 저택의 납치 소식을 들었을 때는 10시가 조금 넘었을 때다.

연락해 온 사람은 상사 측 전무 한응수.

"집 안에 가정부 둘, 부인과 딸이 있었는데 피터 사장은 묶어 놓고 부인과 딸을 납치했습니다."

"뭐요?"

놀란 이동욱이 전화기를 고쳐 쥐었다.

그때 한응수가 말을 이었다.

"가족을 납치한 것은 피터 사장에게 시킬 일이 있기 때문이죠."

한응수의 말을 들으면서 이동욱이 어금니를 물었다.

납치범들은 퇴근한 피터를 잡아 묶어 놓고 부인과 딸을 승용차에 싣고는 유유히 사라진 것이다. 하인들도 다 묶어 놓았지만 그중 하나가 곧 묶인 것을 풀고 피터를 풀어주었다.

이윽고 이동욱이 말했다.

"이놈들이 다시 기선을 잡으려 하는군."

이동욱이 전화기를 내려놓았을 때 옆에서 듣던 김석호가 물었다.

"피터 씨 바꿔드릴까요?"

이동욱이 고개를 끄덕이자 김석호가 전화기 버튼을 눌렀다.

곧 피터와 연결되었다.

피터는 저택에서 전화를 받는다. 옆에 '연합' 소속의 경호원들의 보호를 받고 있는 상황이다.

이동욱의 목소리를 들은 피터가 말했다.

“미안합니다. 바쁘신데 내가 부주의해서 이런 일이 발생했습니다.”

“경찰에 신고를 하시죠.”

이동욱이 바로 말하자 피터의 목소리가 굳어졌다.

“감사관님, 그건 좀 위험할 것 같습니다. 놈들이 그럴 경우에는 처자식을 죽인다고 했습니다.”

“요구 조건을 말 안 했다고 했죠?”

“예, 나중에 연락한다고 합니다.”

이동욱은 심호흡을 했다.

놈들의 목표는 자신인 것이다.

샤르트르의 바라타크 일당을 소탕하고 있는 자신에 대한 공격이다. 배후에서 친 것이다.

“내가 지금 그곳에 내 대리인을 보내지요.”

이동욱이 말을 이었다.

“걱정하지 말고 기다리세요. 내가 무슨 수단을 쓰더라도 두 분을 구해낼 테니까요.”

그러자 피터가 울먹였다.

“부탁합니다, 감사관님.”

전화기를 내려놓은 이동욱이 일그러진 얼굴로 앞에 선 김석호를 보았다.

“네가 파리로 가.”

“예, 사장님.”

오랫동안 이동욱과 한 팀으로 지내온 김석호는 그를 사장님이라고 부른다.

김석호가 말을 이었다.

"슈거한테 부탁해서 CIA의 협조를 받겠습니다."

"그래야지. 10명을 데리고 가."

이동욱의 눈동자가 흐려졌다.

전장(戰場)이 두 군데로 나눠진 것은 아니다. 넓혀진 것뿐이다.

이동욱은 김석호와 아슐란의 팀을 이끌고 프랑스에 왔지만 리스타연합의 요원도 증원되어서 동원 병력은 30명 정도다. CIA 요원은 제외한 숫자다.

김석호가 10명을 인솔하고 파리로 빠져나갔기 때문에 샤르트르의 안가에는 20명이 남았다.

그중에서 루이스가 4명을 인솔하고 수색 작업을 하는 터라 가동 요원이 10여 명 정도다.

"샤르트르에 파리 경시청 병력이 대거 투입되어서 시내가 경찰로 뒤덮여 있습니다."

밖에 나갔다 온 아슐란이 보고했다.

실종으로 처리되었던 리스타 법인의 사원 넷의 시체가 발견된 사건이다.

연일 언론이 대서특필했고 이제 바라타크는 용의자로 수배 대상이 되었다.

리스타유럽 법인이 위치한 파리에서는 한응수가 언론을 상대하고 있는 중이다.

"김석호는 지금 피터 사장의 저택에 있습니다."

아슐란이 말했다.

"CIA 정보팀이 통신 위성을 사용한다고 했습니다."

이동욱이 고개를 끄덕였다.

피터의 가족이 납치된 지 만 하루가 되어가고 있다.

그러나 아직 연락이 없다.

자택에서 납치범의 전화만 기다리는 피터는 피가 마르는 심정일 것이다.

그때 응접실로 미셸이 들어섰다.

서둘러 다가온 미셸이 이동욱 앞에 섰다.

"감사관님, 요르단의 '연합' 요원한테서 연락이 왔습니다."

리스타연합의 요원이다.

미셸이 말을 이었다.

"암만에 알 카에다 지도자급 아부핫산이 은신하고 있었는데 아부핫산이 간부 하다드를 이곳으로 보냈다고 합니다."

"알 하다드 말야?"

"예, 감사관님."

하다드의 이름은 이동욱도 들었다.

알 카에다의 지도자 오사마 빈 라덴이 총애하는 전사(戰士) 하다드다.

그 하다드가 이곳에 와 있는 것이다.

그렇다면 바라타크를 도피시키고 한편으로 피터 아문센의 가족을 납치한 것이 하다드다.

이동욱의 시선을 받은 미셸이 말을 이었다.

"CIA보다 우리 리스타연합이 먼저 아부핫산과 하다드를 찾아낸 것입니다."

"갓댐."

이동욱이 고개를 들고 미셸을 보았다.

"해밀턴 사장께 연락해야겠다."

순간 미셸이 숨을 들이켰다.

미셸에게 해밀턴 사장은 신(神) 같은 존재다. 아니, 신(神)보다도 더 두려운 인물이다.

지금까지 리스타연합의 유럽 법인 소속의 연합 측 본부장 직위에 있었지만 직접 통화도 해보지 않았다.

"오, 반갑구나."

이동욱의 목소리를 들은 해밀턴이 말했다.

목소리가 스피커를 통해 응접실에 울렸다.

이동욱이 인사를 마치고는 바로 아부핫산과 하다드 이야기를 꺼냈다.

"하다드가 이곳에 온 것 같습니다."

이동욱이 이렇게 말을 맺었을 때 해밀턴의 목소리가 울렸다.

"전장(戰場)이 파리로 옮겨갔군."

"예, 알 카에다와의 전쟁입니다."

"그놈들이 유럽 법인 사장의 처자를 납치했으니 더러운 본색을 그대로 드러낸 셈이지."

해밀턴의 목소리가 굳어졌다.

"우리 정보력도 만만치 않지만, 상대는 세계의 공적(公敵)인 알 카에다야. CIA와 합동 작전을 해야겠다."

"도움을 받고 있습니다."

"우리가 주력군(主力軍)이 될 필요는 없다는 말이야. 장비와 조직 면에서 우수한 CIA를 전면에 내세워서 도움을 받도록 하자."

"알겠습니다."

"내가 바로 CIA의 윌슨 씨한테 연락할 테니까 기다리도록."

그러고는 통화가 끊겼기 때문에 이동욱이 전화기를 내려놓았다.

그때 응접실로 들어와 함께 듣고 있던 슈거가 혼잣말을 했다.

"우리가 전면에 나서게 되었군."

파리 주재 CIA 요원인 슈거는 이미 한 팀이 되어 있는 상황이다.

샤르트르, 망트농, 랑부예 주변까지 훑던 루이스가 당피에르의 주유소에 들렀을 때는 오후 5시경이었다.

마큰주유소는 안쪽에 식당과 바까지 운영하고 있었는데 주인 마큰은 루이스와 안면이 있다.

"루이스, 여긴 웬일이야?"

50대 중반의 마큰이 눈을 좁혀 뜨고 물었다.

"지나다가 들른 거야."

"앙드레가 그렇게 된 거 유감이야."

마큰이 걱정스러운 표정으로 위로했다.

"그 총 쏜 놈을 잘 잡았어. 그놈이 테러단이라면서?"

"아직 확인 안 되었어."

주위를 둘러본 루이스가 카운터 앞으로 바짝 다가섰다.

주유소 안 매점에는 주인 마큰 혼자뿐이다.

"마큰, 요즘 낯선 놈 본 적 없어?"

"글쎄, 난 하루에 여덟 시간밖에 안 나와서 말야."

"저거 제대로 작동하지?"

루이스가 눈으로 마큰 뒤쪽에 붙은 CCTV를 가리켰다.

가게 안에는 CCTV가 3대 설치되어 있다.

"아, 그럼."

"유효기간 한 달이고. 맞지?"

"그래."

"그럼 가게 안의 CCTV 필름 좀 가져갔다가 내일 돌려줘도 되지?"

"아, 그쯤이야."

"뒤쪽 식당하고 바 CCTV도 부탁해."

루이스가 정색하고 마큰을 보았다.

"앙드레 원수를 갚으려고 그래."

차가 초소를 지났을 때 아부핫산이 고개를 돌려 뒤쪽을 보았다.

방금 차는 이집트 국경 초소를 통과한 것이다.

요르단에서 사우디를 거쳐 시나이반도 아래쪽을 배로 건넌 다음 수에즈만을 가로질러 이집트로 들어왔다.

물론 밀입국이다. 기다리고 있던 차에 타고 이집트 국경 초소를 지났지만 검문도 받지 않았다.

"카이로까지 네 시간쯤 걸릴 겁니다. 그동안 주무시지요."

앞자리에 앉은 파이잘이 말했다.

오전 10시 반.

어젯밤 10시에 암만을 출발해서 12시간이 걸린 셈이다.

그때 몸을 눕혔던 아부핫산이 생각난 듯 물었다.

"하다드한테서 연락 안 왔나?"

"아직 없습니다."

파이잘이 몸을 돌려 아부핫산을 보았다. 파이잘은 알 카에다의 이집트 총책이다.

차를 가지고 이곳 운하 끝 쪽의 도시 후루가다까지 아부핫산을 마중 나온 것이다.

"프랑스에서 전쟁입니까?"

"리스타와의 전쟁이 CIA와 전면전이 돼 버렸다."

파이잘이 숨을 죽였고 아부핫산의 말이 이어졌다.

"CIA가 리스타를 돕는 형식이 되었다가 이제는 주객이 전도 되었어."

"……."

"하다드한테 지원군을 보내야겠다."

아부핫산의 두 눈이 번들거렸다.

"여기서 밀리면 알 카에다는 다시 일어설 수가 없어."

파이잘은 40세, 알 카에다의 창시자 빈 라덴의 직계로 강경파다.

아부핫산의 시선을 받은 파이잘이 고개를 끄덕였다.

CIA 해외작전국장 크린트 메크럼이 찾아왔다. CIA의 서열 6위의 거물이다.

오후 8시 반.

샤르트르의 안가(安家) 응접실에 이동욱과 김석호, 아슐란, 미셀, 그리고 크린트와 보좌관 찰스, 슈거까지 모여 앉았다.

먼저 크린트가 입을 열었다.

"하다드가 이곳에 와 있는 건, 그만큼 바라타크가 중요하다는 의미요."

크린트는 40대 후반으로 마른 체격에 날카로운 인상이다.

크린트가 말을 이었다.

"바라타크가 지금 수배 인물로 되어있지만, 그자의 재산이 이곳에 널려 있다고 들었어요. 그놈이 이곳을 포기하지는 못할 겁니다."

"지금도 추적 중입니다."

이동욱의 얼굴에 쓴웃음이 번졌다.

"더구나 하다드도 리스타 법인장 가족을 납치한 상태여서 여기서 결전을 하자는 겁니다."

"아직 연락이 안 왔다고 들었는데, 맞지요?"

"그렇습니다."

"통신 위성을 그쪽에다 박아 놓았으니까 어디서 전화를 하건 다 체크가 됩니다. 추적을 피하려고 무슨 지랄을 해도 '하나님의 눈'에서 벗어날 수 없죠."

하나님의 눈이란 위성 추적을 말한다.

이동욱이 고개를 끄덕였다.

"이번 작전은 알 카에다가 드러난 상황이니까 CIA가 전면에 나서는 게 낫겠어요."

"그러지요. 프랑스 당국의 협조를 받아야 될 테니까요."

선선히 대답한 크린트가 이동욱을 보았다.

"그래서 내가 여기 온 겁니다. 내가 이번 작전의 CIA 측 책임자입니다."

오브리는 68세, 샤르트르는 물론 베르사유 근처까지 지방 도로를 오가면서 가게에 상품을 납품하는 배달업을 50년 가깝게 해온 사람이다.

지금 오브리는 샤르트르 외곽의 저택 안에서 맥주병을 쥐고 앉아 있다.

앞에는 TV가 놓여 있는데 화면이 빠르게 바뀌고 있다. CCTV 영상을 고속으로 회전시켰기 때문이다.

응접실 안쪽에는 사내 둘이 TV로 축구 중계를 보는 중이다.

오후 9시 반, 저택 주위는 조용하다.

호숫가의 외딴 단층 저택이어서 열린 창으로 들어온 바람결에 물비린내가 맡아졌다.

그때 오브리가 리모컨으로 CCTV 회전을 중지시키고는 고개를 돌려 두 사내에게 말했다.

"어이, 루이스 불러줘."

전화벨이 울렸을 때 응접실에 있던 김석호가 고개를 들었다.

이곳은 파리, 리스타유럽 법인 사장 피터 아문센의 저택.

응접실 안에는 10여 명의 사내가 모여 있다.

벨이 다섯 번 울렸을 때 전화기로 다가간 피터가 주위를 둘러보았다.

피터의 시선이 김석호와 마주쳤다.

그 순간, 숨을 들이켠 피터가 전화기를 귀에 붙였다.

"여보세요."

그때 사내의 목소리가 울렸다.

"피터 아문센 씨?"

"예스."

"내가 누군지 알지?"

"말해."

"3천만 불."

사내가 거침없이 말을 잇는다.

"대화를 녹음하고 있을 테니 두 번 말하지 않겠다. 지난번 고필용을 납치했을 때 불러준 계좌번호 10개로 각각 300만 불씩 입금할 것."

"……."

"기간은 내일 오후 6시까지다. 입금 확인이 되면 네 처자를 석방한다."

"……."

"조건은 받아들이지 않는다. 입금부터 시킬 것. 이상이다."

그러고는 통화가 끊겼다.

전화기를 내려놓은 피터가 고개를 들었을 때 김석호도 전화기를 귀에서 떼면서 말했다.

"됐습니다."

김석호의 얼굴에 웃음이 떠올라 있다.

"이놈이 30초 안에 끝내려고 연습을 많이 한 것 같은데 그건, 옛날이야기지."

몸을 돌린 김석호가 말을 이었다.

"벨이 울린 순간에 그놈 위치가 파악됐습니다."

전화기를 내려놓은 할라비가 옆에 선 만수르를 보았다.

'어떻습니까?' 하는 표정이다.

"잘했어."

만수르가 고개를 끄덕였다.

"그 정도면 됐어."

이곳은 우당 산골짜기에 위치한 주택이다.

창밖을 내다본 만수르가 말을 이었다.

"곧 연락이 올 거다."

주위의 시선을 받은 만수르의 얼굴에 웃음이 떠올랐다.

"물론 이동욱도 함께 들었겠지만 다른 방법이 없을 테니까."

그때다.

"쉭!"

바로 옆에서 가스관이 새는 소리가 울렸기 때문에 만수르가 퍼뜩 고개를 들었다.

아프간에서 수없이 전투를 치른 만수르다.

저 가스 소리가 무엇인지를 아는 것이다.

다음 순간.

"꽈광!"

번쩍이는 섬광과 함께 폭음, 폭발이 동시에 일어났다.

만수르는 제 몸이 허공으로 떠오르는 순간에 '뇌'가 가동되었다.

'아차, 당했구나.'

이것이 만수르의 뇌 속의 마지막 생각이다.

"꽝, 꽝, 꽝, 꽝."

그 후로 네 번의 폭음이 더 울렸다.

오후 8시 반.

골짜기 안의 폭발은 밤하늘로 울려 퍼졌고 화염이 솟았다.

화염이 치솟은 지 2분쯤 지났을 때다.

헬기의 로우터 소음이 울리더니 곧 불타오르는 저택 상공에 헬기가 나타났다.

헬기는 곧장 저택 앞마당에 접근하더니 열린 문에서 검정 위장복 차림의 사내들이 뛰어내렸다.

"두르륵. 두르륵."

소음기를 낀 기관총 소음.

불타는 저택으로 달려간 사내들이 쏘아댄 것이다.

소음기를 끼고 있어서 발사음이 그렇게 울렸다.

"탕. 탕. 탕."

요란한 총성에 이어서 다시 발사음.

"드르르륵. 두르르륵."

밤하늘에 총성이 이어지고 있다.

본부에 있던 김석호가 보고를 받았을 때는 그로부터 5분쯤 후다.

"두 명 생포했습니다."

팀장으로 타깃에 침투했던 카터의 보고다.

"둘 다 부상을 입었지만 생명에는 지장이 없습니다."

"사망자 확인은?"

"모두 사진은 찍었습니다. 저택이 무너져서 매몰된 시신은 찍지 못했습니다."

그러더니 덧붙였다.

"납치된 모녀는 찾지 못했습니다."

"이놈이 지난번에도 그랬다더니 강수(强手)를 쓰는군."

하다드가 의자에 등을 붙이면서 말했다.

"이번에도 인질을 찾지 않는다는 거야. 납치범과는 협상을 하지 않겠다는 것이지."

그때 옆에 서 있던 부스카가 하다드를 보았다.

"대장, 만수르가 당한 것 같습니다. 이제 앞으로 어떻게 할까요?"

"만수르는 놔둬."

하다드가 앞에 놓인 찻잔을 들고 말을 이었다.

"바라타크한테 배운 습성을 그대로 써먹다가 당한 거다."

오후 9시가 되어가고 있다.

"모녀는 저택에 없었습니다."

김석호가 이동욱에게 보고했다.

9시 반.

지금 이동욱은 샤르트르에서 파리 저택에 피터와 함께 있는 김석호의 전화를 받는다.

"매몰된 저택에서 놈들의 시신 7구를 찾아내었는데 그중에 바라타크의 심복인 만수르의 시신도 확인되었습니다."

김석호가 사로잡아온 일당 두 명한테서 자백을 받은 것이다.

그때 이동욱이 말했다.

“지금 우당의 경찰이 현장을 수색하고 있으니까 곧 시신 신원이 밝혀질 거야.”

“영상을 찍어 왔는데 저택이 완전히 폭삭 가라앉았습니다.”

경찰들은 시신을 발굴해낸 후에 신원 확인을 시작할 것이었다.

그러나 아직 피터 가족의 생사는 불분명하다.

전화기를 내려놓은 이동욱에게 루이스가 다가왔다.

“상황실로 와 보시죠.”

루이스는 지금까지 오브리 영감과 함께 있었던 것이다.

아래층 상황실로 들어선 것은 이동욱과 크린트다.

크린트도 이곳 샤르트르의 본부에 있었던 것이다.

둘이 간부들과 함께 들어서자 상황실의 안쪽에 앉아 있던 오브리가 어리둥절한 얼굴로 그들을 맞았다.

루이스가 컴퓨터 스크린 앞에 서서 오브리에게 말했다.

“오브리 씨, 말해 봐요.”

그때 오브리가 화면을 정지시키고는 사내 하나를 가리켰다.

“이놈, 이 근처에 사는 놈이 아닌데 자주 나타나는군.”

오브리가 다시 화면을 돌렸다.

“여기도, 여기도.”

지금 오브리는 근처 주유소, 가게, 거리에서 수거해 온 30여 개의 CCTV를 체크한 것이다.

그래서 ‘수상한’ 사내 4명을 찾아내었다. 그리고 그 사내들이 가는 방향까지 알아내었다.

그것은 베르사유 부근이다.

최신 첩보 위성 100개를 위에 띄워도 알아낼 수 없는 방법이다.

"과연."

오브리가 CCTV를 돌리면서 설명하자 크린트가 감동했다.

루이스가 현지 경찰이었기 때문에 가능했던 것이다.

"이제 됐다."

허리를 편 크린트가 둘러선 부하들에게 말했다.

"이 얼굴들을 베르사유 근처에서 찾으면 되겠다."

그것쯤은 첩보 위성이 해낸다. 지상 200킬로 상공에서 자동차 번호판을 읽어내고 직경 50센티의 표적을 미사일로 명중시킬 수 있으니까.

아부핫산이 보낸 응원군은 암살자 쿠비르와 아후말이다.

하다드와도 안면이 있는 암살자 둘을 응원군으로 보낸 것이다.

둘을 본 하다드가 얼굴을 펴고 웃었다.

"잘 왔어. 너희들이 필요했어."

"알라 아크바르."

두 손으로 하늘을 가리켜 보인 쿠비르가 정색하고 하다드를 보았다.

두 눈이 죽은 생선의 눈 같다.

"적의 입 안에 불덩이를."

"알라 아크바르."

둘을 차례로 껴안은 하다드가 축복을 내린 후에 마주 보고 앉았다.

베르사유의 안가 안, 오후 11시 반.

쿠비르가 입을 열었다.

"아부핫산 님한테서 이야기 들었어. 상대가 이동욱이라고?"

"오늘 오후에 우당에서 인질 현상을 하던 바라타크의 심복 만수르가 폭사했어. 여긴 심각해."

하다드가 정색하고 둘을 보았다.

"CIA가 적극적으로 도와주고 있다. 정찰위성을 이쪽으로 돌린 것 같아."

"우리 임무는 뭐야?"

아후말이 묻자 하다드가 눈을 치켜떴다.

"눈에는 눈, 피에는 피다."

파리 경시청 청장실 안.

경시청장 드레옹 포슈가 앞에 선 강력부장 루이 쥐네스를 노려보며 물었다.

"이봐, 생제르맹앙레에 이어서 두 번째 아냐? 미사일 공격 아닌가?"

드레옹이 목소리를 높였다.

"CIA 놈들이 안하무인이야. 이미 여론이 들끓고 있어. 대통령까지 나한테 물었단 말이다! 가스관 폭발로는 안 통해!"

"각하, 언론이 지금 알 카에다에 초점을 맞추고 있습니다."

루이가 상기된 얼굴로 말을 이었다.

"생제르맹앙레에서 폭사한 놈들이 바로 리스타의 직원들을 납치해서 죽인 알 카에다로 밝혀지지 않았습니까?"

"이런, 빌어먹을."

드레옹이 거친 숨을 뱉었다.

드레옹은 55세, 비대한 체격에 급한 성격이지만 눈치가 빠른 데다 대통령 마크롱의 심복이다.

여론이 어떻건 대통령 심기만 거스르지 않으면 그냥 넘어갈 인물이다.

그때 루이가 말을 이었다.

"각하, 만일 우리가 CIA나 리스타 측을 다그치면 상황이 이상해집니다."

드레옹의 시선을 받은 루이가 목소리를 낮췄다.

"CIA와 리스타와 함께 공동작전을 하는 식으로 나가는 것이 낫겠습니다."

"……."

"그래야 여론의 호응을 얻고 나아가……."

대통령의 신임까지 받게 될 것이라는 말은 안 했지만 '돼지'는 알아들었을 것이다.

드레옹의 별명이 돼지다.

밤 12시 반.

주유소로 들어선 가스콩이 주유기 앞에 차를 세우고는 마빈에게 말했다.

"마빈, 기름 넣고 있을 테니까 맥주 두 병만 사와."

"맥주 마시게?"

"한 병씩만 마시자. 이 시간에 음주단속 할 놈도 없잖아?"

"오케이."

차에서 내린 마빈이 기지개를 켜고 나서 주유소 안쪽 가게로 다가갔다.

이곳은 국도변의 한적한 주유소.

마빈과 가스콩은 임무 교대를 하고 본부로 돌아가는 길이다.

가스 벨브를 연 가스콩이 호스를 집어넣고는 허리를 폈다.

병맥주를 사려다가 마음을 바꾼 마빈이 6개 들이 캔 맥주를 사 들고 차로 돌아왔다.

차의 주유구에 주유 호스가 꽂혀 있었지만 가스콩은 보이지 않는다.

"젠장, 이 자식."

저대로 둔 채 화장실이라도 간 것 같았기 때문에 마빈이 투덜거렸다.

주유기로 다가간 마빈이 호스를 쥐었을 때다.

뒤에서 인기척이 났기 때문에 마빈이 고개를 돌렸다.

그 순간이다.

뒤통수에 격렬한 충격이 왔다.

오전 1시 반.

이동욱과 크린트가 샤르트르 외곽의 안가 상황실에 앉아 있다.

주위에 참모 서너 명이 둘러서 있다.

지금 작전 중.

그때 참모 하나가 다가와 크린트에게 보고했다.

“저택 안에 7명이 있습니다.”

“기다려야겠지요?”

크린트가 이동욱에게 물었다.

두 눈이 충혈되어 있다.

이동욱이 고개를 끄덕였다.

“기다립시다.”

“그 옆집에서 4명이 있습니다.”

참모가 말을 이었다.

지금 CIA와 리스타 요원 14명이 베르사유 외곽의 안가 주위에 잠복하고 있는 것이다.

이제 베르사유 외곽의 알 카에다 거처는 파악되었다. 2채.

모두 루이스가 고용한 오브리의 공이고 그것을 정찰위성이 확인해 준 것이다.

오전 2시 반, 상황실로 루이스가 들어섰다.

그때 크린드는 밖에 나간 상태. 이동욱만 상황 보고를 받고 있던 중.

"내 팀원 마빈하고 연락이 안 됩니다."

"마빈?"

이동욱의 시선을 받은 루이스가 말을 이었다.

"내가 임무 교대하고 2시에 여기서 만나기로 했는데 연락이 끊겼어요."

마빈은 루이스에게 배정된 팀원이다.

"핸드폰은?"

"통화가 안 됩니다. 가스콩하고 둘이 이곳으로 온다고 했는데요."

"어디 지역에서 연락이 끊긴 건가?"

"베르사유 서쪽 5킬로 지점입니다."

그때 이동욱이 옆에 선 요원에게 지시했다.

"수색해."

이동욱의 시선이 CIA 요원에게로 옮겨졌다.

"마빈의 루트를 위성으로 추적해봐."

30분쯤 후에 주유소에 버려진 마빈과 가스콩의 차량이 발견되었다.

마빈과 가스콩은 사라졌다.

주유소 매점의 주인은 마빈이 캔 맥주를 사 간 것을 기억했다.

주유소에는 CCTV가 없었기 때문에 기록이 남지는 않았다.

"이거 아무래도 수상한데."

이동욱에게 크린트가 말했을 때 오전 3시 반 무렵이다.

"공격합시다."

크린트가 말했다.

지금까지 피터의 가족을 찾으려고 무조건 공격을 미루고 있었던 것이다.

우당의 저택을 폭파한 후에 다시 납치범의 통신을 기다리고 있었기 때문이다.

이동욱이 고개를 들고 옆에 선 루이스를 보았다.

"어떻게 생각해요?"

"만일 인질이 있다면 기습이 어렵습니다. 경찰까지 간섭하게 될 테니까요."

루이스가 기다렸다는 듯이 대답했다.

"경찰과 합동 작전을 하는 것이 낫지 않겠어요?"

이동욱과 크린트가 서로의 얼굴을 보았다.

맞는 말이다. 이제 곧 날이 밝아질 텐데, 총격전이 일어나면 경찰이 알게 될 것이다.

더구나 놈들이 인질을 방패로 삼으면 전 언론사들이 달려들게 된다.

루이스가 다시 말을 이었다.

"CCTV로 놈들의 은신처를 알아냈지만, 아직 준비가 덜 되었어요. 또 헬기로 미사일 공격을 할 수는 없지 않겠어요?"

이동욱과 크린트의 시선이 부딪쳤다.

맞는 말이다. 또 미사일을 쏠 수는 없다.

아무리 상대가 알 카에다라고 해도 남의 나라에서 자꾸 미사일을 쏴 댄다면 프랑스 국민이 들고일어날 테니까. 지금도 겨우 막고 있는 실정이다.

그때 이동욱이 먼저 말했다.

"오늘 저녁까지 기다리면서 준비합시다.

"실종된 둘부터 찾는 것이 급선무요."

크린트가 고개를 끄덕이면서 대답했다.

"놈들한테 발각되었습니다."

방으로 들어선 부스카가 말했다.

부스카는 거칠게 숨을 몰아쉬고 있다. 지하실에서 뛰어 올라온 것이다.

"마약을 먹였더니 한 놈이 불었어요. 지금 1호, 2호인가 주변에 10여 명이 매복하고 있다는 겁니다."

"알라 아크바르."

하다드가 두 손을 올리면서 얼굴을 일그러뜨리며 웃었다.

"신이 도우셨다."

"인질 확인을 못 해서 공격하지 못한다고 했습니다."

"그놈들의 정찰위성이 위에서 감시하고 있는 거야."

다시 두 손을 올린 하다드가 말을 이었다.

"쿠비르와 아후말을 불러라."

둘이 마빈과 가스콩을 납치해 온 것이다.

"어, 나온다."

길가에 주차된 차 안에서 오토가 소리쳤다.

오전 5시 반, 날이 밝아지고 있다.

그런데 앞쪽 저택의 대문으로 승합차 한 대가 나오고 있다.

옆에 앉아 있던 카일이 벌떡 몸을 세우더니 핸드폰을 집어 들었다.

"또 한 대!"

오토가 다시 소리쳤을 때 또 한 대의 차가 저택 대문을 빠져나와 도로로 들어섰다.

"이런."

당황한 카일이 핸드폰을 귀에 붙였다.

"여보세요."

신호음이 계속 울리고 있었기 때문에 짜증이 난 카일이 불렀을 때다.

"퍽석!"

유리창이 부서지면서 카일의 몸이 오토에게 부딪쳤다.

"악!"

오토가 몸을 젖히면서 놀란 외침을 뱉었다.

자신의 가슴에 붙은 카일의 머리통 한쪽이 부서져 있었기 때문이다.

"퍽!"

그 순간, 유리창 부서지는 소리와 함께 오토의 몸도 뒤로 젖혀졌다.

승합차와 승용차가 국도로 들어서는 장면을 정찰위성이 포착했다.

그 정보가 파리 근교의 미 공군 기지를 통해 크린트의 상황실에 전달되었을 때는 정확히 2분 30초 후다. 그동안 감시역으로 저택 주위에 배치되었던 3대의 차량은 본부에 연락이 되지 않았다.

"차량 2대가 N10번 도로로 진출했습니다!"

화면을 전달 받은 요원이 소리쳤다.

상황 스크린에 N10번 도로를 달리는 2대의 차량이 클로즈업되었다.

모두의 시선이 스크린에 옮겨졌다.

현재 시간보다 2분 30초 전(前)의 영상이다.

"왜 연락이 안 되는 거야?"

크린트가 버럭 소리쳤다.

지금 1번 저택 주변에 잠복해 있던 감시 차량들의 연락을 묻는 것이다.

그때 두 대의 차량이 슈퍼마켓의 지하 주차장으로 들어갔기 때문에 영상에서 사라졌다.

"이런."

영상을 보던 이동욱이 잇새로 말했다.

이 시간에 슈퍼마켓의 지하 주차장으로 들어갔다는 것은 추적을 피하려는 의도다.

놈들이 정찰위성을 의식하고 있단 말인가?

10분 후, 상황실로 요원 하나가 뛰어 들어왔다.

"1번 주택의 감시 1, 2차량이 당했습니다!"

모두의 시선이 모여졌고 요원의 말이 이어졌다.

"저격을 받아서 넷이 당했습니다."

"이런."

이동욱의 시선이 반대쪽 상황판으로 옮겨졌다.

저택 1, 2호 주변에 깔린 감시차가 붉은색 핀으로 꽂혀 있다.

모두 5개, 그중 1번 주택의 3개 중 2개가 당한 것이다.

옆으로 다가선 요원이 손으로 1번 주택을 가리켰다.

"3번 감시차에서 보고가 왔습니다."

그때 반대쪽 상황 스크린 앞에 서 있던 요원이 소리쳤다.

"2번 주택에서 승합차가 2대 나왔습니다!"

승합차 2대다.

이동욱이 스크린 앞에 선 크린트에게 다가갔다.

"크린트 씨, 막읍시다."

고개를 끄덕인 크린트가 옆에 선 요원에게 지시했다.

"연락해서 저지시켜!"

5분 후.

고개를 든 요원이 이동욱과 크린트를 번갈아 보았다.

"연락이 안 됩니다."

"갓댐."

스크린을 응시하면서 크린트가 잇새로 욕을 했다.

스크린에는 2번 저택을 빠져나가는 2대의 승합차가 비치고 있다.

그러나 이 화면은 2분 30초 전의 영상인 것이다.

"체크해!"

크린트가 버럭 소리쳤을 때 옆에 서 있던 루이스가 이동욱에게 말했다.

"내가 체크해 보지요."

그때 이동욱이 어깨를 늘어뜨렸다.

2번 저택에는 리스타 요원들이 감시를 맡고 있다.

오전 8시, 샤르트르의 상황실 안.

크린트와 이동욱, 크린트의 보좌관 찰스와 아슐란까지 넷이 둘러앉았다.

현장에 나간 루이스의 확인 연락을 방금 받은 후다.

감시역으로 배치되었던 CIA와 리스타 요원 12명 중 7명이 저격을 받고 피살되었다.

CIA 요원 4명, 리스타 요원 3명이다.

어젯밤에 당한 마빈과 가스콩이 리스타 요원이었으니 리스타는 5명의 요원을 잃은 셈이다.

그리고 저택에 은신했던 하다드의 부하들은 사라졌다. 정찰위성의 존재를 알고 있는 터라 흔적도 남기지 않았다.

뒤늦게 저택을 수색한 요원들은 피터 아문센의 아내와 딸이 잡혀 있었던 흔적을 찾았다. 또한 지하실에는 마빈과 가스콩의 시체가 있었다.

궤멸 수준의 패배다.

고개를 든 크린트가 이동욱을 보았다.

"알 카에다가 프랑스를 저희들의 놀이터로 여기는 느낌이 드는데."

이동욱의 시선을 받은 크린트가 쓴웃음을 지었다.

"그놈들은 약점이 되는 바라타크를 재빠르게 전장(戰場)에서 내보내고는 전력을 집중시켰는데 우리는 분산된 채 끌려다니고 있어요."

이동욱이 고개를 끄덕였다.

인질까지 잡혀 있는 데다 통합되었다고 해도 CIA, 리스타 간의 협조나 명령 체계가 원활하지 않았다.

"일단 시신을 수습해서 뒤처리를 끝냅시다."

정색한 이동욱이 말을 이었다.

"그리고 리스타 조직 지휘를 모두 크린트 씨에게 맡기겠소. 나도 크린트 씨의 지시를 받겠습니다."

크린트가 놀란 듯 눈을 크게 떴다가 곧 고개를 끄덕였다.

"고맙습니다. 역시 지휘 체계를 잘 아시는 분이라 다른 말은 하지 않겠습니다."

"파리의 납치 사건 본부도 관리해 주시지요."

납치된 둘 때문에 작전을 미루고 있다가 이렇게 당한 것이다.

샤르트르 저택의 2층 응접실은 이동욱의 사적 공간이다.

오전 10시 반.

루이스가 안으로 들어서자 이동욱이 고개를 들었다.

"루이스, 우리는 이미 놈들한테 위치가 노출되었다고 봐야 될 것 같소."

이동욱이 앞쪽 자리를 권하면서 말했다.

"마빈과 가스콩이 고문당한 흔적이 있는 걸 보면 우리가 CIA와 연합한 것까지 다 파악된 거요."

"그래서 저택 감시조가 당한 거죠. 저격수한테 감시조 차량을 알려줬을 테니까요."

루이스가 정색하고 이동욱을 보았다.

"이곳 본부도 옮겨야 되지 않겠어요?"

"아니, 나는 미끼 역할로 여기 남아 있기로 했어요."

이동욱이 말을 이었다.

"크린트 씨가 본부를 파리 근교의 공군 기지로 옮기기로 했고."

"그렇군요."

"정찰위성의 현장 사진을 실시간으로 받아볼 수 있게 되겠지요. 전달 시간 2분 30초 동안에 몰살을 당할 수도 있으니까."

이동욱의 얼굴에 쓴웃음이 번졌다.

"우리가 너무 안일하게 대처했어."

"저도 여기 남겠어요."

루이스가 똑바로 이동욱을 보았다.

"여기가 내 근무 지역이기도 하니까."

고개를 끄덕인 이동욱이 탁자 밑에 놓인 손가방을 꺼내 내밀었다.

"이거 받아요."

"뭔데요?"

물으면서 가방을 받은 루이스에게 이동욱이 말했다.

"10만 불 들었어요. 루이스 씨가 지금까지 쓴 경비하고 보너스, 그리고 오브리 씨한테 보상금을 떼어 주도록 해요."

그때 루이스가 고개를 끄덕였다.

"받겠어요."

루이스의 얼굴에 웃음이 떠올라 있다.

"오브리 영감님한테는 3만 불만 주겠어요. 그 돈이면 여생을 편히 살 테니까."

루이스가 들어서자 오브리가 기다렸다는 듯이 바로 말했다.

"이봐, 마누라한테 약 먹여야 돼. 내가 사흘 이상 밖에 나가 있으면 안 된다구. 마누라가 약 먹는 것을 까먹는단 말야."

"알았어요, 영감님."

"사례금 준다고 했지만 기관에서 주는 돈이야 뻔하지. 내가 이틀 반나절 일했으니까 일당 5백 불만 쳐주면 고맙겠는데. 이건 정부 지급인가?"

"정부 지급은 아녜요, 영감님."

그러자 오브리가 어깨를 늘어뜨렸다.

"그럴 줄 알았어. 알바 요금이라도 받지. 시간 당 10불씩만 해줘. 60시간쯤 되나?"

"……."

"6백 불이면 마누라 겨울옷 한 벌 사주겠는데, 신발하고."

"영감님, 비밀 지킬 수 있죠?"

"왜?"

"하긴, 말해도 누가 믿지도 않겠지만."

"뭘?"

"여기."

루이스가 들고 온 비닐 가방을 오브리에게 내밀었다.

"이거 사례금이에요. 받으세요."

오브리가 얼른 가방을 받더니 지퍼를 열고 안을 보았다.

그러더니 눈썹을 모으고는 루이스를 보았다.

"가방 잘못 가져온 것 같은데."

루이스가 손목시계를 보았다.

오후 3시가 되어가고 있다.

"베르사유의 저택에서 인질을 잡고 있다가 이번에 데리고 나갔어."

이동욱이 아슐란에게 말했다.

"지금 크린트가 정찰위성으로 찾고 있지만 그놈들은 우리가 정찰위성을 운용하고 있는 것을 알고 있기 때문에 전화도 안 하는 실정이야."

샤르트르의 저택 안이다. 오후 3시 반.

크린트가 요원들을 이끌고 파리 근교의 미군 기지로 옮겨간 후다.

그때 아슐란이 입을 열었다.

"이렇게 한 걸음 뒤로 물러서 있는 상황이 되니까 신정되고 앞이 보입니다, 대장님."

힐끗 이동욱에게 시선을 준 아슐란이 말을 이었다.

"알 카에다가 전장을 이곳으로 옮겨와서 전면전을 치르는 것 아닙니까?"

"……."

"지금까지 도망만 치던 알 카에다가 여기서 전력을 과시하려는 것일까요?"

이동욱이 천천히 고개를 끄덕였다.

아슐란의 말대로 한 걸음 물러나 생각하니 알 카에다의 목적이 무엇인지 궁금하다.

그러나 사건의 주역이었던 바라타크는 이미 도망쳤지 않은가?

피터 아문센의 가족을 인질로 잡고 3천만 불을 요구하고 있지만 돈이 목적인 것 같지는 않다.

그때 이동욱이 고개를 들었다.

"나도 지휘권을 크린트에게 넘기니까 훨씬 행동 범위가 넓어졌다."

아슐란이 시선만 주었다.

사흘째.

피터 아문센의 부인과 딸이 납치된 지는 나흘째다.

피터는 아직도 저택에서 납치범의 전화를 기다리는 중이다.

연락이 끊긴 지 사흘째가 된 것이다.

물론 저택의 전화선에는 위성의 감시 장치가 연결되어 있다.

"놈들이 다 아는 거야."

상황실로 사용하고 있는 저택 응접실에서 주드로가 말했다.

"통화가 끝난 지 2분도 안 되어서 미사일이 쏟아졌으니까 누가 전화를 하겠어?"

"정확히 5분 30초야."

케이든이 정정했다.

"파리 북방 상공에서 대기하고 있던 헬기가 저택 마당에 내린 시간이 말이지. 이젠 납치범의 전화는 안 되는 세상이 되었다니까."

주드로와 케이든이 통신 담당이다.

오후 6시 반.

조금 전에 임무 교대를 했는데 저택 안에는 기술 요원과 행동대까지 10여 명이 머물고 있다.

주드로가 힐끗 문 쪽을 보았다.

"주인은 지금 어디 있지?"

"거실에."

"애타게 전화만 기다리는 모습이 안 됐어. 전화가 올 가능성이 없는데."

"미사일로 폭파된 저택이 전화를 걸어온 곳인 줄 안다면 대충 상황을 짐작할 텐데."

"그걸 말해줄 필요는 없지."

둘은 잠시 입을 다물었다.

피터 아문센은 전화를 걸어온 만수르 일당이 미사일 공격을 받아 몰사했다는 것을 모르는 것이다. 언론에는 알 카에다 잔당이 특수부대의 공격을 받고 사망했다고만 보도되었다.

프랑스는 이 작전에 합세한 것으로 말을 맞춘 것이다. 파리 경시청장 드레옹 포슈가 강력부장 쥐네스의 아이디어를 받아 대통령에게 건의했기 때문이다.

영리한 '돼지'가 머리를 써서 생색을 내었다, 대통령도 전과를 올리도록 했으니까.

그때 주드로가 말을 이었다.

"인질은 이미 죽었다고 봐야 돼. 놈들이 지금까지 데리고 있을 리는 없어."

피터 아문센이 몸을 돌렸다.

다리가 후들거리고 머릿속이 텅 빈 느낌이 들었지만 정신은 있다.

발을 떼어 세 걸음쯤 걷자 숨이 막히더니 갑자기 눈물이 쏟아졌다.

'그렇구나. 지난번 뉴스에서 보았던 폭파된 저택, 그 저택이 납치범들이 전화를 걸어왔던 곳이었어.'

저택에 함께 있던 김석호도, CIA 책임자라고 소개받았던 크린트도 그 사실을 말해주지 않았다.

붕괴된 저택에서 잉그리트와 마리아의 시신은 발견되지 않았다.

하지만 돌아올 가망은 없는 것 같다, 납치범들이 알 카에다인 데다 이쪽도 납치된 인질을 구해낼 생각조차 없으니까.

어떻게 2층의 기실로 돌아왔는지 기억도 나지 않는다.

하다드는 백전노장 축에 든다.

나이는 37세지만 아프간과 시리아, 베이루트 내전까지 참가했다.

오후 8시, 하다드가 저택 응접실에서 쿠비르와 아후말을 번갈아 보았다.

이곳은 랑부예 숲 북쪽의 드뢰, 샤르트르 북쪽으로 30킬로 거리다.

"저택에 이동욱이 남아 있어, 부하들 7, 8명하고. 나머지는 다 철수했고."

하다드의 얼굴에 웃음이 떠올랐다.

"이놈이 저택이 노출된 것을 알면서도 떠나지 않은 건 우리를 기다리는 거야. 함정을 만들어 놓았을 거야."

샤르트르의 저택은 이미 생포했던 마빈과 가스콩한테서 화장실 물이 잘 안 내려간다는 것까지 다 들은 것이다.

그때 아후말이 말했다.

"하다드, 함정을 알고 있다면 그 뒤통수를 치면 돼. 함정이 무서워서 물러날 수는 없어."

"맞아. 밀고 나가자."

쿠비르가 찬성했다.

아후말과 쿠비르는 이번에 저택1, 2를 감시하던 CIA, 리스타 요원들을 저격해서 거의 감시망을 무력화시켰다. 하다드가 쥔 쌍검 역할을 한 것이다.

그때 하다드가 말했다.

"상대는 이동욱이야. 우리가 함정의 뒤를 친다는 것쯤은 예상하는 놈이라구."

"그럼 그 뒤를 치면 되지. 우리가 그런 일 한두 번 겪었나?"

아후말이 되묻자 하다드는 고개를 저었다.

"다른 방법이 있지."

"뭔데?"

"이동욱을 이곳에 두고 떠나는 거야."

"어디로?"

"파리. 피터 아문센의 저택이 놈들의 본부니까."

"좋아. 기발한 작전이군."

아후말이 고개를 끄덕였다.

"결정했습니다."

가방을 든 이동욱이 응접실로 나왔을 때 루이스가 말했다.

이동욱이 탁자 위에 가방을 놓고 루이스를 보았다.

그때 루이스가 말을 이었다.

"저 휴직하겠어요."

"휴직?"

"당분간. 우리는 1년간 무급 휴직을 할 수 있거든요."

"1년간 휴직하시려고?"

"네. 1년간."

"1년간 뭐 하려고?"

"리스타 일을 하려고."

루이스가 똑바로 이동욱을 보았다.

"저한테 일을 주세요."

"그럼 나하고 일단 파리로 갑시다."

이동욱이 주위를 둘러보는 시늉을 했다.

"아아, 지금도 하다드 부하들이 이곳을 감시하고 있을 거요."

"설마."

"그놈들은 교활해서 위성으로도 포착되지 않아요."

이동욱이 말을 이었다.

"그래서 지금 밖에서 준비하고 있어요."

"밖에서요?"

"그래. 루이스 씨는 나하고 같이 나갑시다. 그럼 알 수 있겠지."

오후 9시 5분, 저택에서 승용차 1대가 빠져나왔다.

그러고 나서 5분 후에 다시 승용차 2대, 승합차 1대가 나왔다.

그 순간이다. 엄청난 폭음과 함께 저택이 폭발했다.

폭발된 저택의 잔해가 수십 미터나 허공으로 치솟았고 불길이 따라서 솟았다.

"없습니다."

파리 근교의 제47공군 기지.

상황실에 앉아 있는 크린트에게 요원이 보고했다.

스크린에는 베르사유의 저택이 붉은 덩어리로 나타나고 있다.

그 좌우로 뻗은 길과 둘러싼 숲이 스크린에 가득 펼쳐진 것이다.

스크린에 성냥의 알갱이만 한 붉은 점은 사람이다.

저택 주위에 매복한 적은 보이지 않는다는 말이다.

"이 새끼들이 먼저 떠났군."

크린트가 결론을 내었다.

파리, 오후 10시면 시내는 가장 활발한 시간이다.

마레 지구에 위치한 피터 아문센의 저택 대문이 열리더니 승용차가 들어섰다. 현관 앞에서 차가 멈췄을 때 두 남녀가 내렸다.

이동욱과 루이스다.

둘이 곧장 집 안으로 들어서자 기다리고 서 있던 사내가 손으로 2층 계단을 가리켰다.

"응접실에 계십니다."

고개를 끄덕인 이동욱이 잠자코 계단으로 다가갔다.

뒤를 루이스가 따른다.

그 시간에 저택이 바로 보이는 길 건너편의 주택 2층 베란다에 엎드려 있던 샤이트가 고개를 돌려 만다로를 보았다.

"둘이 들어갔어."

"누군지 확인이 안 돼."

만다로가 망원경에 눈을 붙인 채 말했다.

"나올 때 봐야겠어."

"그럼 안에 12명이 있는 셈인데."

"이거 뭐가 보여야지."

투덜거린 샤이트가 앞에 거치된 드라구노프의 스코프에서 눈을 떼었다.

"보이는군."

스코프에 눈을 붙인 채 아슐란이 말했다.

아슐란은 지금 핸드폰으로 통화 중이다.

"한 놈이 드라구노프를 앞에 놓고 있어."

그때 수화구에서 김석호의 목소리가 울렸다.

"놈들이 거기에 자리 잡은 지는 어젯밤부터야."

"그렇군. 계속 저택 현관을 응시하고 있는데, 여기서는 288미터야."

"거기서 저택까지는 345미터. 드라구노프로 저격 가능한 거리지. 어지간한 놈은 10발 9중은 될 거야."

"하다드가 보낸 저격수인데. 오늘 아침에 사진을 보냈으니까 곧 신분 확인이 될 거야."

"좋아. 저쪽 한 곳뿐일까?"

"가능성이 있는 곳은 3곳, 그러나 확인했어."

김석호가 웃음 띤 얼굴로 말을 이었다.

"지금 네가 있는 곳을 타깃으로 할 장소까지 다 훑었으니까."

"좋아."

스코프에서 눈을 뗀 아슐란이 고개를 돌려 옆에 엎드린 카무란에게 말했다.

"카무란, 이 정도로 됐어. 꼬리 잡기 게임은 이 선에서 끝내기로 하지."

2층의 응접실 안.

인사를 마친 이동욱이 피터 아문센에게 말했다.

"놈들이 베르사유의 안가에 인질을 잡고 있다가 도망쳤습니다."

피터가 숨을 죽였고 이동욱이 말을 이었다.

"그것이 이틀 전인데 놈들은 우리들의 감시를 뚫고 도망을 친 겁니다."

"……."

"그 저택에 인질이 잡혀 있는지 확신할 수 없었기 때문에 곧장 기습을 할 수 없었던 것이죠."

"……."

"우리가 방심했던 겁니다. 놈들이 저택 주위에서 감시하고 있던 우리 측 요원들을 저격해서 7명이 사살되었어요."

"……"

"다시 우리가 쫓고 있는 상황입니다. 그 이야기를 해드리려고 온 겁니다."

그때 고개를 든 피터가 이동욱을 보았다.

물기에 젖은 두 눈이 번들거리고 있다.

"내 처와 딸은 살아서 돌아올 수 있겠습니까?"

"내가 책임지겠습니다."

이동욱이 피터의 시선을 맞받았다.

"우리가 놈들이 있던 우당 저택에 미사일을 쏘았을 때 표적 확인이 되었습니다. 인질로 잡힌 두 분은 표적에 나타나지 않았다고 합니다."

"……"

"우리가 인질 생명을 무시했던 것이 아닙니다."

그러고는 이동욱이 자리에서 일어섰다.

"나를 믿고 기다려 주시지요."

계단을 내려왔을 때 지금까지 잠자코 옆에 붙어 있던 루이스가 이동욱에게 물었다.

"여기 계실 건가요?"

고개를 저은 이동욱이 쓴웃음을 지었다.

"계획이 있어."

"납치범을 찾으려면 첫째로 놈들과 끊이지 않고 연락이 되어야 해요."

이동욱이 아래층 응접실로 들어가 소파에 앉았다.

앞쪽에 앉은 루이스가 말을 이었다.

"지금처럼 연락이 끊긴 상태에서는 힘들어요."

그때 응접실로 김석호가 들어섰다.

"이곳을 감시하는 놈은 둘입니다."

다가선 김석호가 말을 이었다.

"드라구노프를 거치해놓고 345미터 거리에서 감시하고 있습니다."

"놔둬."

이동욱이 고개를 들고 김석호를 보았다.

"네가 이곳을 맡아야겠다."

"사장님은 기지로 가실 겁니까?"

"아니, 난 카이로에 간다."

"카이로에 말입니까?"

놀란 김석호가 한 걸음 다가섰다.

그때 이동욱이 고개를 끄덕였다.

"카이로에는 왜 가십니까?"

"거기에 아부핫산이 있다는 정보를 받았어."

놀란 김석호가 숨을 들이켰고 이동욱이 말을 이었다.

"놈들이 연락을 끊고 있는 상황이라면 연락을 하게 만들어야지. 그러기 위해서는 먼 곳에 있는 놈들 머리를 잡을 수밖에 없어."

"저도 가겠어요."

김석호가 아슐란에게 연락하러 나갔을 때 루이스가 말했다.

"둘이 부부 행세를 하는 것이 자연스럽죠. 그리고 카이로도 제가 잘 알고."

이동욱이 고개를 돌려 루이스를 보았다.

"그럼 이 기회에 리스타 사원으로 채용하기로 하지."

이동욱이 말을 이었다.

"난 여자 보좌역을 많이 겪어 봐서. 그런데 대우는 과장급으로, 연봉은 30만 불. 어때?"

"너무 많기는 하지만 목숨을 거는 일이 많을 테니까 합의하겠습니다."

"보험 서류는 곧 작성하기로 하지. 예를 들어, 사망했을 때 보험금이 얼마라든지."

"그건 맡기겠어요."

고개를 끄덕인 이동욱이 손목시계를 보았다.

오후 11시가 되어가고 있다.

오전 9시 반, 리스타유럽 법인 사무실에서 한응수 전무가 전화를 받는다.

"예, 한응수입니다."

"아, 미스터 한."

직통 전화로 상대방은 파리 은행의 대출부장 루틴이다.

"아, 루틴, 무슨 일이야?"

그때 다른 목소리가 울렸다.

"잘 들어. 더 이상 인질극 할 상황이 아니어서 빨리 끝내기로 했다."

한응수가 숨을 들이켰을 때 사내의 목소리가 이어졌다.

"오늘 오후 6시까지 지난번 불러준 계좌로 300만 불씩 3천만 불을 입금할 것. 입금 확인이 안 되면 두 여자의 시체를 거리에서 보게 될 것이다."

그러고는 통화가 끊겼다.

"루틴이 출근하다가 괴한 둘에게 납치되어서 전화를 한 것입니다."

찰스가 크린트에게 보고했다.

"지금 루틴은 풀려난 상태입니다."

오전 10시 반, 47공군 기지 안이다.

크린트가 고개를 돌려 급히 달려온 김석호를 보았다.

"정찰위성이 그것까지 체크할 수는 없어, 미스터 김."

"압니다, 국장님."

김석호가 눈썹을 모으고는 말을 이었다.

"그놈들이 파리로 옮겨온 것 같습니다."

"오후 6시까지 해결할 수는 없어."

크린트가 정색하고 김석호를 보았다.

"당신의 보스는 어디 있나?"

"잠시 이곳을 떠나셨습니다."

"이런."

낭패한 표정이 된 크린트가 고개를 들고 물었다.

"연락이 안 되나?"

"제가 연락해보겠습니다."

"이건 이 사장이 결정해야 될 것 같은데."

외면한 크린트가 말을 이었다.

"이놈들이 6시까지 시간을 정해놓았는데 그 안에 해결될 수 있을 것 같지가 않아."

"……."

"대금을 안 내면 인질을 죽일 것 같아."

"……."

"그것을 이 사장이 결정을 해줘야겠는데."

김석호가 자리에서 일어섰다.

"연락해야겠습니다."

김석호의 보고를 들은 이동욱이 한동안 침묵을 지키더니 말했다.

“내가 오후 5시까지 연락하지.”

“예, 사장님.”

어깨를 늘어뜨린 김석호가 말을 이었다.

“기다리겠습니다.

“피터한테는 말하지 않는 것이 낫다. 그렇게 전해.”

“알겠습니다.”

그것이 당연했기 때문에 김석호가 길게 숨을 뱉었다.

20분 후, 이동욱의 보고를 들은 해밀턴의 입에서도 길게 숨이 뱉어졌다.

“갓댐.”

해밀턴이 잇새로 말을 잇는다.

“크린트, 그 무능한 놈이 책임을 너한테 떠넘기는구나.”

이동욱은 듣기만 했고 해밀턴이 말을 이었다.

“6시까지 해결할 수 없다고 너한테 전하라고 하는 걸 보니까 이건 우리가 맡아야겠군.”

“놈들은 살해할 가능성이 많습니다.”

“네 생각은 어때?”

“대금을 주는 것이 낫겠습니다.”

“좋아. 3천만 불을 보내주지. 내 직권으로 그쯤은 할 수 있으니까.”

해밀턴이 말을 이었다.

“일단 인질을 살리고 보자.”

“감사합니다, 사장님.”

“할 수 없지!”

다시 해밀턴이 길게 숨을 뱉었다.

"그놈들하고는 이것으로 끝나는 것이 아니니까."

샤를드골공항에 도착했을 때는 낮 12시 20분이다.

일행은 다섯. 이동욱, 루이스, 그리고 아슐란과 두 부하, 카심과 프라카시다.

셋 다 전사(戰士)로 머리 쓰는 일보다 총을 쏘는 것이 적성에 맞는 스타일. 모두 손가방 하나씩만 들었고 이동욱은 아예 빈손이다.

그러나 모두 말쑥한 양복 차림. 루이스는 바지에 점퍼, 운동화를 신어서 오히려 가장 눈에 띄었다.

"몇 시 비행기죠?"

루이스가 아슐란에게 물었지만 옆에 선 이동욱에게 물은 것이나 같다.

그때 이동욱이 말했다.

"가지, 기다리고 있을 테니까."

잠시 후에 다섯은 제5터미널의 전용기 게이트로 들어섰다.

이곳은 한적하다. 그리고 수속이 순식간에 진행되었다.

세관원이 스탬프를 찍어준 여권을 들고 에스컬레이터로 내려갔을 때 루이스는 숨을 들이켰다.

흰색 동체의 매끈한 전용기가 대기하고 있다.

트랩 밑에는 제복 차림의 남자 승무원이 서 있었는데 그들을 보더니 정중하게 고개를 숙였다.

"아, 제임스."

이동욱이 알은체했다.

"오늘 기장이 누군가?"

"와튼 기장입니다."

"그렇군."

고개를 끄덕인 이동욱이 트랩을 오르자 안에서 기다리고 서 있던 기장이 고개를 숙였다.

40대쯤의 사내다.

"사장님, 다시 뵙습니다."

"캡틴, 또 만납니다."

기장과 악수를 나눈 이동욱이 안으로 들어갔다.

기장은 루이스와 아슐란 등에게 웃음 띤 얼굴로 눈인사를 한다.

침대 같은 좌석이 20여 개나 있는 데다 뒤쪽 칸막이 안은 식당이나 회의실인 것 같다. 150명을 태울 수 있는 중형 여객기를 전용기로 개조한 것이다.

땅을 박차고 날아간 전용기가 정상 궤도에 올랐을 때 이동욱이 뒤쪽 회의실로 모두를 불렀다.

이동욱이 원탁에 둘러앉은 넷을 둘러보았다.

"내가 카이로에 있는 연합 지사장한테서 아부핫산이 카이로에 잠입했다는 정보를 들었어."

모두 긴장했고 이동욱의 말이 이어졌다.

"우리 다섯이 카이로에 간다는 건 해밀턴 사장과 카이로 지사장밖에 모른다."

"아부핫산이 누구죠?"

마침내 루이스가 어색함을 무릅쓰고 물었다.

아슐란 등은 다 아는 눈치였다.

그때 이동욱이 정색하고 설명했다.

"알 카에다의 지도자 오사마 빈 라덴의 동업자야. 빈 라덴의 최측근이고 현재는 알 카에다 지도자 대행이야."

"이제 알겠습니다."

시선을 준 채 이동욱이 말을 이었다.

"프랑스에서 우리하고 싸운 건 아부핫산이 보낸 하다드였어. 도망친 바라타크를 쫓는 것보다 아부핫산을 치는 것이 낫다는 판단이 섰기 때문에 지금 카이로로 가는 거다."

모두 숨만 쉬었고 이동욱이 다시 넷을 차례로 보았다.

"인질 대금 3천만 불은 놈들한테 지급될 거다. 피터 사장의 처자식은 구해내야지."

"……."

"그러나 나는 카이로에서 아부핫산을 잡는다. 바라타크가 우리 리스타에 해를 입힌 그 대가를 치르게 할 테다."

이동욱의 시선이 아슐란에게 옮겨졌다.

"공항에 지사장 사바크가 나올 거다."

회의를 마친 아슐란과 부하들이 나갔을 때 나갈 것처럼 서서 얼쩡거리던 루이스가 다시 이동욱의 앞에 앉았다.

"아부핫산의 은신처는 파악되었어요?"

"알 카에다 요원들을 미행 중이야."

이동욱이 바로 대답했다.

"이집트의 알 카에다 책임자인 파이잘이 무역상을 하는 놈이야. 그놈 밑에서 일하는 집사 무바락이란 자가 정보를 줄 거야."

"매수한 건가요?"

"무바락이 가게 공금을 썼기 때문에 정보를 판 것이지."

루이스가 고개를 끄덕였다.

"전 카이로에 도착하고 나서 바로 차도르를 사야겠어요."

"지사장한테 사 오라고 하지."

"아부핫산은 생포합니까?"

"가능하면."

이동욱이 정색하고 루이스를 보았다.

"루이스, 작전을 좋아하나?"

"체질에 맞는 것 같아요."

루이스가 얼굴을 펴고 웃었다.

"경찰, 그만둘 겁니다."

잠이 들었던 루이스는 기내 방송에 깨어났다. 착륙 30분 전이다.

비행기가 카이로에 접근하고 있다. 창밖으로 펼쳐진 지중해가 보였다.

루이스는 심호흡을 했다.

새 인생이 펼쳐지는 느낌이 든 것이다, 카이로에서.

전용기 터미널에는 12인승 미니버스가 대기하고 있었는데 리스타연합 카이로 지사장 사바크가 마중 나왔다.

사바크는 42세, 이집트 정보부대 출신으로 이번 '리스타연방'의 설립에도 기여했다.

현재 이집트는 아프리카의 리스타연방 회원국이다.

시내로 들어가는 차 안에서 사바크가 말했다.

"아부핫산이 구시가지에 있는 건 확실합니다. 알 카에다의 이집트 책임자 파이잘이 아부핫산을 상대하겠지요. 파이잘에게는 직속상관이니까요."

이동욱이 고개만 끄덕였고 사바크가 말을 이었다.

"파이잘의 집사를 오늘 밤에 만나기로 했습니다."

"같이 만나도록 하지."

이동욱이 말하자 사바크가 고개를 끄덕였다.

아부핫산의 정보는 파이잘의 집사 무바락한테서 나온 것이다.

신시가지 아브던 지구의 단층 저택 안.

아부핫산이 응접실의 카펫에 책상다리를 하고 앉아서 TV를 보는 중이다.

이때 파이잘이 서둘러 들어와 말했다.

"방금 파리에서 연락을 받았습니다. 파리 시간 6시까지 입금시킨다고 했답니다."

가쁜 숨을 고른 파이잘이 말을 이었다.

"마침내 우리가 이긴 겁니다."

"받을 때까지 안심할 수 없어."

아부핫산이 천천히 머리를 저었다.

"아니, 받은 후에도 방심하면 안 돼."

이맛살을 모은 아부핫산이 파이잘을 보았다.

"저쪽에다 받을 준비를 하라고 해."

"알겠습니다."

이곳은 오후 6시 18분이다. 파리는 오후 5시 18분.

조금 전에 리스타 측에서 인질 대금 3천만 불을 입금시키겠다고 한 것이다.

파이잘이 응접실을 나갔을 때 가루처가 들어왔다.

가루처는 아부핫산의 고문이다.

"하다드가 이번에 3천만 불을 받으면 모두 파키스탄의 지부에 운영비로 지급

해줘야 할 것 같습니다."

아부핫산이 시선만 주었고 가루처가 말을 이었다.

"17개 지부가 8개월 전부터 적자 운영입니다."

그렇다. 각 지부에서 알 카에다 요원의 훈련과 양성을 맡고 있었는데 9·11 이후로 자금 조달이 뚝 끊긴 것이다. 그래서 훈련 요원이 절반쯤 이탈했고 기간요원까지 사라졌다.

이렇게 몇 달만 더 지나면 알 카에다는 뿌리부터 흔들린다.

"이봐, 가루처."

눈동자의 초점을 잡은 아부핫산이 가루처를 보았다.

"바라타크가 지금까지 리스타에서 뜯어낸 돈만 4천만 불이야. 그 돈 중에서 우리한테 5백만 불밖에 안 왔어."

"……"

"이번에 하다드를 보냈더니 바라타크의 내막이 다 드러났어. 창고에 비축되었던 마약 값어치만 3천5백만 불이야."

"그 돈을 다 어떻게 했을까요?"

"새로운 조직을 만들 모양이다."

"그럴 리가요."

가루처가 아부핫산을 보았다.

"바라타크가 그럴 능력이 있습니까? 이번 사건도 처리하지 못해서 우리한테 도움을 요청하지 않았습니까?"

"바라타크는 자금을 쥐고 있으면 세력이 모인다는 것을 알고 있는 인간이야. 영리한 놈이지."

아부핫산이 길게 숨을 뱉었다.

"지금 바라타크는 마르세유에서 연락도 끊고 있어서 하다드가 운영 자금이 없어서 쩔쩔매고 있어."

"입금했습니다."

부스카가 고개를 들고 하다드를 보았다.

방금 부스카는 정보원한테서 보고를 받은 것이다.

부스카는 도미니카 공화국의 은행에 입금된 300만 불을 확인한 셈이다.

이것으로 리스타는 10개 은행의 계좌에서 3천만 불을 입금했다.

하다드가 고개를 끄덕였다.

"좋아."

"철수할까요?"

"지금 당장."

하다드가 자리에서 일어섰다.

파리, 몽마르트르의 카페 안, 둘의 얼굴에는 웃음이 떠올라 있다.

오후 6시 15분, 김석호가 방으로 들어서자 피터 아문센이 고개를 들었다.

"끝냈습니다."

김석호가 쓴웃음을 짓고 말했다.

피터 앞자리에 털썩 앉은 김석호가 말을 잇는다.

"다 보냈습니다."

"뭘 말입니까?"

갈라진 목소리로 피터가 묻자 김석호가 두 손바닥을 쫙 폈다.

"10개 계좌로 3천만 불을 다 보냈다는 말씀입니다."

"아!"

신음을 뱉은 피터가 시선을 내렸다.

"내가 부끄럽습니다."

"아니, 무슨 말씀을……."

"내가 3천만 불의 가치가 있는지 모르겠습니다."

"그렇게 말씀하시면 안 되죠."

정색한 김석호가 고개까지 저었다.

"회사는 전혀 그런 생각을 안 합니다. 당연한 지급을 했습니다."

김석호가 부드러운 시선으로 피터를 보았다.

피터의 눈은 어느덧 눈물로 젖어 있다.

"이제 기다리시면 됩니다."

"감사합니다."

"제가 그런 말을 들을 자격은 없죠."

자리에서 일어선 김석호가 말을 이었다.

"그럼 마음 놓고 식사부터 좀 하시고 기다리시죠."

파리 북서방의 미 제47공군 기지 안.

상황실에서 크린트 메크럼이 참모들을 둘러보며 말했다.

"결국 이렇게 끝나는군."

크린트가 지친 표정으로 말을 잇는다.

"이제 그놈들이 인질을 내보내 주기만을 바라는 수밖에."

모두 입을 열지 않았기 때문에 상황실 안은 무거운 정적에 덮였다.

크린트가 고개를 들고 벽시계를 보았다.

오후 6시 22분이다.

그때 다시 크린트가 입을 열었다.

"이제 둘이 나타날 때가 되었지?"

대답하는 사람은 없다.

루이스가 손목시계를 보고 나서 말했다.

"7시 25분입니다."

루이스는 차도르를 입었기 때문에 검정색 천을 들치고 손목을 내놓았다.

루이스가 손을 내리자 온몸이 차도르에 가려졌다.

그때 옆을 따르면서 루이스가 말을 이었다.

"파리는 6시 25분이죠."

이곳은 카이로의 신시가지.

둘은 라조글리 광장 뒤쪽의 골목을 걷는 중이다.

둘의 뒤로 아슐란과 카심, 프라카시가 따르고 있다.

"지금쯤 석방했어야 되는데."

루이스는 눈만 내놓고 있어서 완전히 아랍 여인이다.

푸른 눈동자는 이미 어둠이 덮여서 구분이 안 된다.

그러나 루이스는 허리에 경기관총 MP5를 차고 있다.

차도르 덕분에 중무기를 운반하고 있는 것이다.

그때 앞장서 가던 사바크가 몸을 돌렸다.

"저기 왼쪽 두 번째 가게입니다."

이곳은 시장 골목이다.

양탄자와 가구를 파는 구역이라 행인은 많지 않다.

왼쪽 두 번째 가게에서 파이잘의 집사 무바락을 만나기로 한 것이다.

가게 앞에는 이미 사바크의 부하 둘이 손님을 가장하고 얼쩡거리다가 이상이 없다는 눈짓을 했다.

좁은 가게 안으로 사바크와 이동욱, 루이스, 아슐란의 순서로 들어섰고 부하들은 밖에 남았다.

안쪽 사무실에는 두 사내가 기다리고 있었는데 들어서는 일행을 보자 자리에서 일어나 맞는다.

"이쪽이 리스타의 이 사장님."

사바크가 앞쪽 사내에게 이동욱을 소개했다.

그러자 사내가 두 손을 모으고 인사를 했다.

감히 악수를 하자고 손을 내밀지 못한 것이다.

그것은 이동욱이 손을 내밀 기색을 보이지 않았기 때문이기도 했다.

그러나 이동욱이 고개를 끄덕이며 인사를 했다.

"반갑소. 이야기 들었습니다."

"뵙게 되어서 영광입니다. 무바락입니다."

무바락이 허리를 숙여 다시 절을 했다.

40대 후반쯤, 짙은 턱수염, 검은 얼굴, 두 눈이 번들거렸고 마른 체격에 쑙 차림이다.

이집트의 알 카에다 책임자인 파이잘의 가게 집사.

무역 회사를 운영하는 파이잘의 자금 출납을 맡다가 조금씩 빼돌린 돈이 5만 불을 넘었다고 했다. 그것을 만회하려고 다시 10만 불을 빼돌려 주식에 투자했다가 망했다는 것이다.

그래서 지금까지 사바크가 정보비로 지급한 돈이 3만 불.

무바락한테는 터진 제방에 돌덩이 하나를 막은 꼴이 될 것이다.

자리 잡고 앉았을 때 무바락이 번들거리는 눈으로 이동욱을 보았다.

"파이잘의 예금 계좌에 2백50만 불이 입금되어 있습니다. 4개 은행에 예치되어 있는데 외부에 노출되지 않았습니다."

무바락이 말을 이었다.

“파이잘은 오래전부터 전화나 문자로 지시를 내리지만, 내가 그자의 안가를 알지요. 3개 안가를 돌아다니는데 그곳에 제각기 부인을 두고 있습니다.”

루이스가 고개를 돌려 이동욱을 보았다.

루이스의 시선을 받은 이동욱이 입을 열었다.

“무바락 씨, 옆에 앉은 사람이 누굽니까?”

그때 무바락의 눈동자가 흔들렸다.

“예, 제 사촌입니다. 이 가게가 사촌의 가게지요. 이곳이 안전해서 만난 겁니다.”

“믿을 만합니까?”

“예, 사장님.”

그때 잠자코 있던 옆쪽 사내가 말했다.

“저는 믿으셔도 됩니다. 우리 사촌 형제가 20명이나 되기 때문에 아무도 모릅니다.”

고개를 끄덕인 이동욱이 무바락을 보았다.

“무바락 씨, 당신이 우리한테 줄 수 있는 정보가 뭔지 그것부터 압시다.”

그 순간 긴장한 사바크가 숨을 죽였다.

그때 이동욱이 말을 이었다.

“그 정보의 가치를 따져서 정보비를 드리려고 합니다.”

지저분한 사무실 안에는 이동욱과 루이스, 아슐란, 사바크가 무바락과 그의 사촌을 둘러싸고 앉아 있다.

그때 무바락이 입을 열었다.

“파이잘의 별장 3채를 내가 다 압니다. 알려드리지요.”

심호흡을 하고 난 무바락이 말을 이었다.

"파이잘한테 요즘 VIP 손님이 와 있습니다. 그 손님이 별장 3채 중 하나에 투숙하고 있을 것입니다."

무바락이 번들거리는 눈으로 이동욱을 보았다.

"1백만 불을 주시지요. 그러면 별장 위치는 물론 파이잘의 거래 은행까지 다 알려드리겠습니다."

그때 이동욱이 고개를 끄덕였다.

"목숨을 걸고 하신 약속이군요."

이동욱이 똑바로 무바락을 보았다.

"드리지요."

가게를 나왔을 때는 오후 7시 55분이다.

가게에 사바크와 아슐란을 남겨 놓고 나온 것이다.

사바크와 아슐란은 무바락과 함께 가게에 남아 있다. 이 시점에서 무바락과 헤어질 수는 없기 때문이다.

보호 명분으로 남아서 정보를 얻고 물론 그 대가로 무바락에게 약속한 1백만 불을 주려는 것이다.

"7시가 다 되었어요."

차도르를 쓴 아랍녀가 되어서 루이스가 다시 팔을 빼내어 손목시계를 보았다. 파리 시간은 8시가 다 된다는 말이다.

3천만 불을 지급한 지 2시간이 되어 간다.

고개를 끄덕인 이동욱이 루이스에게 말했다.

"연락해 봐."

3장
생(生)과 사(死)

오후 10시가 되었을 때 김석호가 전화를 받았다.

3시간 전에 루이스의 전화를 받았고 이번에는 이동욱이 전화를 한 것이다.

이동욱이 바로 묻는다.

“어떻게 된 거냐?”

“아직 연락이 없습니다.”

김석호의 얼굴이 굳어 있다.

3천만 불을 지급한 지 4시간이 지났다.

그때 이동욱이 말했다.

“피터 사장한테 차분하게 기다리라고 말해. 이건 시간이 좀 걸릴 수도 있어.”

“예, 알겠습니다.”

“금방 되는 일이 아냐.”

이동욱이 말을 이었다.

“조급하게 생각하면 안 돼.”

김석호는 이동욱이 꽤 자상하다고 느껴졌다.

낮 12시, 이번에는 이동욱이 해밀턴의 전화를 받는다.

해밀턴은 지금 뉴욕에서 전화를 한다.

뉴욕 시간은 오후 5시. 파리 시간은 오후 11시다.

"5시간이 지났는데 아직 연락이 없어."

해밀턴이 억양 없는 목소리로 말을 이었다.

"우리가 알 카에다 놈들한테 당했을지도 모른다."

"……."

"그놈들 약속을 믿는 건 바보짓이었는데."

"제가 책임지겠습니다."

불쑥 이동욱이 말했을 때 해밀턴의 목소리가 굳어졌다.

"그럴 필요 없다, 책임은 내가 질 테니까."

해밀턴이 말을 이었다.

"우리는 테러단과 협상하지 않는다는 식으로 경직된 조직이 아냐. 그렇다고 3천만 불이 거금이어서 내놓지 못한다는 기업도 아니다."

"……."

"그것은 우리 회장님의 신념에도 어긋난다."

"여기서 아부핫산을 잡겠습니다."

이동욱이 말머리를 돌렸다.

방 안은 조용하다.

전화기를 고쳐 쥔 이동욱이 말을 이었다.

"다시 보고 드리겠습니다."

해밀턴이 잠자코 통화를 끝냈다.

이동욱을 위로해주려고 전화를 한 것 같다.

"내 가족을 먼저 사우디로 보내주시지요. 이젠 믿을 수 있을 테니까요."

무바락이 아슐란에게 말했다.

오전 1시 반.

무바락은 아슐란, 사바크와 함께 구시가지의 술탄 하산 모스크 뒤쪽의 골목을 걷는 중이다.

지금 그들은 파이잘의 첫 번째 별장을 먼발치에서 둘러보고 오는 중이다.

아슐란은 듣기만 했고 무바락이 말을 이었다.

"내 가족은 모두 12명입니다. 리야드에서 처남이 장사를 하고 있어서 기반을 굳힐 수가 있습니다."

"좋아."

어둠 속에서 아슐란이 고개를 끄덕이며 말했다.

"내가 말씀드리지."

리야드로 보낸 가족은 인질이 될 것이다, 만일 무바락이 배신을 한다면 가족이 해코지를 당할 테니까.

"자, 그럼 합의가 된 겁니다."

무바락이 심호흡을 하면서 말했다.

무바락은 파이잘의 집사로 장사를 오래 했기 때문에 거래의 법칙을 안다.

"하다드, 당분간은 그곳에 있도록."

아부핫산이 지시했다.

"바라타크에게도 움직이지 말라고 해."

"알겠습니다. 그렇게 전하지요."

하다드의 목소리가 밝다.

"오늘 만나기로 했습니다."

"대금은 어제 오후에 입금된 즉시 우리가 인출했다."

아부핫산의 목소리도 가벼워졌다.

"우리가 마무리를 해준 셈이지."

지금 아부핫산은 마르세유로 옮겨간 하다드와 통화 중이다.

그때 하다드가 말했다.

"바라타크가 이번 3천만 불에 대한 지분을 은근히 요구하는데요."

"……."

"돈을 받아냈다는 말을 듣고 은행 측에 연락을 했던 모양입니다. 그랬다가 우리 측이 재빠르게 인출한 것을 확인하고 부하를 시켜 저한테 연락을 했습니다."

"……."

"이번 사건으로 피해가 많다는 둥, 본래 그 10개 계좌가 제 것이라는 둥 하면서 절반을 돌려달라는 것입니다."

"……."

"그래서 지도자께 상의해보겠다고 말하고 돌려보냈습니다."

"지금은 돈 문제로 시간 보낼 상황이 아니라고 전해."

"예, 지도자님."

"당분간 고개 박고 숨어 있으라고 하고."

"알겠습니다."

어깨를 부풀렸던 아부핫산이 전화기를 내려놓고 옆에 앉은 가루처를 보았다.

"도대체 이놈의 돈 욕심은 끝이 없구만."

가루처가 외면했고 아부핫산이 다시 입을 벌렸다가 닫았다.

"무바락, 올리브 수입 대금을 내일까지 은행에 결제해라. 그건 여유 자금으로 해결되겠지?"

파이잘의 목소리가 수화구에서 울렸다.

오전 11시 반, 지금 무바락은 파이잘의 가게에서 전화를 받는다.

"예, 사장님."

무바락이 어깨를 부풀렸다.

여유 자금은 없다. 도매상에 입금된 돈으로 여유 자금 통장을 채우고 있었지만 요즘 4, 5일 동안 바빴기 때문에 여유 자금 통장을 채우지 못했다.

통화를 끝낸 무바락이 사무실을 둘러보았다.

50평 면적의 사무실에는 10여 명의 직원이 바쁘게 움직이고 있다.

이곳에서 20년 가깝게 일을 해온 것이다. 파이잘과 같이 지낸 시간이다.

어젯밤, 가족은 수에즈에서 밀항선을 타고 홍해로 빠져나갔다.

앞으로 2시간쯤 지나면 가족 12명은 사우디의 두바에 도착한다.

두바에서 대절한 버스로 리야드로 가는 것이다.

자리에서 일어선 무바락이 발을 떼었다.

직원들 모르게 책상 정리는 했다. 파이잘이 1년쯤 전부터 사무실에 나타나지 않고 전화로만 업무 지시를 했기 때문에 사무실에서는 무바락이 책임자였던 것이다.

직원들에게 잘 지내라고 말하고 싶지만 꾹 참았다.

앞으로 3, 4일 동안 이곳 일을 끝내고 사우디로 떠날 것이다.

사우디에서 새 생활을 시작한다. 이미 1백만 불은 계좌에 입금되어 있다.

사흘이 지났다.

인질 대금 3천만 불을 지급하고 사흘이 지난 것이다.

오후 6시 반, 미 제47공군 기지의 상황실 안.

상황 요원 마크 켐벨이 정찰위성 K-4호가 보내오는 영상을 확인하고 있다.

위성이 실시간으로 보내온 영상을 확대, 확인하는 것이다.

영상은 쉴 새 없이 보내지기 때문에 담당 요원은 그것을 체크, 확인하는 것이 임무다.

왼쪽 화면에 확대된 사진이 비쳤다가 사라졌다.

"갓댐."

마크가 투덜거리고는 방금 지나친 영상 하나로 되돌아갔다.

랑부예 숲 북쪽, 드뢰 방향의 길에서 4백 미터쯤 떨어진 숲속에 반짝이는 물체. 드뢰에서 남쪽으로 6킬로.

마크가 영상을 확대했다. 그러자 차의 지붕이 드러났다.

지붕의 절반은 나뭇가지로 덮여 있다.

어젯밤의 태풍으로 지붕을 덮은 나뭇가지, 풀 더미가 날아간 것 같다.

오후 8시 10분.

오늘은 회사에 출근했던 피터 아문센은 7시쯤 퇴근하고 집에 돌아와 있다.

김석호가 부하 셋과 함께 피터의 저택에 함께 있었기 때문에 출퇴근도 같이 하는 셈이다.

응접실에 앉아 있던 피터가 인기척에 고개를 들었다.

김석호가 들어서고 있다.

아직 저녁 식사 전이어서 피터가 물었다.

"저녁, 아직 안 드셨지요?"

같이 있지만 식사는 주방에서 따로 챙겨줬기 때문이다.

그때 김석호가 앞쪽 자리에 앉았다.

김석호의 시선이 똑바로 부딪쳐 왔기 때문에 피터가 숨을 들이켰다.

그동안 피터는 체중이 10킬로나 줄었다. 90킬로가 넘던 체중이 80킬로가 되었다.

치켜뜬 두 눈이 번들거리고 있다.

"사장님."

김석호가 시선을 준 채 부르자 피터는 어깨를 부풀렸다.

이제는 눈도 깜빡이지 않는다.

그때 김석호가 말을 이었다.

"조금 전에 둘을 찾았습니다."

그러고는 입을 다물었기 때문에 피터가 한마디씩 끊어서 묻는다.

"죽었습니까?"

"예, 사장님."

둘은 서로 싸우는 것처럼 서로 노려보는 중이다.

그 자세를 유지한 채 피터가 다시 물었다.

"지금 어디 있습니까?"

"드뢰 경찰이 시신을 회수해 갔습니다."

"……."

"지금 병원에 안치했을 겁니다."

"어떻게 죽었지요?"

"총에 맞았습니다."

김석호가 피터를 노려본 채 말을 잇는다.

"머리에 총알을 맞았기 때문에 죽는 순간에는 고통이 없었을 것입니다."

"……."

피터의 얼굴이 점점 하얗게 굳어졌지만 목소리는 또렷했다.

그때 피터가 자리에서 일어섰다.

"갑시다."

시체 확인하러 가자는 말이다.

이동욱에게 보고를 한 사람은 리스타연합 본부장인 미셸이다.

미셸은 구체적으로 상황을 보고했다.

"시체는 살해된 지 5일쯤 되었습니다. 놈들이 대금을 받기 전에 살해한 것 같습니다."

"……."

"지금 김석호 씨가 피터 사장과 함께 시신을 확인하러 갔습니다."

"……."

"김석호 씨는 피터 사장이 평정을 유지하고 있지만, 옆에서 지켜보겠다고 했습니다."

"……."

"놈들은 잠적한 것 같습니다."

그때 이동욱이 말했다.

"알았어. 수고했어."

억양 없는 목소리였기 때문에 미셸이 숨을 죽였다.

오후 10시 반.

아부핫산이 리모컨으로 TV를 끄고는 앞에 앉은 파이잘에게 말했다.

"리스타하고 CIA가 이를 갈겠구나. 특히 3천만 불을 빼앗긴 리스타가 말야."

아부핫산의 얼굴에 웃음이 떠올랐다.

"그놈들 때문에 바라타크가 5천만 불이 넘는 손해를 봤다고 했어. 그 대가를 받는 거야."

"축하드립니다."

파이잘도 웃음 띤 얼굴로 말했다.

"하다드가 다시 한번 명성을 떨친 셈이군요."

"확실하게 처리하는 전사지."

아부핫산이 말을 이었다.

"이번 작전에 우리 피해도 꽤 컸어. CIA 놈들이 정철위성에다 헬기로 미사일까지 쏘아대는 바람에."

그때 응접실로 하인이 쟁반에 차를 받쳐 들고 들어섰다.

남자 하인이다.

하인이 탁자 위에 찻잔을 내려놓고 나갔을 때 아부핫산이 파이잘에게 말했다.

"내가 귀찮게 하는 거 아니냐?"

"아닙니다. 전혀 그렇지 않습니다."

파이잘이 정색하고 말했다.

"얼마든지 묵으셔도 됩니다. 여기처럼 안전한 곳도 없습니다."

"그건 맞아. 하지만 네 식구들이 불편할까 봐 그래."

"별채에 있는데 뭐가 불편합니까? 제 처와 세 살 난 딸하고 둘뿐입니다."

그렇다. 파이잘의 세 번째 부인과 딸이다. 그리고 하인 넷이 시중을 든다.

아부핫산과 수행원 8명은 본채에서 따로 생활하고 있는 것이다.

아부핫산이 고개를 끄덕였다.

"내가 네 부인한테 선물을 주지."

"하다드, 아부핫산 님한테 연락해."

바라타크가 하다드를 노려보았다.

마르세유 부둣가의 카페 안, 구석 쪽 테이블에 둘이 마주 보고 앉아 있다.

"내가 이번 사건으로 피해가 많아. 샤르트르의 기반도 다 무너진 상황이야. 그것을 말해야겠어."

"알겠습니다."

하다드가 의자에 등을 붙였다.

"연락해서 입장을 전하지요."

"천오백만 불은 꼭 받아야겠어. 이건 내가 최대한 양보한 거야. 만일 그렇게 안 된다면 나도 생각하는 것이 있다고 전해."

"생각하는 것이라고 하셨습니까?"

"그래."

"저한테 미리 귀띔만 해줄 수 있습니까?"

"없어. 그리고 내일까지 시한을 정해놓겠다."

"협박으로 들리는데요, 바라타크 님."

"그래도 상관없어, 하다드."

바라타크의 얼굴에 웃음이 떠올랐다.

"하다드, 내가 지금 궁지에 몰려 있다고 무시하고 있는 것 같구나."

"제가 그렇습니까?"

"네가 이번에 엄청난 공을 세운 것 같나?"

"무슨 말씀인지……."

"네가 언제부터 내 앞에서 그렇게 등을 의자에 붙이고 앉아 있게 되었지?"

그때 하다드가 의자에서 등을 떼고는 쓴웃음을 지었다.

"허리가 아파서……."

"오사마 님이 요즘 보이지 않는다고 아부핫산이 지도자 행세를 하는구나. 내 말을 아부핫산에게 전해."

바라타크의 목소리에 억양이 없어졌다.

"내가 오사마 님께 천오백만 불을 보낸다고 약속했어."

"……."

"내일까지 조치하지 않으면 오사마 님의 돈을 가로챈 것으로 보고하겠어."

밤 11시.

전화기를 귀에 붙인 아부핫산이 짧게 웃었다.

"그놈이야말로 오사마 님의 부재를 이용해서 제 사욕을 챙기려는 놈이야."

"내일까지 조치를 해달랍니다."

"그건 못 한다."

"그럼 어떻게 할까요? 그러지 않는다면 보고를 하겠다는데요."

"오사마 님한테?"

헛웃음을 지은 아부핫산이 말을 이었다.

"그놈은 연락처를 모르고 있어. 헛소리야."

"알겠습니다."

하다드가 말을 이었다.

"무시하죠."

무바락과 함께 파이잘의 안가를 찾아나선 지 이틀째가 되는 날이다.

무바락이 파이잘에게 지시받은 올리브 수입 대금은 이동욱이 대신 은행에 입금시켜 주었다. 여유 자금을 횡령해서 통장이 깡통이 되었기 때문이다.

그래서 무바락은 며칠 시간을 벌었다.

"저기가 맞습니다."

이마의 땀을 손등으로 닦은 무바락이 눈으로 앞쪽 골목을 가리켰다.

"골목 안의 왼쪽 저택입니다. 내가 골목 앞까지 파이잘을 따라간 적이 있지요."

이동욱이 고개를 끄덕였다.

이것으로 세 곳의 안가를 다 찾아내었다.

오후 4시 반, 이곳은 구시가지의 주택가.

거리엔 행인이 많다. 관광객이 드문 지역이어서 모두 현지인뿐이다.

고개를 돌린 이동욱이 뒤에 서 있는 아슐란을 보았다.

시선을 받은 아슐란이 고개를 끄덕였다.

이제 다음 순서는 정해져 있다.

안가 셋을 다 파악했으니 절반은 성공이다.

루이스가 AK-47을 분해하다가 고개를 들었다.

이동욱이 바라보고 있다.

오후 6시 반, 안가(安家) 안이다.

구시가지에서 돌아온 이동욱이 응접실로 들어온 것이다.

루이스가 어색한 웃음을 띠면서 물었다.

"다녀오셨어요?"

"준비는 다 되었어."

다가온 이동욱이 말을 이었다.

"구시가지 주와일라문 근처의 주택가에 있는 파이잘의 3번째 부인 저택이야."

"오늘 밤에 기습할 거야."

"아부핫산을 확인했어요?"

"저택 안에 경호원이 8명이나 있어. 파이잘의 3번째 부인 집인데, 그 집 하녀한테서 정보가 나왔어."

"그렇군요."

"오늘 밤에 작전이야."

"저도 가죠."

이동욱이 고개를 저었다.

"앞으로 할 일이 많아. 오늘은 나한테 맡기고 여기 남아 있어."

몸을 돌린 이동욱이 말을 이었다.

"피터의 가족을 죽인 놈들을 찾아야 돼."

하다드다.

복수를 해야 된다.

이것은 전쟁과 다른 사안이다.

마당으로 나온 바카리가 앞에 선 무크바에게 말했다.

"경비 똑바로 서. 무크바, 밖에는 간샵이 있나?"

"예, 대장."

무크바가 어깨에 멘 AK-47을 추스르면서 물었다.

"무슨 일 있습니까?"

"무슨 일은, 긴장을 풀면 안 된단 말이다."

"알겠습니다."

"핸크로한테 담배 피지 말라고 전해."

"그러죠."

몸을 돌린 바카리가 현관 안으로 들어서자 어둠 속에서 핸크로가 다가왔다.

"뭐래?"

"너 담배 피우지 말란다."

"라이터 있나?"

"젠장."

무크바가 주머니에서 라이터를 꺼내 핸크로에게 내밀었다.

지금 저택 안팎에는 경호원 셋이 나와서 경비하고 있다.

밖에 하나, 마당에 둘이다. 12시간씩 3명이 근무하기 때문에 8명으로는 벅차다.

경비대장 바카리를 제외하면 경비 병력이 7명인 것이다.

밤 10시 40분.

저택 뒤쪽 골목에 모인 대원은 12명.

이동욱의 주위로 아슐란과 카심, 프라카시, 그리고 사바크와 7명의 부하들이다. 사바크가 리스타연합의 용병을 데려온 것이다.

이동욱이 대원들을 둘러보면서 말했다.

"저택 진입은 넷이 하겠다. 나머지는 밖에서 엄호하도록."

"……."

어둠 속에서 이동욱의 두 눈이 번들거렸다.

"먼저 밖에 나와 있는 경비병을 처치한 후에 저택 마당의 경비 둘을 없애고 나서 저택 안으로 진입한다. 집 안으로는 나하고 아슐란, 카심, 프라카시다."

이미 집 구조는 모두 머릿속에 넣어 놓았다.

2동으로 나누어진 본채에 아부핫산이 묵고 있는 것이다.

본채는 단층 벽돌 구조로 현관과 뒷문이 있는데 방이 6개, 응접실 안쪽 거실과 침실은 아부핫산이, 그 옆방은 고문 가루처가 그리고 뒷문 옆, 주방 옆, 현관 옆방이 경호원들의 방이다.

본채에 투숙 인원은 10명. 경호원은 8명이며 3명씩 1일 2교대다.

이것은 별채에서 일하는 하인이 시장에 가려고 나왔을 때 잡아서 내막을 알아낸 것이다.

사바크가 100달러짜리 지폐 10장을 내밀면서 협박과 회유를 병행했기 때문이다.

가루처가 고개를 들고 아부핫산을 보았다.

"바라타크가 협박을 했는데 지도자님과 연락이 되는 것이 아닐까요?"

"말도 안 돼."

어깨를 부풀렸다가 내린 아부핫산이 말을 이었다.

"그놈이 오사마 님과 연락이 안 되는 것을 알고 하는 소리야. 교활한 놈."

"지도자님은 지금 어디 계십니까?"

"파키스탄."

"지금도 거기 계십니까?"

"거기가 안전해."

고개를 끄덕인 가루처가 목소리를 낮추고 다시 묻는다.

"바라타크가 지도자님하고 은밀히 연락을 하는지도 알 수 없지 않습니까?"

"오사마 님이 그놈하고만 연락할 리는 없다니까 그러네."

버럭 화를 낸 아부핫산이 가루처를 노려보았다.

"아무래도 안 되겠다. 내가 직접 오사마 님한테 물어보는 수밖에."

아부핫산이 말을 이었다.

"전화는 물론 이메일도 안 돼. 직접 사람을 보내야 돼."

고개를 든 아부핫산이 가루처를 보았다.

"가루처, 네가 가라."

"한 놈이 나왔습니다."

정문을 감시하던 요원이 보고했다.

모두 리시버를 귀에 꽂고 있어서 반경 5백 미터 안은 무선 통신이 된다.

고개를 돌린 이동욱이 50미터쯤 떨어진 저택의 샛문으로 나온 사내를 보았다. 그런데 사내는 쑵 위에 작업복 상의를 걸쳤고 배낭을 메었다. 어둠 속이었지만 여행자 차림이다.

골목의 담장에 등을 붙인 이동욱이 입 앞에 뻗친 송신기에 대고 말했다.

"사바크, 저놈이 거리로 나가면 1백 미터쯤 미행하다가 덮쳐라. 생포하도록."

"예, 사장님."

사바크의 목소리가 리시버에서 울렸다.

"셋을 보내겠습니다."

"그놈 잡을 때까지 기다리겠다."

시간 여유는 있다.

서둘 필요는 없는 것이다.

저택은 골목 안에 위치하고 있지만, 후문으로도 골목이 이어져 있다.

동쪽과 남쪽 면은 옆집과 붙은 구조다.

오후 11시 20분.

정문이 비스듬히 보이는 골목의 안쪽에서 이동욱이 사바크의 보고를 받는다.

"사장님, 잡았습니다."

"좋아. 그놈을 끌고 가도록."

"차에 태워 보내겠습니다."

사바크의 부하 셋이 빠졌기 때문에 공격 요원은 줄어들었다.

TV 채널을 돌리던 아부핫산이 고개를 들었다.

밖에서 둔탁한 소음이 울렸기 때문이다.

문이 닫히는 소리도 났다. 세게 닫혔다.

그때다.

문이 벌컥 열리더니 사내 하나가 들어섰다. 손에 소음기를 낀 권총을 쥐고 있다.

사내와 시선이 마주친 순간, 아부핫산이 숨을 들이켰다.

사내의 입이 웃고 있었기 때문이다.

그러나 눈은 번들거리고 있다.

담장을 뛰어넘은 요원은 넷. 이동욱, 아슐란, 카심, 프라카시다.

이동욱이 먼저 담장 안쪽에 서 있던 경비원 하나를 쏘았고 담장 위에서 아슐란이 벽에 붙어 서 있던 또 하나를 쏘았다.

이미 담장 밖의 경비원은 처리한 상태.

넷은 마당으로 들어와 각각 앞뒷문으로 흩어졌다.

문은 열려 있었다.

앞뒷문이 다 열려 있었던 것이다.

집 안은 바깥보다 수월했다.

넷이 방마다 뒤져 무방비 상태로 누워있거나 잡담을 하던 경호원을 모조리 쏴 죽였다.

그리고 거실로 이동욱이 들어온 것이다.

"네가 아부핫산이냐?"

총구로 가슴을 겨누면서 이동욱이 물었다.

억양 없는 목소리, 어깨는 늘어져 있다. 그것이 아부핫산에게는 더 위협적이다.

아부핫산이 숨만 쉬었을 때 이동욱이 고개를 끄덕였다.

"난 리스타연합의 이동욱이다."

오전 1시 반.

2번째 부인 하지라의 저택에서 자고 있던 파이잘이 눈을 떴다. 찬바람이 얼굴을 스쳤기 때문이다.

눈을 뜬 파이잘이 어둠에 덮인 방 안을 둘러보았다.

옆에 누워 있는 하지라는 무거운 몸뚱이를 편 채 고른 숨소리를 내고 있다.

다음 순간, 고개를 돌렸던 파이잘이 숨을 들이켰다.

어둠 속에 사내 하나가 서 있다.

파이잘이 소스라치며 상반신을 일으켰다.

그 바람에 하지라가 눈을 떴다. 그러고는 앞에 선 사내를 보더니 입을 딱 벌렸다.

"악!"

다음 순간이다.

"퍽!"

발사음과 함께 하지라가 다시 벌떡 넘어졌다.

사지를 쫙 벌리면서 넘어졌기 때문에 파이잘도 함께 넘어졌다.

그때 사내가 말했다.

"일어나."

오전 6시 반.

모스크에서 기도 소리가 울리다가 그쳤다.

"가루처가 입을 열었습니다."

사바크가 응접실로 들어서서 말했다.

"파키스탄의 페샤와르로 오사마 빈 라덴을 만나러 가는 길이었답니다."

놀란 이동욱이 시선만 돌렸고 사바크가 말을 이었다.

"빈 라덴과 접촉하는 방법까지 모두 불었습니다."

"빈 라덴을 만나러 가는 길이었군."

"그렇습니다. 바라타크가 이번에 리스타로부터 받은 3천만 불 중 절반을 내라고 했답니다. 빈 라덴한테 준다고요."

"……."

"바라타크가 빈 라덴과 연락하고 있는지도 확인할 계획이었다고 합니다."

이동욱이 고개를 끄덕였다.

예상외의 소득이다.

아부핫산은 입을 열지 않았다.

하다드의 거처는 물론 연락처도 불지 않았다.

아슐란이 취조를 했지만 코웃음을 칠 뿐이다.

그러나 한 시간쯤 지났을 때 가루처의 입에서 아부핫산이 기를 쓰고 감추려고 했던 하다드의 연락처가 밝혀졌다.

마르세유에 은신하고 있는 하다드의 거처까지 밝혀졌다.

"윌슨, 빈 라덴의 위치를 알아냈어!"

해밀턴이 소리치듯 말했을 때 CIA 부장 윌슨이 숨을 들이켰다.

윌슨은 지금 워싱턴에서 전화를 받는다.

오후 4시.

윌슨은 지금 의사당으로 가는 중이다.

"갓댐. 어디요?"

"젠장. 그걸 지금 말해야겠어?"

"아니, 당신이 지금 어디 있느냐구?"

"나, 지금 리스타랜드야."

"그럼 내가 당장 그쪽으로 가지."

윌슨이 당장 결정했다.

다른 사람도 아니고 해밀턴의 말이다.

리스타연합의 사장, 그 이전에 CIA 해외작전국장으로 윌슨의 선배였던 인간이다.

빈말을 할 위인이 아니다.

윌슨이 말을 이었다.

"지금 출발할 테니까 기다려, 해밀턴."

윌슨이 탄 전용기가 리스타랜드에 착륙한 것은 통화를 끝내고 14시간 만이었다. 통화를 끝내자마자 비행기를 탄 것이나 같다.

공항에는 해밀턴이 마중 나와 있었기 때문에 윌슨은 기뻐서 활짝 웃었다.

"해밀턴, 당신은 나이 들수록 겸손해지는군. 좋은 현상이야."

"아니. 여기서 바로 떠나려는 거야."

해밀턴이 쓴웃음을 짓고 말했다.

"어때? 내 비행기로 가는 것이? 당신 비행기는 연료도 채워야 할 테니까 시간이 걸리지 않겠어?"

"아니, 어디를 간다는 거야?"

윌슨이 '뻥'해진 얼굴로 물었다.

둘은 비행기 앞에 서 있다.

윌슨의 수행원들도 해밀턴에게 눈인사만 하고 주위에 둘러서 있다.

해밀턴이 대답했다.

"빈 라덴이 파키스탄에 있다니까 우선 카이로에 들렀다가 가려는 거야."

"카이로는 왜?"

"지금 우리가 빈 라덴의 동지 아부핫산과 그 고문 가루처, 그리고 알 카에다의 카이로 책임자 파이잘까지 셋을 잡아놓았어."

"아, 그렇지."

"아부핫산의 고문 가루처가 다 털어놓은 거야."

"그럼 그 세 놈부터 만나자는 건가?"

"그 세 놈을 카이로에서 싣고 가자는 거야."

"그래야지."

윌슨이 커다랗게 고개를 끄덕이더니 옆에 선 수행원과 낮게 상의하고 곧 해밀턴에게 말했다.

"카이로에서 그놈들을 싣고 사우디 제다로 가지."

"좋아. 그럼 내 비행기로."

"우리 일행이 20명쯤 되는데 당신 비행기에 다 탈 수 있나?"

"이거, 왜 이래?"

해밀턴이 턱으로 격납고 왼쪽에 세워진 전용기를 가리켰다.

CIA 부장 전용기보다 2배쯤 큰 에어버스300이 대기하고 있다.

그때 해밀턴이 그쪽으로 발을 떼면서 말했다.

"자, 가지. 비행기 안에서 이야기하면 될 거야."

안가(安家)의 지하실 안, 창문도 없는 밀폐된 공간이지만 서늘하다.

지하, 식량 창고로 사용되는 곳이어서 벽에는 감자 자루가 쌓여 있다.

창고 안쪽에 갇혀 있던 아부핫산이 앞쪽에 대고 소리쳤다.

"나 좀 보자!"

지하 창고는 넓다. 그래서 식량 자루로 칸막이를 해놓고 통로에 감시병이 서 있는 구조다.

감시병이 식량 자루 사이로 머리를 디밀고 아부핫산을 보았다.

"왜 그래?"

"너희들 두목을 불러. 할 말이 있다고 해!"

아부핫산이 말을 이었다.

"너희들 두목을 불러와! 두목이어야 돼!"

잠시 후에 이동욱이 아부핫산의 앞에 서 있다.

"무슨 일이야?"

이동욱이 묻자 아부핫산이 똑바로 시선을 주었다.

"난 알 카에다의 2인자 아부핫산이다."

이동욱이 눈만 껌벅였고 아부핫산의 말이 이어졌다.

"알 카에다의 비밀을 털어놓을 테니까 리스타의 사장과 CIA 부장과의 면담을 요구한다."

"……."

"지도자의 소재에 관한 문제야."

그때 이동욱이 입을 열었다.

"네가 지금 내밀 카드가 있다고 생각하는가?"

아부핫산의 시선을 받은 이동욱이 빙그레 웃었다.

"둔한 놈이네. 넌 이제 우리 손안에 들어온 음식이야. 먹든 버리든 우리 맘대로야."

이동욱이 말을 이었다.

"네가 어떤 조건을 내밀려고 그런 말을 하는지 모르지만 너한테 놀아나지는 않아, 이 병신아."

자리에서 일어선 이동욱이 아부핫산을 바라보았다.

“넌 전범자로 끌려가서 처형되는 것으로 끝나는 거야.”

이동욱이 몸을 돌렸을 때 아부핫산은 어깨를 늘어뜨렸다.

이동욱과 함께 지하 창고로 내려갔던 사바크가 마당으로 나왔을 때 말했다.

“자백을 하려는 것 아닐까요?”

“두고 봐야지.”

이동욱의 얼굴에 쓴웃음이 번졌다.

“지금 아부핫산을 데리러 CIA 부장과 연합 사장님이 오는 중이야.”

“그렇군요.”

“아부핫산이 만나자고 하지 않았어도 만나게 돼.”

“아부핫산이 급한 것 아닙니까?”

“그런 모양이다.”

이동욱이 말을 이었다.

“아부핫산은 가루처가 잡힌 것을 모르고 있어.”

“……”

“이제 짐작이 간다. 그래서 서둘러 CIA 부장을 만나자는 거야.”

아슐란이 머리를 끄덕였다.

가루처한테서는 이미 정보를 받아 놓았다.

카이로에 리스타연합의 전용기가 도착했을 때는 오후 6시 무렵이다.

카이로 공항의 전용기 격납고에서 기다리던 이동욱이 해밀턴과 윌슨을 맞는다.

“갓댐. 내가 영웅의 마중을 받는군.”

이동욱을 본 해밀턴이 활짝 웃었다. 팔을 벌려 이동욱을 안았다가 놓은 해밀턴이 윌슨을 위해 비켜섰다.

그때 윌슨이 이동욱에게 손을 내밀었다.

"미스터 리, 당신을 만나서 영광이야."

"뵙게 되어서 저도 영광입니다."

인사를 마친 셋은 리무진을 타고 시내로 들어왔다.

리스타와 CIA 요원들이 대형 전세기를 타고 왔기 때문에 45인승 버스가 2대나 동원되었다.

아부하산과 알 카에다 카이로 지부장 파이잘은 CIA에 인계했다.

그러나 아부핫산의 고문 가루처는 이동욱의 요구로 리스타에 남았다.

이곳은 카이로 외곽의 CIA 안가다.

아부핫산과 파이잘을 기다리면서 이동욱이 말했다.

"아부핫산이 빈 라덴의 거처를 안다면서 CIA 부상님을 만나게 해달라고 했습니다."

이동욱이 접힌 종이를 윌슨에게 내밀었다.

"이건 제가 아부핫산의 고문 가루처를 잡아서 자백을 받은 빈 라덴의 연락처입니다. 가루처는 카이로를 떠나 빈 라덴에게 가다가 저희들에게 잡혔지요."

이동욱이 쓴웃음을 지었다.

"작전 직전에 가루처를 생포했는데 아부핫산은 그 사실을 모릅니다. 아마 가루처가 지금 파키스탄으로 들어가 빈 라덴하고 접촉하고 있는 줄 알 겁니다."

윌슨이 종이를 펴 보더니 고개를 끄덕였다.

윌슨의 얼굴에도 웃음이 떠올라 있다.

"옳지. 이젠 우리가 주도권을 쥐었어."

해밀턴도 고개를 끄덕였다.

"가루처가 보물 같은 놈이군."

이동욱에게는 최종 목표가 있다.

아부핫산을 통해 피터 아문센의 가족을 살해한 하다드를 찾는 것이었다.

그런데 아부핫산의 고문 가루처를 통해 마르세유에 있는 하다드의 연락처를 알게 된 것이다.

그래서 가루처를 내놓지 않고 아부핫산과 파이잘만 CIA 측에 넘겼다.

오후 10시 반.

이동욱이 루이스, 아슐란을 불러놓고 말했다.

"오늘 밤에 마르세유로 떠난다."

전용기 안.

잠이 들었던 이동욱이 노크 소리에 눈을 떴다.

전용기 앞쪽의 개인실이다.

그때 문이 열리더니 루이스가 들어섰다.

"주무셨어요?"

다가선 루이스가 묻자 이동욱이 눕혔던 침대를 세웠다.

1평쯤 되는 방 안에는 침대와 옆쪽에 소파까지 있다.

옆쪽 소파에 앉은 루이스가 이동욱을 보았다.

"하다드는 마르세유의 아랍인 지구에 묵고 있더군요. 제가 거긴 몇 번 가봐서 좀 알아요."

이동욱이 고개를 끄덕였다.

"잘됐네. 모두 마르세유가 초행이라고 했어."

"그런데 하다드가 아랍인 지구의 갱단이나 무장 단체와 제휴한다면 작전이

어려워질 것 같아요."

"그렇겠지."

이동욱이 루이스를 보았다.

지금 이동욱은 아슐란과 카심, 프라카시까지 셋을 데리고 마르세유로 날아가고 있다. 가루처는 사바크에게 맡기고 온 것이다.

이동욱이 말을 이었다.

"하다드는 최소한 10여 명을 데리고 있을 거야. 거기에다 마르세유에서 지원군을 모으면 수십 명이 되겠군."

"그 이상이 될 수도 있지요."

"나도 필요하면 수백 명도 불러올 수 있어. 하지만 우리 넷이 진행할 거야."

"마르세유에 바라타크 일당까지 있다고 하지 않습니까?"

"그래. 바라타크는 하다드를 통해 찾아야지."

이동욱이 말을 이었다.

"지금은 숫자가 적을수록 이로워, 루이스. 이 인원이 딱 적당해."

"마르세유에도 리스타연합 요원이 있겠지요?"

"물론이지. 지금 우리를 기다리고 있어."

이동욱이 정색하고 루이스를 보았다.

"나에게는 지금 오사마 빈 라덴 따위가 문제가 아냐. 9·11 테러 단체를 잡는 것도 관심 없어."

"……."

"리스타 직원들을 납치 살해하고 그 가족까지 죽인 하다드, 그리고 바라타크를 잡아서 죽이는 것이 내 목표야."

루이스는 고개만 끄덕였다.

복수다.

지중해를 날아가는 전용기는 시간의 반대 방향으로 나아간다.

3시간을 날았을 때 현지 시간을 맞추지 않은 시계는 오전 3시를 가리키고 있다.

잠에서 깨어난 루이스가 뒤쪽 식당으로 내려가 뷔페로 준비된 음식을 접시에 담아왔다. 샐러드와 스테이크를 담아온 루이스가 먹고 있을 때 아슐란이 들어왔다.

눈인사를 한 아슐란이 접시에 이것저것 음식을 가득 담더니 루이스 앞자리에 앉는다. 식당 안에는 둘뿐이다.

비행기 안은 조용하다. 이제는 엔진음도 들리지 않는다.

아슐란이 열심히 나이프와 포크를 움직여 음식을 먹었기 때문에 루이스가 물끄러미 보았다.

아슐란은 아랍계지만 파리에서 택시 운전사를 한 적도 있다.

32세, 프랑스 육군 특전대 출신. 파키스탄에서 미군 정보원 노릇을 하다가 리스타 용병이 된 파란만장한 경력을 갖고 있다.

그때 아슐란이 고개를 들었다.

"경관, 결혼 안 하셨지?"

"갑자기 그건 왜 물어?"

루이스가 눈을 흘겼다.

어느덧 아슐란과는 말을 '튼' 사이가 되었는데 결혼 이야기는 처음 묻는다.

아슐란이 말을 이었다.

"난 파리에 7살짜리 아들이 있어."

"……."

"전처가 키우고 있지. 물론 전처는 재혼해서 새 남편하고 살아."

"……."

"프랑스에 왔을 때 한 번 만나려고 했는데 못 봤어."

"마지막에 만난 건 언젠데?"

"아들이 한 살일 때 헤어졌으니까 아들놈은 내 얼굴도 모를 거야. 그러니까 6년이군."

"새아버지를 아버지로 알겠군."

"그렇겠지."

"그럼 만나지 마."

루이스가 고개까지 저었다.

"잊으라구, 솔저."

"내가 번 돈을 그녀한테 보내주려고 그러는 거야. 만나서 이야기를 해줘야지."

"딴 남자하고 산다면서?"

"그놈한테서 아이도 둘 낳았다고 하더군. 아이도 잘 낳지."

"당신, 다른 가족은 없는 거야? 부모나 형제, 하다못해 숙부, 숙모, 사촌이라도."

"내가 팔레스타인 출신이라고 말 안 했나?"

"안 했어."

"거기서 고아가 되었다가 사람들 사이에 끼어 탈출해서 터키, 그리스를 거쳐 프랑스에 온 거야. 그때가 12살 때."

"그렇군."

"고아원에서 고등학교까지 다녔어. 그러고 나서 택시 운전사가 되었고."

"알았어, 솔저."

이미 식욕이 저만큼 떨어진 루이스가 턱을 손으로 괴고 아슐란을 보았다.

"그 여자 어떻게 만났는지는 알 필요 없고 왜 헤어졌는가만 말해 봐. 그래야 충고가 제대로 될 것 같아서 그래."

"바람을 피워서."

"누가?"

"그 여자, 미레느가."

"그 여자가?"

"그렇다니까."

"……."

"남자가 생겼으니까 헤어지자고 하더라구."

"……."

"장은 자기가 키운다면서 말야."

"……."

"그때 나는 택시 운전사를 그만두고 육군에 입대해서 특전하사관 교육을 받고 있을 때였어."

"……."

"그놈, 죠르주는 푸줏간에서 일하는 놈이었는데 미레느한테 잘해줬고."

"됐어."

손을 들어 말을 막은 루이스가 소리 죽여 숨을 뱉고는 물었다.

"모은 돈이 얼마나 돼?"

"127만 불."

이번에는 루이스가 숨을 들이켰고 아슐란이 말을 이었다.

"경관, 미레느 주소를 적어줄 테니까, 내 돈하고 갖고 있을래?"

"내가 왜?"

"시간 나면 좀 보내줘."

"네가 보내지그래? 보내는 방법도 몰라?"

"갓댐."

어깨를 편 아슐란이 루이스를 노려보았다.

“내가 죽었을 때 말야. 그때 보내 달라는 거야.”

“다른 사람한테 부탁해.”

루이스가 벌떡 자리에서 일어섰을 때 기장의 방송이 들렸다.

마르세유 도착 30분 전이다.

마르세유, 지중해 최대의 항구 도시로 무역의 중심지.

신항구, 구항구는 나뉘어 있지만 중심지인 칸비에르 거리에서 1킬로만 가면 바로 구항구가 나온다.

이동욱은 생샤를역 근처의 안가에 투숙했는데, 아랍인 거리에서 가까웠기 때문이다.

안가를 준비한 마크는 마르세유 출신으로 리스타연합 요원이다.

29세, 리스타에 들어온 지 3년.

이동욱을 맞은 마크는 들떠 있다. 명성을 들었기 때문이다.

“아랍인 거리에는 골목이 많아서 미로 같습니다. 가게도 2천 개가 넘는 데다 유동 인구가 수십만입니다.”

마크가 번들거리는 눈으로 이동욱을 보았다.

“작전하기에 아주 좋은 환경입니다.”

그 순간 이동욱이 풀썩 웃었고, 듣고 있던 루이스와 아슐란의 얼굴에도 웃음이 떠올랐다.

말하는 분위기로 봐서 비관적인 결론이 나올 줄 알았기 때문이다.

그때 이동욱이 물었다.

“너는 아랍인 거리에서 살았다고 했지?”

“예, 사장님.”

"사장이라고 부르지 마. 팀장이나 대장이라고 불러."

"예, 대장님."

"대답해."

"예, 아랍인 거리의 빈민굴에서 어렸을 때부터 살았습니다."

마크가 말을 이었다.

"지금도 제 친척, 친지들이 아랍인 거리에 삽니다."

"그럼 샤이로 카펫 가게를 알겠구나."

"알지요."

고개를 든 마크의 얼굴에 생기가 돋았다.

"그 가게 골목의 입구에 제 삼촌의 향료 가게가 있습니다. 제 사촌들이 그 가게에 배달을 자주 갑니다."

이동욱과 루이스, 아슐란의 시선이 마주쳤다.

샤이로 카펫이 하다드의 연락처인 것이다.

가루처가 자백한 장소다.

이동욱이 고개를 끄덕였다.

"오늘 밤에 현장 답사를 하자."

"연락이 안 됩니다."

전화기를 내려놓은 부스카가 하다드를 보았다.

오후 6시 반, 부스카는 아부핫산에게 연락을 한 것이다.

"전화를 받지 않습니다."

하다드가 고개를 기울였다.

연락이 끊긴 지 이틀째다.

그러나 특별히 보고할 일은 없었고 지금까지 아부핫산이 하다드에게 연락을 해왔기 때문에 불안하지는 않다.

하다드가 지시했다.

"쿠비르를 불러, 아후말도."

잠시 후에 쿠비르와 아후말이 응접실로 들어섰다.

둘은 하다드와 함께 마르세유로 내려온 것이다.

마르세유의 유흥가를 섭렵하면서 며칠 동안 환락에 젖어 있던 둘은 막 외출하려는 참이었다.

"무슨 일이야?"

쿠비르가 물었다.

하다드는 이번 납치 작전에서 받은 3천만 불 중 1개 계좌인 3백만 불을 성과급으로 받았다. 아부핫산이 보내준 것이다.

그중에서 하다드가 가장 먼저 쿠비르와 아후말에게 보너스를 지급했다.

그때 하다드가 말했다.

"바라타크가 지금 마르세유에 있는지를 확인해야겠어. 그러니까 너희들 둘이 확인을 하고 와."

"왜?"

"아부핫산 님하고 연락이 안 돼. 고문 가루처하고도."

"카이로 지부장 파이잘은?"

"그놈 연락처는 아부핫산 님만 알아."

"젠장! 알라 아크바르."

"바라타크의 주소는 아랍인 거리 끝 쪽의 하일라 모스크 뒤야."

하다드가 접힌 쪽지를 쿠비르에게 내밀었다.

"은신처 약도야."

"있는가만 확인하면 돼?"

"그 정도면 돼."

"이건 암살하는 것보다 어려운 일인데."

쪽지를 받은 쿠비르가 아후말과 함께 자리에서 일어섰다.

둘은 하다드에게 배속된 아부핫산의 용병인 것이다.

오후 7시 반, 아랍인 거리는 손님들이 모여들어 떠들썩해졌다.

좁은 골목길을 오가는 행인들로 가득 찼고, 엄청난 소음으로 덮였다.

아랍인 거리 서쪽의 샤이로 카펫에도 손님들이 들락거렸는데 그중 절반이 관광객이다.

가게에서 50미터쯤 떨어진 그릇 가게 안이다.

그릇을 손에 들고 있던 이동욱 옆으로 아슐란이 다가와 섰다.

"가게 안쪽 사무실에 손님이 둘 있다는데 하다드의 부하 같습니다."

이동욱이 그릇만 보았고 아슐란의 말이 이어졌다.

"안쪽 저택은 사무실 뒷문을 통해 들어가는 구조입니다."

"뒷문은?"

"안에서 잠겨 있습니다. 출입자가 없는데 행인이 많아서 그중에 경비병이 섞여 있는지도 모릅니다."

이동욱이 고개를 끄덕였다.

뒤쪽 저택은 크다. 그러나 구조를 알 수는 없다. 들어가 본 사람이 없기 때문이다.

고개를 돌린 이동욱이 옆쪽에 선 루이스를 보았다.

차도르 차림인 루이스는 손에 접시를 들고 있었지만 다 듣고 있다.

하다드가 찌푸린 얼굴로 부스카를 보았다.

"며칠 이곳에 있다가 알제리를 거쳐서 육로로 이집트로 빠져나갈 거다. 육로 루트는 내가 훤하지."

"지금 리스타연방 체제로 되어 있는 것이 오히려 통행에 이롭습니다. 국경 검문이 더 수월해졌어요."

부스카가 말을 이었다.

"바라타크가 연락을 해오지 않는 것은 지도자님의 지시를 기다리고 있기 때문인 것 같습니다."

하다드가 고개를 끄덕였다.

아부핫산은 연락이 끊겼고, 바라타크는 연락해 오지 않는 상황이다.

그러나 이미 임무는 끝난 상황이니 진퇴는 하다드가 결정할 수 있다.

알제리를 통해 파키스탄으로 돌아가려는 것이다.

그 시간에 바라타크는 파키스탄 이슬라마바드의 수출상 마호메트와 통화 중이다.

"마호메트, 오더 결정했소?"

"아니, 바라타크. 아직 결정 못 했소."

마호메트가 말을 이었다.

"시간을 좀 주시오. 가격이 너무 낮습니다. 우리의 원가에도 10퍼센트나 낮은 가격이라."

"요즘은 양모 가격이 작년보다 20퍼센트나 떨어졌어, 마호메트."

"자꾸 그러는데, 그거 B급 양모지. A급은 오히려 작년보다 5퍼센트 정도 올랐다구."

"어쨌든 그 가격에서 최소한 5퍼센트를 낮춰야 됩니다. 다시 연락합시다."

"그럼 내일 이 시간에 다시 연락하지요."

전화기를 내려놓은 바라타크가 옆에 선 자쿠란을 보았다.

"지도자님하고 연락이 안 되는데, 마호메트가 찾아보겠다는 거야."

지금 바라타크는 이슬라마바드에 있는 중간 연락책 마호메트에게 오사마 빈 라덴과의 통화를 부탁한 것이다.

모두 암호 통화다.

"여긴 사무실인데."

사무실에 앉아 있던 카드쉬가 고개를 들고 말했다.

옆에 앉아 있던 구크람이 이맛살을 찌푸렸다.

"나가요."

사무실로 차도르 차림의 여자가 들어선 것이다. 검은 차도르를 머리에서 발끝까지 내려쓴 여자.

그때다. 차도르의 한쪽이 젖혀지더니 뭔가 비죽 내밀어졌다.

"퍽, 퍽!"

둔탁한 소음이 들리면서 3미터 거리에 앉아 있던 카드쉬와 구크람의 머리통이 부서졌다. 둘 다 얼굴 한복판을 총알이 관통하는 바람에 뒷머리가 수박이 쪼개진 것처럼 부서졌다.

그때 뒷문이 열리더니 이동욱과 아슐란이 들어섰다.

"갓댐."

이동욱은 가만있었지만 서둘러 앞쪽 문으로 다가간 아슐란이 감탄사를 욕으로 대신했다.

응접실에 앉아 있던 오스만은 문이 열리는 기척에 고개를 들었다.

사내 하나가 들어서고 있었는데 손에 권총을 쥐었다. 소음기를 끼워서 총신이 길다.

놀란 오스만이 벌떡 일어섰을 때다.

"퍽!"

총성이 울리더니 어깨에 격렬한 충격을 받은 오스만이 뒤로 벌떡 넘어졌다.

머릿속이 텅 비어 있었기 때문에 아무 생각도 나지 않았다.

"이곳에 있지 않습니다."

오스만이 어깨를 움켜쥔 채 신음하면서 말했다.

"안가에 있습니다."

"어디냐?"

총구로 오스만의 이마를 누르면서 아슐란이 묻는다.

이곳은 카펫 가게의 안채, 사무실을 통해 안채까지 밀고 들어온 이동욱의 '팀'이 지금 오스만을 심문하고 있다.

그때 아슐란의 얼굴에 쓴웃음이 번졌다.

"너 아니더라도 알아낼 수 있어. 그럼 넌 죽어라."

그러고는 아슐란이 지그시 총구에 힘을 주면서 몸을 세웠을 때다.

"살려주시면 말하지요."

오스만이 눈을 치켜뜨면서 말했다.

"약속만 해주십쇼."

오후 9시 반, 구항구의 시장 옆쪽 주택가.

모스크 왼쪽 골목 안에는 좌우로 주택 두 채가 있다. 둘 다 단층 주택이었는데, 왼쪽의 대문이 쇠창살로 만들어졌고 담장이 높다.

골목 입구에 서 있던 가루디와 자이로는 다가오는 남녀를 보았다.

남자는 채소가 든 시장바구니를 들었고, 차도르 차림의 여자가 옆을 따르고 있다.

그것을 본 자이로가 쓴웃음을 짓고 말했다.

"저놈, 마누라한테 쥐여사는구나."

"저래야 밤에 서비스를 잘 받는 거다."

가루디가 입맛을 다시면서 말했다.

"마누라 몸매가 좋구나, 키도 크고."

"네가 몸매 좋은지 어떻게 알아?"

"척 보면 알지."

그때 두 걸음쯤 앞으로 다가온 여자가 차도르에 가려진 손을 빼내었기 때문에 둘의 시선이 모여졌다.

그때 둘은 일제히 숨을 들이켰다.

그 순간.

"퍽! 퍽!"

2미터 거리에서 쏜 총이다.

둘 다 얼굴 복판에 총탄을 맞고 뒤로 벌떡 넘어졌다.

대문까지 먼저 달려간 것은 아슐란의 부하 카심과 프라카시다.

둘 다 AK-47을 쥐고 있었는데 문이 잠겨 있었기 때문에 카심의 어깨를 밟은 프라카시가 대문 안으로 뛰어들었다.

곧 안에서 대문이 열렸고 카심에 이어서 이동욱, 루이스까지 안으로 진입했다.

하다드, 응접실에서 TV를 보던 하다드가 옆에 앉은 부스카에게 물었다.

"쿠비르한테서 연락이 왔나?"

"아직 연락 없습니다."

부스카가 말을 이었다.

"돌아오면 보고하겠지요."

"만일의 경우에 말이야."

리모컨으로 음량을 줄인 하다드가 목소리를 낮췄다.

"바라타크가 쓸데없는 일을 할 경우에 내가 손을 써야 될 것 같다."

부스카의 시선을 받은 하다드가 쓴웃음을 지었다.

"이 기회에 처리해야지."

그러다가 하다드가 투덜거렸다.

"그런데 아부핫산 님하고 연락이 안 되어서 걱정이군."

"안에 넷이 있습니다."

저택 주위를 돌고 온 아슐란이 이동욱에게 말했다.

저택은 단층으로 T자형 구조였는데 앞뒤 쪽 마당 면적은 1백 평쯤 되었다.

집 안으로 들어온 지 10분도 되지 않았다.

마당에는 경비원 둘이 경비하고 있었는데 사살되었다. 그리고 밖에서 안을 들여다보았더니 집 안에는 넷이 있다.

둘은 문간방에, 나머지 둘은 응접실에 있다.

벽에 붙어 선 이동욱이 아슐란에게 말했다.

"너는 뒷문으로, 나하고 루이스는 현관으로 들어간다. 카심과 프라카시는 밖을 맡아라."

밖에서 둔탁한 발사음이 울렸을 때 하다드가 숨을 들이켰다.

"이건 뭐야?"

벌떡 일어선 하다드가 황급히 소파 옆쪽의 탁자 서랍을 열었다.

부스카는 그 서슬에 벌떡 일어섰다.

그 순간이다.

문이 열리더니 사내 하나가 들어섰다.

"퍽!"

발사음이 울리더니 하다드가 몸을 비틀면서 탁자와 함께 쓰러졌다.

손에 쥐고 있던 리볼버가 방바닥에 떨어졌다.

오후 1시 반, 안가(安家) 안.

응접실에 손발을 묶인 하다드와 부스카가 의자에 앉아 있다.

앞에 앉아 있는 사내는 아슐란이다.

저택 안은 조용하다.

하다드와 부스카는 이곳에 실려 온 지 30분쯤 되었다.

저택에서 어깨에 총을 맞았기 때문에 붕대를 감아 놓았지만 아직도 피가 배어 나온다.

하다드가 눈을 감았다가 떴다.

"이봐, 너 어디서 온 놈인가?"

아슐란은 시선만 준 채 대답하지 않았고, 하다드가 다시 묻는다.

"너, 미스터 리 부하인가?"

"……."

"이동욱 말이다. 리스타연합의 아프리카 지역 사장."

"……."

"저택에서 날 쏘고 이곳까지 데려온 놈이 이동욱이지?"

"……."

"데려와. 할 말이 있어."

그때 아슐란이 두 손을 들더니 하품을 했다.

"지금 대장님은 주무셔."

"……."

"나도 좀 자야겠어."

"이봐, 내가……."

그때 아슐란이 자리에서 일어섰다.

"넌 우리 대장이 갈기갈기 찢어 죽일 거야. 자고 일어나서 말이야."

발을 뗀 아슐란이 말을 이었다.

"너한테 바라는 건 없어. 그냥 죽이는 것뿐이야, 아주 잔인하게."

"이런, 개 같은."

샤를이 담배를 집어 던지고는 침까지 퉤, 뱉었다.

밤 11시 50분, 이곳은 구항구의 모스크 왼쪽 골목 안.

철창문 밖으로 나온 샤를이 앞에 서 있는 경관을 손짓으로 불렀다.

"이봐, 구경꾼들 싹 내보내."

"예, 과장님."

대답은 했지만 경관이 어슬렁거리고 앞으로 가더니 몰려선 구경꾼들에게 소리쳤다.

"어이, 돌아가! 돌아가!"

골목 앞에는 1백 명 가까운 구경꾼들이 몰려 있는 것이다.

피살 사건이다.

저택 안에서 사살된 시신 8구가 발견되었는데 대부분이 머리를 맞아서 전문가에 의해 피살된 것 같았다.

그런데 사내들의 신상이 밝혀지지 않았다.

신상 자료가 없는 것이다.

그때 뒤에서 쟈크방 형사가 다가왔다.

"과장님, 죽은 놈들이 모두 무기를 갖고 있었습니다. 갱단 사이의 전쟁 같습니다."

"병신아, 웃기지 마."

눈을 흘긴 샤를이 다시 침을 뱉었다.

"이건 기습이야. 암살이라구. 얼굴만 쏴 죽인 걸 좀 봐."

몸을 돌린 샤를이 뒤쪽의 저택을 바라보았다.

아랍인 거리의 샤이로 카펫 가게 안쪽 저택에서도 9명이 몰살당했다.

그곳도 얼굴이 수박처럼 부서졌다.

이곳과 비슷하다. 도대체 무슨 일이.

쿠비르가 구경꾼들 사이에서 서서 샤를을 보다가 고개를 돌려 아후말에게 말했다.

"다 죽은 거야. 8명이라고 했지?"

"응. 그리고 샤이로 카펫에서 9명."

아후말이 남의 일처럼 대답했다.

경관이 밀어내는 바람에 쿠비르가 두 걸음 물러났다가 다시 비켜서면서 골목을 보았다.

이곳은 골목 밖이라 구경꾼들이 1백 명도 넘는다.

대사건으로 소문이 나서 밤이 깊었지만 구경꾼들이 점점 더 모여들고 있다.

이제 벽에 나란히 붙어선 아후말이 쿠비르에게 말했다.

"리스타 놈들일까?"

"이동욱이야."

쿠비르가 앞쪽을 응시한 채 대답했다.

"이곳까지 쫓아왔어."

"하다드가 죽었는지 아직 시체 확인이 안 되었어."

아후말이 말을 이었다.

"안에 들어가서 봐야겠는데."

"영안실로 갈 테니까 그때 기회를 보기로 하지."

"8명 중에 포함되어 있지 않다면?"

"도망쳤거나 잡혀갔다고 봐야지."

"바라타크가 정보를 준 것이 아닐까?"

불쑥 아후말이 묻자 쿠비르가 입을 다물었다.

둘은 바라타크의 은신처를 감시하고 돌아온 참이었다.

아후말이 혼잣소리로 말했다.

"그놈이 경고를 했다는데 혹시 리스타 측에 밀고를 한 것이 아닐까?"

쿠비르는 대답하지 않았다.

깜빡 잠이 들었던 하다드가 눈을 떴다.

깊은 밤, 주위는 조용하다.

옆에 있던 부스카는 다른 곳으로 옮겨졌기 때문에 응접실에는 혼자다.

어깨의 통증이 다시 밀려왔고 어금니를 문 하다드가 고개를 들었을 때다.

문이 열리면서 사내들이 들어섰다.

그중 하나는 가방을 들고 있었는데 모두 무표정한 얼굴이다.

가방을 가져온 사내가 탁자 위에 놓더니 내용물을 펼쳤다.

그 순간, 하다드가 숨을 들이켰다.

고문 기구다. 칼과 망치, 톱, 전지가위, 주사기, 갖가지 칼이 가지런히 꽂혀 있다.

하다드는 무심한 표정으로 고문 기구를 보았다.

자주 보았던 기구다. 그런데 이건 종류가 좀 많은 것 같다.

오전 5시.

바라타크가 TV 앞에 앉아서 뉴스를 보고 있다.

TV에서는 샤이로 카펫 가게 안쪽 저택과 구항구의 시장 옆쪽 주택가에서 일어난 피살 사건을 보도하고 있는 것이다.

하다드의 연락사무소와 거처다.

조금 전부터 보도가 되었지만 바라타크는 입을 꾹 다문 채 TV를 응시하고 있다.

옆쪽에 앉은 자쿠란은 숨을 죽인 채 눈치만 살피는 중이다.

그때 바라타크가 리모컨으로 TV를 끄더니 고개를 들었다.

"하다드가 당했는지 아직 밝혀지지 않았어."

"그렇습니다."

"리스타겠지?"

"그렇습니다."

"이동욱이 여기, 마르세유에 와 있는 것이군."

"그렇습니다."

"내 거처를 알 가능성도 있겠구먼."

"그렇습니다."

그때 시선을 준 채 바라타크가 말했다.

"인질을 살해한 복수를 하려는 거야."

이제는 자쿠란이 입을 다물었고 바라타크가 말을 이었다.

"내가 리스타 직원 다섯을 살해했고 하다드는 피터 아문센의 처자식을 죽였거든. 이동욱은 나를 찾고 있을 거야."

"……."

"그놈은 리스타연합의 전설적인 암살자지. 암살자에서 연합의 최고 간부인 사장급까지 출세한 놈이야."

"그놈이 샤르트르에서도 우리 요원들을 많이 죽였습니다."

자쿠란이 말했을 때 바라타크가 고개를 들었다.

얼굴이 굳어 있다.

"자쿠란, 지금 집 안에 몇 명이 있지?"

"경호원 12명, 사모님과 하인 둘, 저하고 사장님까지 17명입니다."

"지금 미네사에게 경호 4명을 붙여서 니스로 보내라. 그렇지, 네가 인솔해서 가는 것이 낫겠다."

"……."

"차 2대로 가면 되겠다. 니스의 별장으로 가라. 그곳은 너하고 나밖에 모르지 않나?"

"예, 그렇죠."

"구입할 때 따라갔던 놈들도 다 죽었군."

"……."

"자쿠란, 너만 믿는다."

"예, 사장님."

외면한 자쿠란이 자리에서 일어섰다.

"지금 출발하겠습니다."

"여기 경비는 폴에게 맡기고 서둘러."

바라타크가 벽시계를 올려다보았다.

오전 5시 반이다.

"만일 하다드가 잡혔다면 저곳을 불지 않았을 리가 없지."

쿠비르가 터번으로 얼굴을 가리면서 말했다.

"리스타 놈들이 바라타크도 노리고 있을 테니까 말야."

"이봐, 쿠비르, 그냥 떠나자."

아후말이 어깨를 움츠리면서 말했다.

"바라타크가 어떻게 되건 그게 우리하고 무슨 상관이냐? 떠나자구."

"이대로 도망칠 수는 없어."

이맛살을 찌푸린 쿠비르가 어깨를 움츠렸다.

오전 5시 35분, 둘은 다시 바라타크의 은신처 근처인 아랍인 거리 끝 쪽의 모스크 벽에 기대앉아 있다.

이곳은 바라타크의 저택 정문이 비스듬하게 보이는 위치다.

쿠비르가 말을 이었다.

"하다드가 박살이 났으니 그 복수를 해야 돼."

고개를 든 쿠비르가 주위를 둘러보았다.

"이동욱이 바라타크를 잡으려고 여기 나타날 거다."

승용차 2대가 저택에서 나왔을 때는 그로부터 10분쯤 후다.

창문에 선팅을 해서 안에 누가 탔는지는 보이지 않았다.

차 2대는 곧장 거리를 빠져나갔다.

"이런."

차 뒷모습을 보던 쿠비르가 쓴웃음을 지었다.

"도망치는 거 아냐?"

아후말이 묻자 쿠비르가 고개를 기울였다.

"아니, 집 안에 20명 가깝게 있었는데 차 2대면 부족하지."

"또 나올까?"

"봐야지."

어깨를 움츠린 쿠비르가 다시 주위를 둘러보았다.

"바라타크도 보통 놈이 아니니까 눈치를 챘겠지."

"우리가 망보는 것 말야?"

"그럴 리는 없고. 이동욱한테 타깃이 되어 있다는 것 말야."

오전 6시가 되어가고 있어서 모스크 근처에는 행인이 많아졌다.

탑 위에 올라가 있던 마크가 망원경을 눈에서 떼고 전화기를 귀에 붙였다.

"승용차 2대가 3번 도로 방향으로 가고 있습니다."

마크가 말을 이었다.

"검정색 벤츠. 차량 번호는 2244, 3821."

"알았다."

수화구에서 사내의 목소리가 울렸을 때 마크가 다시 망원경을 눈에 붙였다.

"저택을 감시하는 두 놈이 있습니다."

부스카가 고개를 들고 이동욱을 보았다.

얼굴이 땀에 젖어 번들거리고 있다.

"하일라 모스크 뒤쪽의 저택을 수색해보셨습니까? 그곳에 바라타크의 와이프도 함께 있습니다."

이동욱은 시선만 주었고 부스카는 말을 이었다.

"그곳을 감시하라고 하다드가 해결사 둘을 보냈거든요. 전문가들입니다."

"……"

"지금 어디에 있는지 모릅니다."

그때 이동욱이 입을 열었다.

"조금 전에 그 저택에서 승용차 2대가 나와서 지금 고속도로를 향해 달려가고 있어."

의자에 등을 붙인 이동욱이 앞에 앉은 부스카를 보았다.

부스카는 아직도 의자에 묶여 있다.

"그리고 지금 모스크의 벽에 두 놈이 기대앉아 있는데, 둘 다 행상인 차림으로 자루를 갖고 있다. 그것도 총이겠지?"

"그렇습니다."

부스카가 고개를 끄덕였다.

"그자들은 항상 AK-47을 갖고 다닙니다."

이동욱의 얼굴에 웃음이 떠올랐다.

그러나 입을 열지는 않았다.

고속도로 출구로 다가가던 승용차가 속력을 줄였다.

오전 8시 10분.

차량 대열이 출구 앞에서 밀리고 있었기 때문이다.

앞차에 타고 있던 자쿠란이 운전사 미카에게 말했다.

"어젯밤 사건으로 검문을 하는 모양이다."

1백 미터쯤 앞이다. 그러나 검문은 건성이다.

경찰 세 명이 서서 차 안을 보고는 손짓으로 가라는 시늉을 하고 있다.

그래서 속력을 줄여 게이트 앞으로 다가간 차량들은 곧 속력을 내어 고속도로에 들어간다.

고개를 돌린 자쿠란이 뒤를 돌아보았다.

바로 뒤에 검정색 벤츠가 따라오고 있다.

차 안에는 운전사와 바라타크의 부인 미네사, 그리고 알제리 출신 하인 둘이 타고 있다.

뒤차 운전사 보리트는 다시 브레이크를 밟고는 길게 숨을 뱉었다.

게이트의 거리는 1백 미터 정도.

차들은 가다 서다 하면서 전진하고 있었지만 차츰 느려졌다.

"제기랄."

보리트가 입술을 달싹여 다시 투덜거렸을 때다.

옆에서 창문을 두드렸기 때문에 보리트가 고개를 들었다.

사내 하나가 서 있다.

이맛살을 찌푸린 보리트가 창문을 내렸을 때다.

"퍽!"

차 안에 둔탁한 발사음이 울리더니 보리트가 옆으로 벌떡 넘어졌다.

그 순간, 차 안에서 비명이 터졌다.

"꺄아악!"

하녀 둘이 비명을 지른 것이다.

뒷자리에 앉아 있던 미네사는 숨을 들이켰을 뿐이다.

그때다.

운전석 문이 열리면서 동시에 뒤쪽 문이 열렸다.

그러고는 사내 하나가 들어와 미네사의 팔을 움켜쥐었다.

다른 손에 쥐어진 권총이 미네사의 옆구리에 붙어 있다.

"따라올래? 아니면 여기서 죽을래?"

그때 다시 비명을 질렀던 하녀 하나가 권총의 손잡이에 머리를 맞고는 기절했다.

그리고 뒷자리 하녀가 문을 열고 도망을 치려다가 총성이 울렸다.

이미 차 문이 닫혀 있었기 때문에 총성이 밖으로 새 나가지는 않았다.

차 안에는 시체 둘과 기절해 쓰러진 하녀 하나와 미네사가 남았다. 그리고 사내 둘.

그때 사내 하나가 미네사의 목덜미를 움켜쥐었다.

"자, 어쩔래? 죽을래?"

"앗!"

뒤차의 이상을 먼저 발견한 것은 운전사 미카였다.

미카가 놀란 외침을 뱉었을 때 자쿠란이 고개를 돌려 뒤쪽을 보았다.

그때 사내 하나가 운전석을 밀고 들어가는 것이 보였다.

"엇!"

자쿠란이 놀란 외침을 뱉었을 때 옆자리에 앉아 있던 호이단이 문을 열고 밖으로 나갔다. 아니, 다리 하나를 뻗어 발이 땅을 딛었을 때다.

"타타타타타타타."

요란한 총성이 울리더니 호이단이 두 손을 휘저으며 쓰러졌고 차 안에 있던 자쿠란도 총탄을 맞고 상반신을 창에 부딪치며 쓰러졌다.

"타타타타타타타."

이번에는 옆쪽에서 다시 발사음이 울렸다.

운전석에서 막 나오려던 미카와 옆자리의 경호원들도 빗발 같은 총탄을 맞았다.

앞차를 기습한 사내들은 둘이다.

"타타타타타타."

다시 사내 하나가 확인 사격을 했을 때다.

뒤차의 문이 열리더니 미네사의 팔을 양쪽에서 낀 사내들이 나왔다.

그러더니 반대쪽 차선으로 달려갔다.

이어서 앞차를 기습했던 둘이 총을 손에 쥔 채 따른다.

"톨게이트에서?"

버럭 소리친 샤를이 전화기를 고쳐 쥐었다.

경찰청 안, 샤를이 강력과장실 안에서 전화를 받는다.

"어떻게 된 거야?"

"6명 사망, 1명 부상입니다!"

보고한 경관은 톨게이트 담당이다.

"차 2대가 습격을 당했는데 1명이 납치를 당했습니다. 이건 부상자의 진술에 의한 것입니다."

"누구야?"

샤를이 소리쳐 물었지만 대답이 신통치 않았다.

"모릅니다! 말을 하지 않습니다. 그냥 납치당했다고만……."

바라타크의 저택에서 차 2대가 빠져나가는 것을 보고 나서 쿠비르와 아후말은 30분쯤 기다리다가 근처의 여관에 투숙했다.

그때가 오전 8시 반이었다.

아랍인 거리여서 주로 아랍인 손님을 받는 여관이다.

양탄자가 깔린 방바닥에 기도실이 따로 있는 방이다.

"이거, 아부핫산 님하고 연락을 해야겠는데."

쿠비르가 이맛살을 찌푸리고 아후말을 보았다.

"그런데 연락처를 알아야지. 하다드를 통해서 했는데 말야."

"글쎄, 가자니까."

아후말이 다시 투덜거렸다.

"기분이 찜찜해, 쿠비르."

"돌아가려면 파키스탄으로 가야 돼."

"비행기를 타기는 이미 글렀으니까 밀항선으로 지중해를 건너자구."

벽에 등을 붙인 아후말이 말을 이었다.

"여기서 빨리 떠나는 게 낫다, 쿠비르."

"바라타크가 자택에 있건 없건 간에 오늘 밤에 배를 타기로 하자."

마침내 쿠비르가 결정을 했다.

바라타크가 TV를 응시한 채 숨을 죽이고 있다.

TV에는 톨게이트의 사건이 보도되는 중이다.

화면에 드러난 차량 2대, 그것은 저택에서 빠져나간 차량이다.

톨게이트는 이제 차량 통행이 시작되고 있었지만 총탄 자국이 선명한 차량 2대는 옆쪽에 치워져 있다.

옆에 서 있던 경호대장 폴의 얼굴도 굳어 있다.

이윽고 고개를 든 바라타크가 폴을 보았다.

"미네사가 잡혀갔군."

바라타크의 목소리에는 억양이 없다.

"하다드가 밀고를 했어. 내 위치는 지금 탄로 난 것이나 같다."

"……."

"여기서 나가는 것을 미행해서 톨게이트를 장소로 잡은 거야."

"……."

"내가 지금 그놈들의 함정 속에 앉아 있는지도 모른다."

바라타크가 턱으로 창문을 가리켰다.

"루트, 창문 커튼을 쳐라."

벽 쪽에 붙어 서 있던 경호원 루트가 창으로 다가가 커튼을 쳤다.

그 순간이다.

유리창 깨지는 소리가 울리더니 루트가 커튼을 움켜쥔 채 옆으로 쓰러졌다.

그러자 커튼 윗부분이 떼어지면서 루트가 커튼을 휘감고 방바닥에 쓰러졌다.

"아앗!"

놀란 바라타크가 소리쳤을 때 폴이 몸 위로 덮쳤다.

깨진 창문으로 바람이 들어와 방 안에 피비린내가 퍼졌다.

그때 다시 옆쪽 유리창이 부서지더니 바람이 더 몰려왔다.

이번에는 누구를 겨냥하고 쏜 것 같지가 않다.

그때 전화벨이 울렸다.

벨 소리가 계속해서 이어진다.

두 번, 세 번, 네 번, 다섯 번.

벨 소리가 열 번째 울렸을 때 엎드려 있던 바라타크가 몸 위를 감싸고 있는 폴에게 말했다.

"전화 받아라."

바라타크의 몸 위에서 일어난 폴이 양탄자 위를 엎드려 기어서 전화기를 집어 귀에 붙였다.

"여보세요."

그때 수화구에서 사내의 목소리가 울렸다.

"바라타크를 바꿔."

"누구야?"

"방금 한 놈을 죽인 사람이야."

사내의 목소리가 이어졌다.

"네가 방금 깔고 있었던 바라타크를 바꾸란 말이다."

그 순간, 폴이 숨을 들이켜고는 벽에 등을 붙였다.

그때 사내가 짧게 웃었다.

"네가 숨어도 다 보인다, 병신아. 지금 쪼그리고 앉아 있는 바라타크를 바꿔."

폴이 주위를 둘러보다가 바라타크를 보았다.

"사장님, 전화 바꿔달라는데요."

"누구야?"

"방금 총을 쏜 놈이랍니다."

바라타크가 초점이 멀어진 눈으로 폴을 보다가 손을 내밀었다.

"여보세요."

응답 소리가 울렸을 때 아슐란이 말했다.

"우리가 네 처를 잡았을 때면 네 집 안을 다 파악하고 있다는 걸 짐작했어야지. 그렇지 않냐?"

바라타크가 듣기만 했고 아슐란이 말을 이었다.

"너를 지금이라도 죽일 수 있어, 바라타크. 이번엔 네 유리창을 깨트렸지만, 그곳에 로켓포를 쏘면 어떻게 될까?"

"……."

"그래서 유리창만 깬 거다, 바라타크."

"용건만 말해."

바라타크가 갈라진 목소리로 말했을 때 아슐란이 말을 이었다.

"투항해라. 네 마누라의 목숨을 살리려면 그 방법뿐이다. 기회를 10분 준다."

바라타크가 숨을 죽였고 아슐란의 목소리가 방을 울렸다.

"10분 후에 다시 연락할 테니까 부하들을 무장해제 시키고 나서 응접실로 모아라. 그렇지 않으면 몰살시킨다."

"경찰에 신고를 하지요."

바라타크의 말을 들은 폴이 대번에 말했다.

"경찰의 보호를 받으면 그놈들은 경찰과 전쟁을 치르게 될 테니까요."

"……."

"지금 우리를 다 보고 있다고 봐야 됩니다."

"……."

"주위에 놈들의 감시망이 있는 것입니다. 이제 빠져나갈 수 없습니다."

폴이 고개를 절레절레 흔들었다.

그때 바라타크가 말했다.

"부하들을 모아."

어깨를 늘어뜨린 바라타크가 말을 이었다.

"항복하겠다."

20분 후, 저택 안으로 차 3대가 들어서더니 10여 명의 사내들이 내렸다.

그런데 저택 안에는 바라타크와 폴, 두 사람뿐이다.

바라타크가 경호원들을 모두 해산시킨 것이다. 물론 아슐란과 합의를 하고 나서 보냈다.

아슐란을 선두로 요원들이 응접실로 들어서자 바라타크가 엉거주춤 일어섰다. 폴은 뒤쪽에 서 있다.

아슐란의 뒤를 따라 들어온 사내 두 명이 잠자코 폴의 양쪽 팔을 쥐더니 밖으로 데리고 나갔다.

그러자 방에는 바라타크와 아슐란, 대여섯 명의 요원들이 남았다.

그때 아슐란이 입을 열었다.

"앞으로 네가 할 일이 많아, 바라타크."

이동욱이 옆에 앉은 루이스에게 말했다.

"하다드가 자백했어."

루이스는 시선만 주었고 이동욱이 말을 이었다.

"오사마 빈 라덴에게 가는 자금 루트를 털어놓은 거야. 그걸 다 해밀턴 사장한테 보고했어."

안가 안, 오전 11시가 되어가고 있다.

지금 아슐란은 바라타크의 저택에 들어가 있다.

그때 루이스가 물었다.

"바라타크는 살려줄 건가요?"

"하다드와 함께 CIA로 넘길 거야."

루이스가 고개를 끄덕였다.

"복수는 하지 않겠군요."

"CIA에서 미국 법에 따라 처리될 거야, CIA가 부탁을 해서."

"CIA에서 더 정보를 캐겠지요."

"당연하지."

"그럼 마르세유에서의 일은 다 처리한 건가요?"

"하다드가 고용한 해결사 둘이 남아 있어. 지금 여관방에 있다는데……."

"……."

"위치를 파악했으니까 곧 처리할 거야."

"바라타크처럼 생포하지 않나요?"

"그놈들은 암살자야. 그냥 없앨 거다."

이동욱의 얼굴에 웃음이 떠올랐다.

"그러면 마르세유 작전이 끝나는 거지."

오후 6시 반.

구항구의 제4부두 앞쪽에 '워튼바'가 있다.

주로 어선 선원들이 한잔 하고 가는 곳인데 오늘도 고기잡이를 하고 온 어선 선원들이 모여 있다.

어두워지기 시작하는 시간이다.

바 안으로 들어선 쿠비르가 주위를 둘러보더니 안쪽 자리에 앉았다.

종업원이 다가와 주문을 받고 돌아갔다.

"믿을 만한 놈이니까 신경 쓰지 마."

쿠비르가 아후말에게 말했다.

"그놈은 한 번도 경찰이나 수사기관 명단에 적힌 적이 없어."

"돈을 5만 불이나 내라니."

아후말이 투덜거렸다.

어선 선장을 말하는 것이다.

둘은 5만 불을 내고 어선으로 지중해를 건너려는 것이다.

목적지는 알제리, 10일 예정이다.

그때 종업원이 주문한 맥주를 가져왔다.

선원들이 대여섯 명 몰려왔기 때문에 바 안이 떠들썩해졌다.

맥주병을 쥔 아후말이 손목시계를 보았다.

6시 50분이다.

약속 시간은 7시인 것이다.

아후말이 쿠비르를 보았다.

"알제리에서 몇 달 쉰 다음에 이집트로 가는 것이 낫겠어."

"그건 상황을 봐서 움직이자."

선임자 격인 쿠비르가 말을 이었다.

"그러고 나서 지도자님을 찾아가는 거야."

아부핫산과도 연락이 끊겼지만 희망은 있다.

그때 쟁반을 든 종업원이 다가왔다.

쟁반 위에는 맥주병이 놓여 있다.

바 안은 떠들썩했고 담배 연기가 자욱하게 덮여 있다.

조명은 어둑하다.

그때 옆을 지나던 종업원의 쟁반이 들썩이면서 둔탁한 발사음이 울렸다.

"퍽, 퍽, 퍽."

거리가 50센티도 되지 않는다.

정통으로 얼굴에 총탄을 맞은 둘이 의자와 함께 옆으로 쓰러졌고 종업원은 그대로 지나갔다.

"구항구의 바에서 둘이 사살되었습니다."

전화기를 내려놓은 형사가 고개를 들고 샤를을 보았다.

오후 7시 10분.

"종업원으로 가장한 괴한이 둘을 사살하고 도주했답니다."

건성으로 듣던 샤를이 눈의 초점을 잡고 형사를 보았다.

"피살자 신원은?"

"그것이 조금 이상합니다."

"뭐가?"

"둘의 몸에서 각각 권총이 발견되었는데 가방에는 돈이 15만 불가량 들어 있었습니다."

"마약업자 간 싸움인가?"

"그랬다면 돈 가방을 갖고 튀었겠지요."

"그렇군."

"처음 보는 놈들이랍니다."

"요즘 일어나는 사건과 연관이 된 건가 조사해봐야겠다."

샤를이 옆쪽 자리의 계장 바라크에게 소리쳤다.

"바라크! 이 사건 맡아!"

그 시간에 이동욱은 구항구를 떠나는 요트 카세린호의 3층 갑판 위에 앉아서 밤바다를 바라보고 있다.

카세린호는 3백 톤급 대형 요트로 스크류가 3개, 시속 40노트(74킬로)를 낸다.

밤바다를 바라보던 이동욱이 계단을 올라오는 루이스를 보았다.

루이스가 말했다.

"지중해를 곧장 내려가면서 좀 쉬죠."

"좋도록."

이동욱이 고개를 끄덕였다.

"바쁠 것 없어."

항구를 빠져나간 요트는 속력을 내었다.

선원이 8명인 대형 요트다.

요트 안에는 이동욱이 하다드와 바라타크, 포로와 아슐란이 이끄는 부하들,

그리고 CIA 요원들까지 20여 명의 승객이 타고 있다.

루이스가 옆쪽 의자에 앉더니 이동욱과 함께 바다를 보았다.

"이제는 좀 쉬나요?"

이동욱은 앞쪽만 보았고 루이스가 말을 이었다.

"정신없이 시간이 지났어요."

"……."

"지나고 나니까 이게 바로 내 일이라는 생각도 들고."

"……."

"행복했어요."

그리고 루이스가 고개를 돌려 이동욱을 보았다.

"하다드, 부스카, 바라타크는 어디까지 데려가는 거죠?"

"내일 오전에 데리러 올 거야."

이동욱이 말을 이었다.

"CIA에 넘기는 거지."

"그럼 우리는 좀 쉴 수 있겠네."

"코르시카에서 며칠 쉬기로 하지."

"코르시카."

루이스의 눈동자가 흐려졌다.

"어렸을 때 한 번 가봤어요."

"……."

"중학교 때 부모님하고 여행을 갔었는데."

"……."

"내 인생에서 가장 행복한 시기였는데."

"……."

"그림 같은 호텔에서 일주일간 쉬었죠. 돈은 없었지만 즐거웠죠."

그때 이동욱이 루이스를 보았다.

배가 속력을 내고 있어서 루이스의 머리칼이 바람에 날렸다.

"부모님은 지금 어디 계시지?"

"파리."

루이스의 눈에 초점이 잡혔다.

"아버지가 퇴직해서 집에 계시거든요."

"……."

"아버지는 초등학교 교사로 정년퇴직하셨어요."

"그렇군."

"대장님은 부모님이 어디 계세요?"

불쑥 루이스가 묻자 이동욱이 상반신을 세우고 앉았다.

"아슐란을 불러."

놀란 루이스가 자리에서 일어섰다.

루이스의 등에 대고 이동욱이 말했다.

"오늘 밤에 해야 할 일이 있어."

4장
후계자의 귀환

배는 이제 잔잔한 바다 위에서 속력을 내는 중이다.

곧 아슐란이 루이스와 함께 3층 갑판으로 올라왔다.

"부르셨습니까?"

고개를 끄덕인 이동욱이 아슐란을 보았다.

"하다드를 온전하게 보내줄 수는 없어."

아슐란의 시선을 받은 이동욱이 말을 이었다.

"피터 아문센 가족을 죽인 복수를 해줘야지."

"어떻게 할까요?"

"하다드의 가족이 지금 어디에 있지?"

"부스카는 하다드 가족이 암만에 있다고 했습니다."

"그럼 지금 암만에 연락해서 하다드 가족을 잡아놓도록 해."

이동욱의 두 눈이 번들거렸다.

밤 12시 반이 되었을 때 아래층 선창 문이 열렸기 때문에 하다드가 고개를 들었다.

손에 수갑이 채워져 있었지만 1평쯤 되는 방 안으로 두 사내가 들어오더니 하다드의 양쪽 팔을 끼고 밖으로 나왔다.

"어디 가는 거야?"

깊은 밤이고 바다 위를 달리는 배 안이다.

하다드가 물었지만 사내들은 대답하지 않았다.

잠시 후에 하다드는 1층 선실의 의자에 앉아 있다.

선실에는 이동욱, 루이스, 아슐란과 부하들까지 7, 8명이 둘러 서 있다.

그때 이동욱이 입을 열었다.

"하다드, 지금까지 네가 리스타유럽 법인 사장 피터 아문센의 부인과 딸을 죽인 것에 대한 이야기는 안 했지?"

그때 하다드가 풀썩 웃었다.

예상하고 있었다는 반응이다.

"그래. 고문이라도 할 거냐?"

모두 숨소리도 죽였고 배의 희미한 엔진음만 울렸다.

이동욱이 시선만 주었기 때문에 하다드가 말을 이었다.

"배를 타고 마르세유를 빠져나가는 건 가장 안전한 방법이지, 나도 그러려고 했으니까."

"……."

"날 배에 태운 걸 보면 아마 CIA에 인계할 모양인데."

하다드가 의자에 등을 붙였다.

"고문을 해서 분을 풀고 싶으면 해. 팔, 다리 하나쯤 잘라도 돼."

"……."

"하지만 산 채로, 제정신인 채로 CIA에 넘겨줘야겠지. 그래야 CIA가 알 카에다에 대한 정보와 다른 테러 단체에 대한 정보를 뽑아갈 테니까."

하다드가 정색하고 이동욱을 보았다.

"지, 시작헤, 심심한데 견디어 볼 테니까."

"……."

"시간 잘 가겠군. 차라리 잡생각하고 뒹구는 것보다는 나아."

"……."

"시작하라니까? 재미없는 연극은 꼭 시작하기 전에 뜸을 들이더군."

그때 이동욱이 고개를 돌려 아슐란을 보았다.

"됐나?"

"됐을 겁니다."

아슐란이 대답하더니 몸을 돌려 선실을 나갔다.

그때 하다드가 웃음 띤 얼굴로 이동욱을 보았다.

"고문 준비 말인가? 기대되는군."

이동욱이 고개를 끄덕였다.

"조금만 기다려라."

그때 조금 전에 나갔던 아슐란이 서둘러 들어섰다.

손에 휴대폰을 쥐고 있다.

"됐습니다."

"그래. 거기에다 놓고 스피커로 해."

이동욱이 눈으로 앞쪽 탁자를 가리켰다.

그러자 아슐란이 휴대폰을 탁자 위에 놓고 스피커 버튼을 눌렀다.

그때 이동욱이 휴대폰에 대고 말했다.

"난 이동욱이다. 누구냐?"

"저는 리스타연합 요르단 지부장 주비타입니다."

이동욱이 고개를 끄덕였다.

"여기 스피커로 해서 다 듣고 있다. 옆에 있으면 바꿔라."

"예, 사장님."

대답 소리가 들리더니 곧 여자 목소리가 방 안에 울렸다.

"나, 카라막입니다. 레만 카라막, 하다드 후라딘의 부인이죠."

맑은 목소리다.

그 순간이다. 하다드의 얼굴이 대번에 양초 색깔로 굳어졌다. 두 눈을 치켜떴지만 생선의 눈 같다.

그때 주비타가 물었다.

"아가, 네 이름은?"

그러자 아이의 목소리가 울렸다.

"네, 사리나입니다."

아이의 소리다. 밝은 분위기여서 이쪽 방 안 분위기와는 어울리지 않는다.

그때 주비타가 다시 물었다.

"사리나, 네 나이는?"

"네, 아홉 살."

"아이구, 네 옆에 있는 아이는 동생이냐?"

"네, 오도사예요."

주비타가 이번에는 카라막에게 물었다.

"오도사는 몇 살이죠?"

"다섯 살이에요. 애가 수줍어해서."

"그렇군요."

그때 이쪽에서 이동욱이 말했다.

"주비타, 여기 하다드가 있다. 하다드한테 이야기를 하도록 해."

"예, 사장님."

다음 순간, 두런거리는 목소리가 들리더니 곧 카라막이 외치듯 묻는다.

"당신 거기 있어요?"

"아, 카라막."

하다드가 다급하게, 그러나 불안한 표정으로 대답했다.

"카라막, 지금 어디야?"

"집이에요. 당신 친구들이 찾아와서 오도사, 사리나의 장난감까지 사 왔어요."

"카라막……."

"당신을 만나게 해주겠다고 해서."

카라막의 목소리는 반가움에 떨렸다.

"별일 없지요?"

"카라막……."

"아이들이 당신을 찾아요. 여기, 사리나 바꿔드릴게요."

그러더니 곧 사리나의 목소리가 울렸다.

"아빠, 아빠, 아빠."

"오, 사리나."

하다드가 어깨를 부풀렸다가 눈을 부릅떴다.

"아빠, 언제 와요?"

"사리나."

그때 이동욱이 스피커에 대고 말했다.

"주비타, 다른 딸 바꿔라."

"예, 사장님."

그러더니 다시 두런거리는 소리가 들리고 나서 어린애 목소리가 났다.

아마 어머니 카라막이 시켰겠지.

"아빠."

"오, 오도사."

"아빠, 언제와?"

"오도사."

그때 이동욱이 말했다.

"주비타, 거기 하다드의 처자식들한테 곧 죽는다는 이야기를 해줘라."

"예, 사장님."

목소리가 다 울릴 것이었다.

"하나씩 칼로 목을 치는 것이 낫겠지?"

"예, 사장님."

"그 비명을 여기 있는 하다드가 다 듣도록 해야 된다."

"예, 사장님."

"준비해라."

그러고는 이동욱이 버튼을 눌러 스피커를 껐다. 얼굴에 웃음이 떠올라 있다.

고개를 돌린 이동욱이 그 얼굴로 하다드에게 물었다.

"자, 기대가 되지?"

다음 순간, 하다드는 초점을 잃은 눈으로 앞쪽을 보았다.

방 안에 둘러선 사람들도 입을 열지 않았다.

이윽고 이동욱이 입을 열었다.

"인과응보라는 말이 있어. 사람이 만드는 선악에는 꼭 그 대가가 따른다는 말이지. 네가 이런 일을 한두 번 한 놈이 아니겠지만, 이번 피터 아문센의 처자식을 죽인 대가를 지금 받는 거다."

그러더니 아슐란에게 지시했다.

"전화를 연결해라, 스피커를 켜고."

아슐란이 전화를 연결시키면서 스피커를 켰다.

그때 여자의 비명이 들렸다.

"아악! 살려주세요!"

카라막이다.

"아이들만은! 제발!"

아이들의 울음소리도 들린다.

그때 이동욱이 말했다.

"주비타, 듣고 있는가?"

"예, 사장님."

"먼저 딸부터 죽여라. 비명 소리를 여기 있는 하다드가 들을 수 있도록 해."

"예, 알겠습니다."

그때다.

의자에 묶인 채 앉아 있는 하다드가 벌떡 일어나더니 벽에 붙은 쇠 손잡이를 겨누고 머리를 힘껏 박았다.

그러나 그것은 마음뿐이다.

뒤에서 감시하고 있는 부하가 목덜미를 잡아채어서 뒤로 뒹굴었다.

"아악! 아빠! 엄마!"

아이의 비명이 들렸다.

"아이구!"

그때 하다드가 악을 썼다.

방바닥에 주저앉은 하다드가 고개를 거칠게 저으면서 악을 썼다.

"사리나! 오도사!"

그때 선실 안에 세 모녀의 외침과 울음소리가 생생하게 울렸다.

"제발! 제발!"

하다드가 방바닥에 몸을 뒹굴며 소리쳤다.

"살려주시오! 살려주시오!"

하다드의 얼굴은 파랗게 질렸고 눈물과 콧물로 범벅이 되어 있다.

"으악!"

카라막의 목이 터질 듯한 외침 소리.

"하다드! 살려줘요!"

아이들의 울음소리.

그때 이동욱의 눈짓을 받은 아슐란이 휴대폰의 전원을 껐다.

3층 선실로 돌아온 이동욱이 창가의 의자에 앉았을 때 문에서 노크 소리가 났다.

이동욱이 대답하자 문이 열리더니 루이스가 들어섰다.

시선을 내린 루이스가 앞자리에 앉았다.

"하다드가 자해하려고 해서 입에 재갈을 물리고 묶어 놓았어요."

루이스가 말을 이었다.

"온몸을 떨고 소변까지 지리는 바람에 치워야 했어요."

"묶은 거 풀어주면 안 돼."

"더 단단히 묶었습니다."

고개를 든 루이스가 이동욱을 보았다.

"CIA에 넘길 때까지 저 상태로 놔둬야 할 것 같습니다."

"그러든지."

"처자식 셋이 눈앞에서 처형당했으니까 혼이 나갔겠군요."

"인과응보라고 했지?"

고개를 든 이동욱이 쓴웃음을 짓고 루이스를 보았다.

"그놈도 피터 아문센이 겪은 상처만큼 받았겠지."

"그 이상이겠죠."

루이스가 어깨를 늘어뜨렸다.

"제가 보기에는 정신이상자가 될 것 같은데요."

"저런 놈은 아마 오줌이 마를 때쯤이면 잊어버릴 거야."

"그럴까요?"

다시 시선을 든 루이스가 서글프게 웃었다.

"난 아이 울음소리를 듣고 가슴이 미어졌는데."

"……."

"지금도 이 세상에서 없어지고 싶은 충동이 일어나는데요."

"……."

"하다드는 제가 저지른 대가를 받았지만, 그 처자식이 불쌍해서요."

"그래서 날 찾아온 거야?"

이동욱이 묻자 루이스가 길게 숨을 뱉었다.

"혼자 있기가 싫어서요."

"루이스는 생각했던 것보다 심지가 약하군."

"이런 일은 처음이니까요."

"모든 일에는 처음이 있는 법이니까."

"시체는 잘 치웠을까요?"

"그런 것까지 신경을 쓰나?"

"어쨌든 요르단에서 문제가 되지 않도록 해야 되지 않겠어요?"

"잘 처리했겠지."

고개를 든 이동욱이 루이스를 보았다.

"밤이 늦었어. 가서 자."

리스타랜드의 바닷가 별장.

베란다에서 이광이 아침 햇살이 번진 바다를 바라보고 있다.

그때 정남희가 커피 잔을 들고 테라스로 나와 이광에게 건네주었다.

"당신 후계자가 지금 마르세유에서 코르시카로 가는 중이더군요."

옆자리에 앉은 정남희가 웃음 띤 얼굴로 이광을 보았다.

"지금까지 후계자 후보로 여러 명이 나섰지만, 요즘 이동욱처럼 주목을 받는 사람도 드물었죠."

"그런가?"

커피를 한 모금 삼킨 이광의 얼굴에도 웃음이 떠올랐다.

"그놈은 불우한 출신 배경을 가졌는데도 다 극복하고 현재에 이른 놈이야."

"그런가요?"

정남희가 정색하고 이광을 보았다.

"한국 특전사 중사로 시작해서 '리스타자원'의 용병이었다가 한 계단씩 출세해서 '리스타 아프리카연방'의 연합 측 사장이 된 입지적인 인물인데 과거가 불분명하더군요. 가족은 없고."

"부모가 있지, 한국에."

"가족란은 비어있던데."

"어머니는 이동욱이 6살 때 버리고 개가했고, 아버지는 무책임하고 냉혹한 인물이었어. 이동욱을 고아원에 넣고는 재혼해버렸지."

"그럴 수도 있어요?"

"고아원 앞에다 버렸으니까."

"저런."

"이동욱은 고아원에서 고등학교까지 다닌 후에 군에 입대, 특전사 하사관이 된 후에 미군 레인저에 지원했어."

"그렇구나."

"거기서 미국 국적을 받고 레인지 상사까지 올랐는데 무공훈장을 3개나 받았지."

"한국에 미련이 없겠군요."

"아니, 이동욱이 한국을 증오하는 것 같지는 않아. 리스타자원에 지원해서 리스타 가족이 되는 것을 보면 말야. 미군 장교가 될 기회를 버렸거든."

"파란이 많은 인생이군요."

"그래서 그놈 사생활이 신경이 쓰여."

이광의 눈빛이 흐려졌다.

"그놈 주변의 여자들이 하나씩 사라지는 것도 안 됐고."

이광은 이동욱의 일상을 다 보고 있는 것이다.

그쯤은 어려운 일도 아니다.

다시 한 모금 커피를 삼킨 이광이 말을 이었다.

"내 뒤를 이을 후계자는 적응력, 추진력을 겸비한 인간이 되어야 해."

이광의 시선이 정남희에게 옮겨졌다.

"세대를 건너뛰지는 않았어. 다음 후계자는 네 세대야. 그다음이 이동욱의 세대지."

눈을 뜬 루이스가 천장을 보았다.

배는 엔진음을 내면서 가볍게 흔들리고 있다.

고개를 돌린 루이스가 둥근 창문 밖을 보았다.

어둠에 덮인 밤바다가 펼쳐져 있다. 아직 해가 뜨기 전이다.

한 시간쯤 잔 것 같다.

그때 이동욱의 얼굴이 떠올랐기 때문에 루이스는 숨을 들이켰다.

이동욱의 방에 찾아갔다가 쫓겨난 모양이 되었다.

그러고 보면 하다드의 가족을 처단한 것에 대한 '감동' 때문에 찾아간 것이지만 '핑계'다.

벌이 꽃에 끌리듯이, 또 목마른 얼룩말이 물구덩이로 다가가듯이 찾아간 것이다. 여자로서 남자한테 접근한 것이나 같다.

루이스는 개방된 성품의 여자다. 지금까지 그런 경우가 아주 드물었지만 마음에 드는 남자가 있으면 자연스럽게 접근했다.

어느덧 이동욱에게 끌렸고 그래서 방으로 찾아갔던 것이다.

물론 '핑계'로 하다드의 '가족 처형' 이야기를 꺼냈다. 그러다가 '돌아가라'고 쫓겨난 것이다.

문득 루이스의 볼이 달아올랐기 때문에 손바닥으로 볼을 덮었다.

이런 경험은 처음이다.

그때 헬기의 로우터 소음이 울렸기 때문에 루이스의 움직임이 멈췄다.

요트 선미의 헬기장에 착륙한 헬기에 하다드와 부스카, 바라타크가 실렸다.

사지가 묶인 부스카와 바라타크는 제 발로 헬기에 탔지만 하다드는 둘이 부축을 해서 실렸다.

인수팀장은 CIA 요원이다. 호송 요원 5명을 인솔한 팀장이 포로와 함께 떠났을 때 이동욱이 말했다.

"이제 배가 가벼워졌군."

옆에 서 있던 아슐란도 홀가분한 표정으로 웃었다.

"예. 셋이 빠졌는데도 배가 엄청 가벼워진 것 같습니다."

"하다드가 아직도 정신이 돌아오지 않은 것 같다."

"저러다가 말라 죽겠지요."

하다드는 아직도 입에 재갈이 물려졌고 손발이 묶인 상태에서 헬기에 실린 것이다.

그때 고개를 든 이동욱이 옆에 선 루이스를 보았다.

"여기도 말라죽게 될 후보자가 또 있어, 아슐란."

"예?"

놀란 아슐란이 루이스와 이동욱을 번갈아 보았다.

셋은 이제 빈 헬기 착륙장 끝 쪽의 난간에 서 있다.

이동욱이 말을 이었다.

"가슴이 메어서 말야. 하다드의 처자식 죽은 것이 불쌍해서 그러는 거야."

"아."

숨을 들이켠 아슐란이 외면했을 때 루이스의 얼굴이 굳어졌다.

놀림을 당한 것 같기 때문이다.

그때 이동욱이 아슐란에게 말했다.

"아슐란, 말해줘."

"예, 사장님."

"하다드 처자식은 어떻게 처리했나?"

"예, 그대로 놔뒀습니다."

"뭐라구요?"

루이스가 눈썹을 치켜 올렸다. 얼굴이 하얗게 굳어 있다.

"시체를 그대로 뒀단 말이에요?"

그때 아슐란이 이동욱을 다시 보고 나서 대답했다.

"아니, 살아 있어요, 셋 다."

"……."

"하다드는 셋이 다 목이 칼로 잘린 것으로 알고 있겠지만 죽이기 직전에 그만둔 거요."

"……."

"물론 하다드는 처와 딸들이 죽은 것으로 알고 있어야 했어. 그래야 하다드도 실감할 테니까."

"……."

"나중에 들었더니 하다드의 처는 기절까지 했다더군. 아마 딸들도 엄청난 트라우마를 받게 되었을 거요."

"……."

"악독한 아비를 둔 대가지요. 그만큼은 당해야지, 다른 자식들은 비참하게 죽었으니까."

"그, 그럼……."

숨을 들이켠 루이스가 입을 열었을 때 아슐란이 마무리를 했다.

"사장님하고 처음부터 그러기로 각본을 짠 겁니다. 고문님도 속으신 걸 보니까 우리 연극도 괜찮았군요."

요트가 코르시카섬에 도착했을 때는 오후 5시경이다.

그동안 루이스는 선실에서 꿈도 꾸지 않고 잤다. 갑자기 피로가 몰려오는 바람에 시체처럼 잔 것이다.

머리가 개운해졌기 때문인 것 같다. 잠이 들면 하다드의 처와 딸들의 악몽을 꿀 것 같았다.

경찰 생활을 하면서 처참한 시체도 많이 보았지만 어젯밤 하다드 식구들의 살육(?) 같은 장면은 처음이었다.

그런데 그것이 '쇼'라니, 어이가 없었고 또 한 번 감동이 일어났다.

누구에게? 이동욱에게.

배에서 내린 일행은 바닷가의 별장으로 옮겨갔다.

리스타연합에서 준비해 놓은 방이 18개나 있는 3층 별장이다.

별장에서 시내까지는 20킬로 정도.

일행이 이동욱을 포함해서 22명이었기 때문에 승용차도 5대나 준비되었다.

코르시카는 나폴레옹의 출생지다. 나폴레옹의 고향 아작시오가 별장에서 20킬로인 것이다.

이동욱은 요원들에게 보너스를 나눠주고 사흘 동안의 휴가를 주었다.

물론 코르시카섬 안에서의 휴가다.

별장에는 경비원 5명씩만 교대 근무를 시켰기 때문에 저녁밥도 안 먹고 떠나는 요원들도 많았다.

코르시카 섬은 지중해에서 4번째로 큰 섬으로 면적은 8,680제곱 킬로이다. 인구는 약 32만. 관광객이 많아서 유흥시설도 잘 갖춰진 셈이다.

밤 11시 반, 3층의 방에서 혼자 술을 마시던 이동욱이 노크 소리에 고개를 들었다.

그때 문이 열리더니 루이스가 들어섰다.

루이스는 이제 진남색 원피스를 입었는데 잘록한 허리가 드러났다. 무릎 밑의 맨다리는 날씬했고 드러난 팔은 대리석을 깎은 것 같다.

다가선 루이스가 말했다.

"아슐란도 부하들을 데리고 나갔습니다. 지금 별장 안에는 경비요원 5명과 방에서 쉬는 3명까지 8명 남아 있습니다."

루이스가 반짝이는 눈으로 이동욱을 보았다.

"우리 둘까지 포함해서 10명이죠."

"너는 놀러나가지 않나?"

"누구하구요?"

옆쪽 의자에 앉은 루이스가 이동욱을 보았다.

"아작시오에 가시지 않을래요? 방에서 술만 마시지 말구요."

"난 이러는 게 좋아."

"제가 술 상대해드려요?"

"휴가야. 휴가 기간에는 나 신경 쓸 것 없어."

"난 지금 개인적으로 말하는 건데."

그때 고개를 든 이동욱이 위스키 병을 들어 잔에 술을 따라 루이스에게 내밀었다.

루이스가 잔을 받더니 한 모금에 술을 삼켰다.

"그래요. 둘이 술 마셔요."

빈 잔을 내려놓은 루이스가 이를 드러내고 웃었다.

"여기서 둘만 있으면 돼요."

주위는 조용하다.

바닷가의 별장이어서 열린 창으로 바닷바람이 들어오면서 커튼이 펄럭였다.

비리고 짠 물 냄새가 맡아졌다.

이동욱이 자리에서 일어나 창문을 닫았다.

몸을 돌린 이동욱이 소파에 누워 있는 루이스를 보았다.

루이스는 주는 대로 술을 빨리 마시더니 위스키를 반병쯤 마시고 나서 소파에 쓰러진 것이다. 그래서 소파에 잘 눕히고 위에 시트까지 덮어주었다.

반듯이 누운 루이스는 고른 숨소리를 내면서 자고 있다.

한동안 루이스를 내려다본 이동욱이 이윽고 몸을 돌렸다.

베란다로 나온 이동욱이 휴대폰을 들고 버튼을 눌렀다.

이곳은 오전 1시, 뉴욕은 오후 7시다.

신호음이 3번 울리고 나서 곧 응답 소리가 들렸다.

"여보세요, 너냐?"

해밀턴이다.

이동욱이 휴대폰을 고쳐 쥐었다.

"사장님, 제가 아프리카로 돌아가기 전에 한국에 다녀오겠습니다."

"응, 그래?"

해밀턴의 목소리는 밝다.

"네가 아부핫산, 하다드를 보내줘서 내 체면이 섰다. 수고했다."

"아닙니다."

"CIA 윌슨이 그놈들을 데리고 빈 라덴을 잡을 거다."

해밀턴이 말을 이었다.

"아프리카도 이제 기반을 굳혀가고 있으니까 한국에 다녀와도 되겠지. 그런데 개인 용무냐?"

"예, 사장님."

"내가 한국의 '연합' 사장한테 자금을 보낼 테니까 찾아 쓰도록."

"감사합니다."

휴대폰을 귀에서 뗀 이동욱이 고개를 돌려 방 안을 보았다.

루이스가 조금 전의 그 자세 그대로 누워 깊게 잠이 들어 있다.

다음 날, 아침.

눈을 뜬 루이스가 소스라치며 상반신을 일으켰다.

몸에 덮인 시트를 걷은 루이스가 옆쪽 탁자에 놓인 쪽지를 보았다.

"나 아래층 식당에 있을 테니까 내려와."

소파에서 일어선 루이스가 벽에 붙은 거울로 자신의 모습부터 보았다.

머리는 헝클어졌고 얼굴에는 아직 술기운이 가시지 않았다.

오전 7시 25분이다.

루이스는 서둘러 방을 나왔다.

이동욱의 방인 것이다.

8시 반이 되었을 때 식당으로 아슐란이 들어섰다.

아슐란은 어젯밤에 간부급 부하들과 함께 아작시오에 술 마시러 갔다가 지금 돌아온 것이다.

식당에 혼자 앉아 있는 이동욱을 보더니 아슐란이 당황했다.

"혼자 계십니까?"

다가온 아슐란이 민망한 표정을 지었다.

아슐란의 얼굴에는 아직 술기운이 배어 있다.

앞자리에 앉은 아슐란에게 이동욱이 말했다.

"난 오늘 한국에 다녀올 테니까 네가 부하들을 데리고 트리폴리로 돌아가."

"예, 사장님."

"앞으로 이틀은 더 이곳에 쉬었다가 가면 되겠지."

"알겠습니다."

'리스타 아프리카연방'의 본부는 리비아의 트리폴리에 있는 것이다.

'연방국'의 위원장이 리비아 대통령 카다피였기 때문에 연방 본부가 트리폴리에 있다.

그리고 '연방'의 리스타연합 사장이 이동욱이다.

이동욱이 말을 이었다.

"아마 한 달쯤 걸릴 거야. 내가 수시로 연락을 할 테니까."

이동욱이 식당 입구 쪽을 보았지만 루이스는 나타나지 않았다.

오전 9시 반이 되었을 때 이동욱이 루이스의 방문을 두드렸지만 대답이 없다. 그래서 아래층 경비한테 물어보았더니 바닷가로 내려갔다는 것이다.

이동욱은 바닷가로 내려가 루이스를 찾았다. 루이스는 폐선착장의 난간에 기대서 있었다. 이제는 바지에 점퍼 차림으로 점퍼 주머니에 두 손을 찌른 채 바다를 바라보고 서 있다.

뒤쪽의 인기척을 듣자 루이스가 몸을 돌렸다.

그런데 이동욱과 시선이 마주치자 빙긋 웃는다. 따라 웃은 이동욱의 가슴도 편안해졌다.

루이스가 먼저 말했다.

"멋쩍어서 식당에 안 갔어요."

"괜찮아."

옆으로 다가선 이동욱이 말을 이었다.

"난 오늘 서울에 다녀올 테니까 루이스는 아슐란과 함께 트리폴리에 가 있어."

루이스가 고개를 들고 이동욱을 보았다.

"서울은 왜요?"

"개인 용무야."

"거기 숨겨진 여자 있어요?"

"많아."

"정리 잘하고 와요, 대장."

"알았다, 루이스."

이동욱의 얼굴에 웃음이 떠올랐다.

"정리란 말이 마음에 드는구나."

"난 형사 출신이라니까. 용병하고는 생각이 다르죠."

"맞는 말 같다."

"난 대장이 여자 많아도 상관없어요."

"세상에 이런 여자가 있다니."

"함께 있을 때만 성실하면 돼요."

"그건 너도 마찬가지인가?"

"오브코스."

"고맙다."

"저도 어젯밤 고마워요."

루이스가 어깨를 이동욱에게 붙였다.

그 순간 머리칼이 바람에 흔들렸고 옅은 향내가 맡아졌다.

"어젯밤 대장이 날 안았다면 실망했을 테니까요."

"그렇지 않을 거야, 루이스."

"우리 지금 상하관계를 떠나서 개인적으로 말하는 거죠?"

"아냐. 상하관계야, 루이스."

이동욱이 팔을 뻗어 루이스의 어깨를 당겨 안았다.

"이래도 달라지는 건 없어."

그때 루이스가 몸을 돌리더니 두 팔로 이동욱의 허리를 껴안았다.

그러고는 턱을 들고 얼굴을 내밀었다.

공항에는 루이스와 아슐란이 따라왔다.

리스타 전용기가 대기하고 있었기 때문에 이동욱은 10인승 전용기 앞에서 내렸다.

"트리폴리에 가면 헨리 전무가 조정해줄 거야."

이동욱이 루이스에게 말했다.

루이스는 '아프리카연방' 리스타연합의 기조실 부장으로 발령이 난 것이다.

프랑스에서 작전 중에는 이동욱의 고문 역할을 했다가 정식 보직을 받은 것이다.

아슐란이 이동욱에게 가방을 건네주며 말했다.

"사장님, 고생 많이 하셨습니다. 잘 쉬고 오시지요."

"고맙다."

쓴웃음을 지은 이동욱이 아슐란의 손을 쥐었다.

"너도 며칠 더 시간을 내서 파리에 다녀오지그래?"

순간 아슐란이 숨을 들이켰고 루이스는 외면했다.

아슐란의 전처가 파리에 살고 있는 것이다. 그리고 1살 때 떠난 아들이 이제는 7살이다.

이동욱이 발을 떼면서 말했다.

"이제 살아남았으니까 네 아들을 만나고 돌아와라."

이동욱의 뒷모습을 보면서 아슐란과 루이스는 입을 열지 않았다.

서울, 시청 앞 프린스호텔 프레지던트룸.

'대통령실'이지만 실제 대통령급 손님이 투숙하지는 않을 것 같다. 그러나 방값은 대통령급이다. 프린스 호텔은 특급 호텔이었으니 그럴 만했다.

이동욱이 서울의 리스타연합 지부장한테 방 예약을 부탁했더니 이 방을 예약해놓은 것이다.

그 이유는 프린스호텔이 '리스타 유통'의 소유였기 때문이다.

그래서 리스타그룹의 사장급은 프레지던트룸에 투숙한다. 방값은 사적 용무라고 해도 10퍼센트만 내면 되는 것이다.

오후 3시 반, 어젯밤에 도착하고 나서 3시까지 자고 난 이동욱이 응접실에서 손님과 마주 앉아 있다.

손님은 박명준, 제일기획의 대표다, 44세.

제일기획은 리스타연합의 용역을 받는 정보 회사다.

박명준이 서류 봉투를 탁자 위에 밀어놓으며 말했다.

"여기 김영선과 이창규의 자료입니다. 두 분에 대한 정보는 거의 다 모았습니다."

박명준이 고개를 들고 이동욱을 보았다.

"필요하신 정보가 있으시면 언제라도 연락주시지요."

"수고했습니다."

이동욱이 박명준에게 수표를 내밀었다.

"이건 내 사적인 일이니까 경비 받으세요."

"감사합니다."

두 손으로 수표를 받은 박명준이 고개를 숙였다.

박명준에게 시킨 일은 이동욱의 부모에 대한 조사다.

의뢰한 지 꽤 오래되었기 때문에 박명준은 이미 조사를 마친 상태여서 연락을 받자마자 바로 가져왔다.

박명준은 리스타의 사장급 간부를 만나 잔뜩 긴장한 상태.

그때 이동욱이 서류를 집어 들면서 말했다.

"내가 필요할 때 다시 연락드리지요."

이창규의 자료, 좌측 상단에 사진까지 붙어 있다.

웃음 띤 얼굴. 59세. 거주지 서울 용산. 처 한경숙과 1남 1녀. 영등포에 대영슈

퍼마켓을 경영. 대영슈퍼는 7층 건물로 이창규 소유, 재산 350억, 부채 없음

이들 이성호, 25세. 대영슈퍼마켓 상무. 대졸.

이미아, 22세. 명신여대 4년…….

서류에서 시선을 뗀 이동욱이 의자에 등을 붙였다.

이창규, 생물학적 아버지다.

6살 때 고아원 앞에 놓고 도망간 놈.

그렇지. 기억난다.

"여기서 기다려."

이창규가 고아원 앞에 이동욱을 세워놓고 말했다.

"움직이지 말고."

눈을 치켜뜬 엄격한 표정.

"여기서 기다려."

아버지가 무서운 이동욱은 그 자리에서 기다렸다.

위치는 고아원 건너편 놀이터.

얼마나 기다렸는지 모른다.

그동안 수많은 아이들, 엄마들이 주변에서 놀다가 지나갔다.

말을 거는 아이들, 엄마들도 있었지만 이동욱은 한 발짝도 움직이지 않았다.

그러다가 밤이 되었다.

놀이터에는 혼자 남았다.

배가 고팠지만 이동욱은 기다렸다.

그러다가 서서 꾸벅꾸벅 졸았다.

그때 누군가 다가왔다.

낯선 여자, 둘이다.

그때 다가온 여자들이 뭔가 물어보더니 이동욱 주머니에서 편지를 꺼내 읽

었다.

그러더니 한 여자가 이동욱을 업고 고아원에 데려갔다.

이동욱이 이제는 김영선의 자료를 읽는다.

이 서류에도 좌측 상단에 사진이 붙어 있다.

50대쯤의 여자, 이쪽도 웃는 얼굴. 57세.

남편 최경만. 60세. 최경만 사이에 최기철이라는 26살 아들 하나를 두었다.

가정주부. 최경만의 주소는 대전. 대전에서 가구공장을 경영.

최기철은 제대 후 복학한 대학생.

눈을 가늘게 뜬 이동욱이 김영선을 떠올렸다.

"이젠 네가 씻어!"

날카로운 외침 소리와 함께 눈에서 불이 번쩍 났다.

머리가 옆으로 돌아갔고 다음 순간 뺨이 불에 덴 것 같은 느낌이 왔다.

김영선이 손바닥으로 뺨을 친 것이다.

이동욱은 울려고 입을 벌렸다가 닫았다.

울었다가는 더 맞을 것이다.

참자. 참자.

그러나 울먹이며 주저앉은 이동욱에게 김영선의 말이 우박처럼 쏟아졌다.

주먹덩이만 한 우박.

"개새끼. 더러워 죽겠네. 그 애비에 그 새끼야. 더러운 놈."

김영선이 떠나기 며칠 전쯤 될 것이다.

그러다가 며칠 후 아침에 눈을 떴더니 김영선이 없어졌다.

그때가 6살, 없어졌지만 이동욱은 찾지 않았다.

혼자서 밥을 찾아 먹고 밥통의 밥이 다 떨어진 다음 날에 며칠 만인가 이창규가 집에 돌아왔다. 그러고는 김영선을 찾는 시늉을 하다가 고아원 앞으로 데리고 나왔다.

"사장님! 불이 났습니다!"

수화구를 울리는 목소리.

대영슈퍼의 전무 조성범이다.

오전 4시 반.

이창규는 자다가 깨어나 전화를 받는다.

아직 잠이 덜 깬 이창규의 귀에 다시 조성범의 목소리가 이어졌다.

"지하 창고에서 불길이 지상 2층까지 올라왔습니다! 매장은 지금 다……."

"아니, 도대체."

그제야 정신을 차린 이창규가 와락 소리쳤다.

"그게 무슨 소리야! 불이라니!"

"어서 와 보십시오!"

이창규는 휴대폰을 내동댕이쳤다.

옷부터 입어야지.

화재는 지하 2층 창고 발전실에서 발화되어서 옆쪽 유류 창고가 폭발, 순식간에 위층으로 번졌다.

"인명 피해는 없습니다."

영등포 소방서장 윤덕구가 현장에 도착했을 때 현장 책임자인 백태용이 보고했다. 윤덕구는 현장에서 1백 미터 정도 떨어진 대로변에 서 있었는데도 열기가 느껴졌다.

지금 대영빌딩은 7층 전체가 불길에 싸여있는 중이다.

마치 거대한 모닥불이 타오르는 것 같다.

오전 5시.

아침이어서 아직 거리에는 차량 통행이 많지는 않다.

백태용이 말을 이었다.

"6시까지는 전소할 것 같습니다."

"주위로 불이 번질 염려는 없겠지?"

"예. 현재는 철저하게 차단시키고 있습니다, 서장님."

그때 사람들을 헤치고 중년 사내가 다가왔다.

금방 일어나 달려온 것 같다.

그 뒤를 사내 하나가 따라온다.

"서장님이십니까?"

사내가 소리쳐 물었다.

"예. 그런데요."

윤덕구가 대답하자 사내가 숨을 헐떡이며 다시 물었다.

"저, 불이 왜 안 꺼집니까?"

"진화작업 하고 있지 않습니까?"

"점점 더 활활 타오르지 않습니까?"

사내가 두 다리로 펄쩍 뛰었다. 두 눈을 치켜떴고 입 끝에 거품이 일어났다. 그야 말로 펄펄 뛰고 있다.

"헬리콥터라도 동원해서 물을 쏟아 부어야 할 것 아뇨!"

"잠깐."

화가 난 백태용이 사내 앞으로 다가섰다.

"여보쇼, 당신 누구쇼?"

"난 저 건물 주인이야!"

"주인이고 지랄이고 비켜!"

백태용이 소리치면서 옆쪽의 경찰을 불렀다.

"이 사람, 공무집행방해로 체포해!"

"내가 누군지 알고!"

사내가 소리쳤지만 경찰들이 달려들었다.

구경꾼들 사이에 선 이동욱이 이창규가 경찰들에게 끌려가는 것을 보았다.

"고맙다고 말해야지. 저 사람이 소방관한테 뭐하는 짓이야?"

옆쪽의 구경꾼 사내가 혼잣말로 말했다.

"눈이 뒤집혀서 보이는 게 없는 모양이군."

이동욱은 팔짱을 끼고 다시 불덩이가 된 건물을 보았다.

불을 지른 건 이동욱이다.

오늘 이동욱은 6살 때 고아원 앞에서 헤어진 후로 28년 만에 이창규를 본다. 그러나 감동은 일어나지 않았다.

굳이 비교를 한다면 저격할 때 타깃이 된 목표의 얼굴을 보는 것과 비슷했다. 그래서 두 눈썹 사이를 눈여겨보았다.

복수는 아니다.

호텔로 돌아오는 택시 안에서 이동욱이 고개를 저었다.

머릿속 생각으로 고개를 저은 것이다.

그렇지. 빚을 갚은 것이다.

받은 만큼 주고 머릿속에서 계산을 끝내는 셈이지, 이대로 머릿속에 박아만 놓고 살 수는 없으니까.

시간이 지나면 잊게 된다고들 하지만 이동욱의 인생은 6살 전후로 나뉘어 있다.

그래서 이번에 6살 전의 인생을 지우려는 것이다.

머릿속에서 어떻게 지우냐고?

시간이 지나면 잊어지고 지워진다고?

그런 비겁하고 나약한 말이 어디 있는가?

결산을 하고 없애야지.

이제 이창규 작업이 시작되었다.

놀이터에서 '기다리라'고 했던 놈.

'움직이지 말라고'도 해서 화장실도 못 가고 그 자리에서 바지에 오줌을 쌌다.

이제 네 앞에 새로운 현실이 덮쳐 올 테니까, 기다려라, 움직이지 말고.

호텔로 돌아온 이동욱이 대충 씻고 2층 뷔페식당으로 내려왔을 때는 8시 10분이다.

뷔페 메뉴는 훌륭했다.

이동욱이 접시에 음식을 담아 들고 자리에 앉았을 때다.

여자 하나가 다가와 옆에 섰다.

고개를 든 이동욱에게 여자가 말했다.

"전 리스타연합 본부 기조실 소속의 정진하 과장입니다."

이동욱의 시선을 받은 여자가 말을 이었다.

"본부의 지시를 받고 사장님 보좌관으로 파견되었습니다."

"필요 없어."

이동욱이 일언지하에 거절했다.

"내가 지금 휴가 중이야."

"여기 계시는 동안 심부름하는 역할입니다."

여자는 이동욱의 반응을 예상했던 것 같다.

얼굴은 굳어졌지만 돌아가지 않는다.

이동욱이 햄을 썰어 입에 넣으면서 말했다.

"내가 필요할 때 부를 테니까 돌아가도록."

"예, 사장님."

이동욱이 눈으로 앞쪽 의자를 가리키자 여자가 자리에 앉는다.

"감사합니다."

"연합에 근무한 지 얼마나 되었지?"

"3년입니다."

"경력이 그것뿐인가?"

"일본 자위대에서 정보 분야 업무를 3년 맡았습니다."

이동욱의 시선을 받은 여자가 말을 이었다.

"전 재일교포죠. 하지만 귀화해서 일본 국적입니다."

"……."

"그러다가 자위대에서 리스타연합으로 옮겨온 것입니다. 더 큰 세상에서 일하고 싶었거든요."

"……."

"이번 '아프리카 리스타연방' 사업에서도 저는 본부 요원으로 근무를 했지요."

"……."

"저도 갑자기 발령을 받아서 얼떨떨합니다. 휴가를 떠나신 사장님의 임시 보좌관이 되었으니까요."

"내가 여기 뭐 하러 온 줄 아나?"

포크를 내려놓은 이동욱이 똑바로 정진하를 보았다.

"내가 아침에 어디 다녀온지도 아나?"

"예, 사장님."

정진하가 이동욱의 시선을 받았다.

"영등포 대영빌딩 화재 현장에 다녀오셨습니다."

"내가 거기 불을 지른 것도 알겠군."

"예, 사장님."

"제일기획의 박 사장도 만나보았지?"

"예, 사장님."

이동욱의 얼굴에 쓴웃음이 번졌다.

"해밀턴 사장님의 특별 지시인가?"

"특별 지시는 아닙니다."

여전히 정색한 정진하가 이동욱을 보았다.

"사장님은 보좌 업무만 수행하라고 지시하셨습니다. 제가 사장님보다 하루 전에 도착해서 체크한 것입니다."

"좋아."

이동욱이 고개를 끄덕였다.

"부끄러운 일도 없고, 감출 필요도 없어. 내가 혼자 처리하려고 했는데 네가 옆에 있어도 상관없지."

의자에 등을 붙인 이동욱이 말을 이었다.

"상부에서 날 걱정해주시는 것은 알겠다. 하지만 난 이 일을 마무리 짓고 돌아갈 거야. 무슨 말인지 알겠나?"

"예, 사장님."

"넌 내 일을 보고하도록 지시 받았나?"

"아닙니다."

놀란 듯 정진하가 얼굴이 굳어지더니 고개까지 저었다.

"그런 지시는 받지 않았습니다."

"그럼, 됐어."

이동욱이 고개를 끄덕였다.

"이제, 오전에 대전에 가야 돼. 차를 한 대 빌려 놓아라."

정진하가 지시를 받고 나간 후에 이동욱이 커피를 시켜 놓고 생각에 잠겼다.

해밀턴은 갑자기 이동욱이 한국으로 가는 것을 꿰뚫어 보고 있었던 것이다.

아무리 한국이지만, 수행원도 대동하지 않고 행동하는 것이 불안한 것 같다.

이동욱은 자신이 평범한 간부가 아니라는 것이 실감되었다.

리스타의 최고 지휘부에서 자신의 일거수일투족에 신경을 쓰고 있는 것이다.

방으로 돌아온 이동욱이 전화를 받았다.

이동욱이 응답했을 때 곧 상대가 묻는다.

"이동욱 사장이시죠?"

영어다.

"그런데요. 누구요?"

"전 리스타연합 기조실 부장 앤더슨입니다. 안녕하십니까?"

"아, 앤더슨. 오랜만이군."

앤더슨과는 안면이 있다.

그때 앤더슨이 말했다.

"사장님을 바꿔드리지요."

그 순간 이동욱이 긴장했고, 곧 해밀턴의 목소리가 울렸다.

"미스터 리, 보좌관 만났나?"

"예, 사장님."

"놀랐지?"

"예, 놀랐습니다."

"개인적으로 휴가를 낸 건데, 보좌관을 붙인 이유를 아나?"

"압니다."

"내가 감시하거나 보고를 받으려고 그러는 게 아냐, 다만……."

해밀턴이 말을 이었다.

"널 보호해주려는 거다."

"……."

"거기, 보좌역으로 보낸 놈은 믿어도 돼. 그래서 일본에서 자란 놈을 보낸 거야."

해밀턴이 자르듯 말했고 이동욱은 소리 죽여 숨을 뱉었다.

이번 일은 끝가지 간다.

벤츠 500을 가져왔다.

정진하가 더 고급차를 가져올 수 있었으니까 이 정도는 평범한 셈이다.

그리고 여기선 튀어도 누가 저격병을 배치시킬 분위기가 아니다.

오후 2시.

호텔은 체크인 상태로 놔두고 이동욱과 정진하는 대전으로 출발했다.

이동욱이 운전을 하고 정진하는 옆자리에 탔다.

톨게이트를 지나 차에 속력을 내었을 때 이동욱이 고개를 돌려 정진하를 보았다.

"오늘 밤에 유성의 국제가구 공장에도 불을 지를 계획이었는데 가봐야겠다."

이동욱이 말을 이었다.

"국제가구는 대영빌딩보다 더 잘 탈 텐데."

대영빌딩의 화재는 오전 8시경에 진압되었지만 7층 건물이 전소되었다.

건물은 무너지지 않았지만 검게 그을렸고 내부는 모두 불에 타서 허물어야만 했다.

그때 정진하가 물었다.

"혼자 하실 건가요?"

"내가 공장 구조를 머릿속에 넣어 놓았어. 근처의 CCTV도 다 기억하고 있으니까 혼자 가는 게 낫다."

"도와드릴 일은요?"

"작업복하고 신발을 사오도록."

"네. 대전에 도착하면 바로 준비하죠."

"이번에는 인명 피해가 나올지 몰라."

차에 속력을 내면서 이동욱이 말을 이었다.

"최경만이 공장에서 자는 경우가 많아서 그래. 그래야 되는데."

"……."

"내가 이번에 하다드를 잡았어. 알고 있지?"

"압니다, 사장님."

"하다드가 지금 어떻게 되어 있는지 들었나?"

"예, 사장님."

정진하가 반짝이는 눈으로 이동욱을 보았다.

"지금 거의 폐인이 되어서 다 불고 있다고 들었습니다."

"왜 그렇게 된지 알아?"

"예, 그것도 압니다."

"그렇다면 내가 최경만이 먼저 죽는 것이 바람직하다고 한 이유를 알겠군."

"……."

"그다음이 최경만의 자식이고."

"……."

"서울도 그런 식으로 처리할 거야."

"호텔은 유성의 아시아호텔로 예약했습니다."

정진하가 말머리를 돌렸다.

"제 이름으로 예약했기 때문에 사장님하고 같은 방을 쓰게 됩니다."

이번에는 이동욱이 입을 다물었고 정진하가 말을 이었다.

"부부 행세를 하는 것이 자연스러울 것 같아서요."

"넌 부모가 일본에 계시나?"

불쑥 이동욱이 묻자 정진하가 이동욱을 보았다.

눈빛이 부드럽다.

"네, 사장님."

"두 분 다 제일교포신가?"

"네, 하지만 일본으로 귀화하셨습니다. 서울에는 친척도 없어서요."

"……."

"증조부가 일본에 오셔서요. 할아버지부터 다 일본에서 태어나셨기 때문에."

"그래도 한국말은 잘하는군."

"증조모, 할머니, 어머니도 모두 교포세요. 집에선 꼭 한국말을 썼고 제사를 지내왔어요."

"……."

"국적은 상관없다는 생각이 들어요. 따지고 보면 일본인 1억 중에 한 30퍼센트는 한반도에서 건너간 민족일 테니까요."

"……."

"특히 백제인이 많이 넘어갔죠. 천왕도 백제계 아닌가요?"

"둘 다 없앨까 어쩔까, 아직 결정을 못 했어."

불쑥 이동욱이 말했을 때 정진하가 입을 다물었다.

말을 이을 뱃심이 부족했겠지.

리스타랜드.

본부 건물의 부회장실에서 정남희와 비서실장 안학태가 이야기 중이다.

안학태가 입을 열었다.

"이동욱의 복수가 어디까지 갈 것인지는 알 수 없습니다."

고개를 든 안학태가 길게 숨을 뱉었다.

"그놈이 정보회사를 시켜서 두 남녀의 조사를 시켰을 때 그 결과를 보고 나서 좀 놀랐습니다."

"나도 안 실장님한테 이야기 듣고 놀랐어요."

상심한 표정의 정남희가 말을 이었다.

"이동욱이 마무리를 지으려고 귀국한 것으로 봐야겠네요."

"이미 제 아버지의 건물에 불을 질러 전소시켰습니다. 그리고 지금 어머니가 살고 있는 대전으로 내려가는 중이지요."

"해밀턴이 보좌역을 붙여준 이유가 그것 때문이군요."

"하지만 만류하거나 보고를 하라는 지시는 없었습니다. 이동욱을 보좌하는 역할뿐입니다."

"그래도 옆에 붙어있으면 견제가 되겠지요."

"그것이 해밀턴의 노련한 용인술이죠."

잠깐 둘 사이에 정적이 흘렀다.

둘은 이동욱과 부모 관계를 이제야 알게 된 것이다.

제일기획에 의뢰한 이창규, 김영선에 대한 자료가 해밀턴을 통해 안학태에게 전달되었기 때문이다.

이윽고 정남희가 다시 입을 열었다.

"이것으로 이동욱에게 어떤 영향이 올까요?"

"이런 경우는 드물어서요."

고개를 기울였던 안학태의 얼굴에 쓴웃음이 번졌다.

"지금까지 가슴 속에 품고 있던 한을 쏟아내게 되겠지요. 그 결과는 알 수가 없습니다."

이동욱은 후계자군에 포함되는 인물이다.

최고 경영진들이 조사를 하는 것은 당연하다.

유성의 아시아호텔 특실.

특실은 방이 3개나 된다, 그래서 정진하가 제 방에 가방을 내려놓고 밖에 나갔다가 왔다.

비닐 백을 들고 있었는데 이동욱의 옷과 신발을 사온 것이다.

오후 6시 반.

둘은 유성의 갈비탕 식당에 마주 앉았다.

둘 다 가벼운 차림, 이동욱은 정진하가 사온 가벼운 점퍼 차림이다.

둘은 여행 온 부부 같다.

설렁탕을 맛있게 먹는 이동욱에게 정진하가 말했다.

"아프리카를 돌아다니다가 여기에 오니까 다른 세상 같아요."

"……."

"한국은 일본보다 치안 상태가 더 좋다고 들었습니다."

"……."

"제가 할 일이 있습니까?"

"없어."

수저를 내려놓은 이동욱이 정진하를 보았다.

"저녁 먹고 나서 호텔로 돌아가 있어, 난 가구 공장을 둘러보고 갈 테니까."

이동욱이 말을 이었다.

"여기서 5백 미터 거리니까 걸어갔다가 올 거야."

"알겠습니다."

"설렁탕이 맛있구나."

이렇게 대화가 끝났다.

"나 공장에 다녀올게. 거기서 잘 거야."

최경만이 말하고는 자리에서 일어섰다.

오후 8시, 방금 최경만은 공장에서 온 전화를 받은 것이다.

오더가 밀려있었기 때문에 공장은 일주일째 철야 작업 중이다.

옷 방으로 따라 들어가면서 김영선이 말했다.

"내일 점심때 밥 먹는 거나 잊지 마요."

"알았어."

옷을 갈아입으면서 최경만이 투덜거렸다.

"꼭 바쁠 때, 약속을 잡았단 말야."

"점심만 먹으면 되잖아요."

김영선이 짜증을 냈다.

김영선은 살이 찐 체격이지만, 피부는 매끄럽고 볼이 풍선을 넣은 것처럼 팽팽하다. 눈에도 쌍꺼풀 수술을 했고 입술도 조금 부풀렸다. 피부는 20대지만 어쩐지 어색한 얼굴이다.

옷을 입은 최경만이 몸을 돌리면서 말했다.

"알았어. 내일 식당에서 봐. 무슨 식당이라고 했지?"

"대전호텔 라운지의 한식당, 12시 반."

"알았어."

"공장 숙소에 남색 양복 있죠? 그거 입고 와요."

"알았다니까."

내일 외아들, 최기철의 여자 부모와 상견례를 하는 것이다.

공장은 규모가 컸다.

정사각형 규모로 한 변이 2백 미터쯤 되었는데 담장 안에 3동의 공장 건물과 2동의 창고, 1동의 숙소, 사무실 건물이 배치되었다.

오후 8시 반.

공장의 담장을 따라 한 바퀴를 돈 이동욱이 도로로 나왔다.

공장은 도로에서 50미터쯤 들어간 위치다.

이곳은 유성 교외의 공장 단지 안.

'국제가구'는 공단에서 큰 업체에 든다.

도로에 선 이동욱이 공장 쪽을 바라보았다.

불이 환하게 켜진 공장 정문으로 직원들이 들락거리고 있다. 야간작업을 하고 있는 것이다. 그때 이동욱 앞쪽으로 대형 승용차가 다가오더니 곧 공장 쪽으로 좌회전을 했다.

이동욱은 그 승용차가 공장 정문 안으로 들어서는 것을 보았다.

"아버지, 공장 가셨지?"

최기철이 물었다.

어머니 김영선을 닮아서 갸름한 얼굴, 얇은 입술은 다부지게 닫혀 있지만 눈이 흐리다. 술기운으로 얼굴도 붉어져 있다.

"응, 하지만 내일 점심때는 공장에서 바로 오시기로 했다."

"엄마, 나 아파트 55평짜리로 해줘."

"뭐?"

김영선이 이맛살을 찌푸렸다.

"그게 무슨 말야? 55평으로 해달라니?"

"지금 35평에서 조금만 돈을 보태서 55평으로 하잔 말야."

"지현이가 그러자고 했어?"

"아니, 내가."

"거짓말 마."

"안 돼?"

최기철이 김영선을 노려보았다.

"돈을 모아서 뭐 하려고 그래, 엄마."

"아버지한테 말해."

"내가?"

"그래."

몸을 돌린 김영선이 말을 이었다.

"아직 대학 졸업도 안 한 놈이 결혼하는 것도 그런데, 아파트 55평짜리를 사 달라니……."

그러나 뒷말은 잇지 않았다.

결혼할 최기철의 상대 고지현은 최기철과 동갑으로 대학 조교다.

부모가 둘 다 고등학교 교장과 교사여서 재산은 많지 않아도 교육자 가문인 것이다.

최기철이 국제가구의 상속자긴 하지만 이쪽에서 돈 많다고 유세할 상대는 아니다.

그때 최기철이 김영선의 등에 대고 말했다.

"엄마, 부탁해. 하나밖에 없는 아들, 며느리가 잘 사는 걸 좀 봐줘."

김영선이 쓴웃음을 지었다.

'하나밖에 없는' 자식 타령은 최기철의 비장한 무기다.

저 소리면 다 넘어간다, 최경만도.

그때 문득 김영선의 머릿속에 이동욱의 얼굴이 떠올랐다.

'더러운 자식.'

물론 제가 안 씻겼지만 항상 '더러운 몰골'의 자식이 이때 갑자기 왜 떠오를까?

"오셨어요?"

응접실에 앉아 있던 정진하가 일어서며 이동욱을 맞았다.

긴장한 표정, 눈동자는 흔들리지 않았지만 시선이 이동욱한테 붙어 있다.

점퍼를 벗어 의자 위로 던진 이동욱이 소파에 앉았다.

오후 11시가 되어가고 있다.

정진하가 이동욱의 점퍼를 옷장에 걸어놓고 돌아왔다.

그때 이동욱이 말했다.

"돌아보고 왔어."

"어디를요?"

"최경만의 공장."

"……."

"오더가 많아서 계속해서 야간작업을 하고 있던데."

"……."

"최경만도 야간작업 때문에 공장에 와 있어."

자리에서 일어선 이동욱이 선반에 놓인 위스키 병과 잔을 들고 돌아왔다.

잔에 술을 따르면서 이동욱이 말을 이었다.

"방법을 바꿨어."

정진하가 다시 시선을 주었지만 이동욱은 대답하지 않았다.

"오늘 점심 먹고 지현이 만나지 말고 나하고 집에 가자."

호텔에서 김영선이 최기철에게 말했다.

둘은 12층 라운지로 올라가는 엘리베이터 안에 서 있다.

낮 12시 10분.

라운지용 엘리베이터 안에는 승객이 7, 8명이 타고 있었기 때문에 김영선이 속삭이듯 말을 잇는다.

"아버지하고 이야기 좀 해야 될 테니까."

"알았어."

"내가 말할 테니까 너는 듣기만 해."

"알았다니까."

어제 최기철이 요구한 55평짜리 아파트 문제다.

본래 35평짜리를 사주기로 계약했는데 그것을 늘려야 할 테니까.

엘리베이터 구석 자리에 서 있던 이동욱은 두 모자가 소곤거리는 소리만 들었다. 내용은 반대쪽이어서 듣지 못했으나 둘의 모습은 선명하게 보았다.

김영선은 얼굴을 알아볼 수가 없다.

어쩐지 다른 여자 같다. 볼탱이가 부은 것, 쌍꺼풀, 입술, 모두 성형수술을 했구나.

그래서 그런가? 피부는 20대, 얼굴이 풍선 같잖아.

저 여자가 김영선 맞아?

그런데 그 옆의 자식 놈은.

이동욱이 숨을 들이켰다.

저 좀 가늘고 날카로운 눈, 그리고 야무진 입.

그게 나를 닮은 것 같다.

이동욱은 선글라스 테를 밀어 올렸다.

내 얼굴은 저 여자, 김영선을 닮았기 때문이다. 저놈도 그렇고.

그때 엘리베이터가 멈추고 문이 열렸다.

"나 화장실 다녀올게."

아직 고지현과 가족은 오지 않았기 때문에 최기철이 김영선에게 말했다.

"나도 같이 가자."

김영선은 핸드백을 고쳐 쥐고 따라갔다.

12층 라운지의 VIP룸을 빌려 놓았는데 화장실은 바로 옆쪽이다.

12시 15분.

최기철이 화장실로 들어서자 곧 사내 하나가 따라 들어섰다.

장신의 사내로 선글라스를 끼었는데 낯이 익다.

소변구 앞에 선 최기철 옆으로 다가온 사내가 나란히 서서 말했다.

"좋은 날씨군요."

"그렇군요. 좋은 날입니다."

최기철이 고개까지 끄덕이며 대답했다.

화장실 안에는 둘뿐이다. 이동욱이 웃음 띤 얼굴로 최기철을 보았다.

"무슨 좋은 일 있습니까? 아까 VIP실로 들어가시던데."

"아, 오늘 상견례 날이에요, 신부 측 가족하고."

최기철이 이제는 이를 드러내고 웃었다.

"저쪽 부모는 만나 뵈었지만 떨리네요."

"아, 그렇군요."

그때 지퍼를 올린 최기철이 몸을 돌렸다. 그러자 이동욱이 뒤에 대고 말했다.

"아, 잠깐. 뒤에 뭐가 묻었네요."

최기철이 멈춰 섰고 이동욱이 다가가 뒤에 섰다.

"내가 떼어 드릴게요."

"아, 고맙습니다."

"잘 가라."

그렇게 말한 이동욱이 두 손으로 최기철의 머리를 감싸 안았다.

무슨 일인지 영문을 모른 최기철이 눈만 치켜떴을 때다. 다음 순간 이동욱이 두 손을 와락 비틀었다.

"우두둑!"

뼈 부러지는 소리가 들리면서 최기철의 머리가 뒤로 돌아갔다. 목뼈가 부러지면서 얼굴이 등 쪽으로 돌아간 것이다.

이동욱이 손을 놓자 최기철이 스르르 쓰러졌기 때문에 상반신을 다시 안았다. 그리고 옆쪽 화장실 문을 열고는 최기철을 넘어진 것처럼 거꾸로 엎어 놓았다.

"응, 언제 왔어?"

라운지의 한식당 입구에 서 있던 김영선에게 최경만이 물었다.

"5분쯤 전에요."

김영선이 남자 화장실 쪽을 보면서 대답했다.

12시 20분이다.

"그런데 왜 여기 서 있어?"

다가선 최경만이 다시 물었다. 라운지 한식당은 예약 손님만 받는 고급 식당이다. 손님이 드물다. 점심시간이지만 복도에는 그들 둘뿐이다.

"기철이가 화장실 들어갔는데 기다렸다가 같이 가려고."

"저쪽은 아직 안 왔나?"

"모르죠. 먼저 왔는지."

"하긴, 아직 10분 전이니까."

"우리가 먼저 와서 기다릴 건 없으니까 기철이 나오면 셋이 같이 들어갑시다."

"그러지."

그때 화장실에서 선글라스를 낀 사내 하나가 나오더니 곧장 그들에게 다가왔다. 그러고는 그들을 스치고 지나 엘리베이터 앞으로 다가가 섰다.

김영선이 힐끗 사내를 보더니 지나친 후에도 뒷모습에 시선을 주었다가 고개를 돌렸다.

그때 엘리베이터 문이 열리더니 손님들이 내렸다.

"어머나!"

여자 하나가 김영선을 보더니 놀란 듯 말했다. 고지현이다.

"먼저 오셨어요?"

"응, 너구나."

"아이구, 여기 계시네요."

고지현의 어머니가 반색을 했다. 뒤에 선 남자는 남편일 것이다.

"아이구, 여기서 인사를 하게 되네요."

식당 앞이 떠들썩해졌다. 그때 최경만이 사내에게 손을 내밀었다.

"저, 최경만입니다. 기철이 애빕니다."

"아이구, 최 사장님, 말씀 많이 들었습니다. 반갑습니다."

가족들은 식당 앞에서 인사를 나눈다.

그사이에 엘리베이터가 1층에 멈춰 섰고 이동욱은 로비로 들어섰다.

호텔 현관으로 나와 잠깐 주위를 둘러보고 나서 다시 발을 떼어 도로로 나왔다.

택시들이 서 있었지만 거리를 걷고 싶었기 때문에 곧 행인들 사이에 끼어 걷는다.

화창한 날씨다.

"얘가 왜 이렇게 안 오지?"

식당의 방 안에서 김영선이 이맛살을 찌푸렸다.

방에는 다섯이 원탁에 둘러앉았다. 가운데 의자 하나가 비었다.

모두 인사를 마친 후다.

"제가 갔다 올게요."

고지현이 일어났다. 최기철이 화장실에 갔다고 말한 것이다.

어른들이 갈 수는 없었기 때문에 김영선은 가만있었고 고지현의 어머니 강여사가 말했다.

"그래라. 네가 갔다 와."

김영선은 말리고 싶었지만 슬슬 걱정이 되었기 때문에 놔두었다.

아까 식당 앞에서부터 갑자기 심장박동이 빨라지더니 기분이 언짢아졌다.

고지현 식구를 만나기 전이었다.

그렇지. 선글라스를 낀 사내가 앞을 지났을 때부터인 것 같다.

"엄마!"

갑자기 문이 왈칵 열리면서 고지현이 비명을 지르는 바람에 다섯은 깜짝 놀랐다.

그중에서 김영선은 간이 철렁, 떨어지는 것 같은 느낌을 받았다.

고지현이 하얗게 질린 얼굴로 이쪽을 쳐다보고 있다.

눈은 죽은 생선의 눈알이 되었고 입이 반쯤 벌어졌다. 그러더니 부르짖었다.

"이리 나와 봐!"

화장실 안.

식당 방에서 화장실까지 30미터쯤 된다.

화장실에는 대여섯 명의 사내가 모여 있었는데 아직 경찰이나 의사도 안 왔다. 모두 호텔과 식당 종업원이다.

그들은 바닥에 누워 있는 사내 하나를 중심으로 둘러서 있다가 들이닥친 최경만과 김영선을 보더니 비켜섰다.

조금 전에 고지현이 왔다 갔기 때문에 기다리고 있었던 것이다.

바닥에 누워 있는 사내는 최기철이다.

반듯이 눕혀져 있었는데 목이 부러져서 얼굴이 땅바닥에 딱 붙었다.

눈을 치켜뜨고 있지만 이미 시체다. 죽은 얼굴 표시가 난다.

"으아악!"

만지기도 전에 김영선이 12층 전체가 떠나갈 것 같은 비명을 질렀고 최경만이 시체에 달려들었다.

고지현은 아까 잠깐 보았지만 이번에는 화장실 밖에 서 있다. 고지현 부모는 그 뒤에 서 있고.

"으아아아악!"

김영선의 비명이 다시 울렸고 고지현이 몸서리를 쳤다.

"기철아!"

최경만의 외침이 따라 울렸다.

"체크아웃 해."

방으로 들어선 이동욱이 말하자 정진하가 전화기부터 들었다.

프런트에 전화를 하려는 것이다. 전화기를 든 채 정진하가 물었다.

"언제 할까요?"

"지금."

정진하가 프런트에 체크아웃을 통보했고 이동욱은 짐을 챙겼다.

둘이 프런트로 내려왔을 때는 그로부터 30분 후다.

오후 1시 반이다.

"갓댐."

전화기를 귀에 붙인 해밀턴이 욕부터 했다.

해밀턴은 지금 리스타 비서실장 안학태와 통화 중이다. 해밀턴이 말을 이었다.

"안, 기어코 리가 일을 저질렀어."

"뭐야?"

안학태가 묻자 해밀턴이 숨부터 골랐다.

"리가 아들을 처치했어."

"아들이라니?"

"제 생모의 아들."

"아니, 그러면……."

"그래. 복수를 한 거야."

해밀턴의 목소리에 열기가 띠어졌다.

"그것도 자신이 당한 것만큼 처절하게."

"자세히 말해, 해밀턴."

"그 여자의 아들, 그러니까 동복형제를 화장실에서 목을 부러뜨려 죽였어."

"……."

"그것도 약혼녀 가족과 가족끼리 인사를 하는 모임에서."

"……."

"화장실에 들어온 그놈의 목을 부러뜨린 거야. 그 생모는 기절을 했다는군."

"지저스 크라이스트."

"옆에 보좌관을 붙여 놓았으니까 조금 정화 작업은 될 거야. 생각하는 시간도 갖게 될 것이고."

"그건 잘한 일이야, 해밀턴."

"보고는 다른 요원들한테서 받고 있어. 보좌관도 감시 요원의 존재를 몰라."

"지금 그놈 어디에 있나?"

"다시 서울로 올라가고 있어."

그때 안학태가 생각난 듯 말했다.

"이봐, 해밀턴, 이 일은 우리만 알고 있자구. 여기선 나하고 미세스 정만 알고 있어."

"알았어."

해밀턴이 입맛 다시는 소리를 냈다.

"그래. 우리끼리만 알자구."

이광한테는 보고하지 말자는 합의다.

회장한테 신경 쓰게 하지 말자는 배려다.

서울로 돌아가는 차 안.

이번에는 정진하가 운전을 했고 이동욱이 옆자리에 탔다.

오후 3시가 되어 가고 있다.

평일이라 고속도로는 차가 드물었고 정진하는 속력을 내었다.

의자에 등을 붙이고 앞쪽을 보던 이동욱이 이윽고 입을 열었다.

"내가 오늘 그 여자 아들을 죽이고 오는 길이야."

정진하는 앞쪽만 보았고 이동욱이 말을 이었다.

"목뼈를 부러뜨렸는데 화장실에서 넘어져서 그렇게 된 것처럼 만들어 놓았어."

"……."

"결혼할 여자 부모하고 양쪽 부모가 모여서 인사하는 모임에 나왔다가 당한 거지."

"……."

"그 여자는 아들을 잃었어. 가장 좋은 순간에 말야."

"……."

"그놈을 죽이고 그놈을 기다리고 있는 그 여자 앞을 지나갔지. 그 여자는 제 남편하고 서 있다가 나를 보더군."

"……."

"내가 선글라스를 끼고 있었지만 내 얼굴이 낯익은지 날 유심히 보았어."

이동욱의 목소리에 웃음기가 띠어졌다.

"하긴 그럴 만하지, 내 이목구비가 그 여자를 닮았으니까. 죽은 그놈도 나를 닮았더군."

"……."

"지나간 후에도 등에 그 여자의 시선이 느껴졌어."

그때 정진하가 말했다.

"저, 휴게소가 저긴데 좀 쉬었다 가도 될까요?"

정진하의 목소리가 갈라져 있다. 딴 사람의 목소리 같다.

"화장실에 들어갔다가 미끄러져서 넘어진 것 같습니다."

수사관이 최경만에게 말했다.

대전병원의 영안실 밖.

수사관이 직접 이곳까지 찾아온 것이다.

"안에 물이 흘러나와 있었고 미끄러진 자국이 있었습니다. 바지가 젖은 데다 넘어지면서 머리를 부딪친 흔적도 있더군요. 머리에 혹이 나와 있었습니다."

"……."

"넘어지면서 목이 꺾어진 것이죠. 그런 일이 흔하지는 않지만 가능성이 있는 일입니다."

최경만은 그냥 숨만 쉬었다.

지금 김영선은 위층 응급실에 누워 있다. 대전에 사는 동생 부부를 불러 김영선을 돌보라고 하고 최경만은 영안실로 내려와 있었다.

수사관이 말을 이었다.

"정말 유감입니다, 사장님."

"제 남편이 밉다고 자식한테 분풀이를 하면 안 되는 거야."

휴게소 주차장에서 이동욱이 말했다.

주차장에 차를 세운 이동욱과 정진하는 그냥 차 안에 앉아 있다.

차 앞으로 무심한 표정의 남녀가 지나갔다. 이동욱이 말을 이었다.

"제 마누라가 싫다고 그 배에서 난 자식을 벌레처럼 밟으면 그것도 안 되는 일이지."

"……"

"그러고 나서 28년이 지나 둘이 새 인생을 살고 있는데."

고개를 돌린 이동욱이 정진하를 향해 웃었다. 그 웃음이 밝았기 때문에 정진하가 숨을 들이켰다.

"다 잊어버리고 말야."

이동욱이 웃음 띤 얼굴로 고개를 저었다.

"그런데 난 안 돼."

"……"

"이번에는 내가 잊으려고 여기 온 거야."

"……"

"시작은 그들 둘이 했지만 마무리는 내가 해야지."

이동욱이 길게 숨을 뱉더니 입을 다물었다. 이제는 얼굴이 굳어 있다.

이창규가 눈을 치켜뜨고 조성범을 보았다.

커피숍 안.

"그래, 뭐라고 해?"

"곧 연락을 준다고 합니다."

"연락을 준다니?"

"검토를 해봐야……."

"그게 무슨 말야?"

"계약 기간이 18일 지나서요. 그것을……."

"우리가 12년 동안 계속 보험금을 내왔잖아?"

"예, 그들도 압니다."

"그런데 이번에 18일 늦었다고 검토를 한다고? 이런 개새끼들이!"

어깨를 부풀렸던 이창규가 핸드폰을 들더니 버튼을 눌렀다.

보험회사에 직접 전화를 하려는 것이다. 버튼을 누르는 이창규의 손끝이 떨렸다.

대영슈퍼는 물론 빌딩 전체가 타버려서 이창규는 거지가 되었다.

그러나 화재보험을 들었기 때문에 만회는 가능했다.

그런데 이게 웬일인가? 보험회사에 보험금을 내지 않았다는 것이다.

보험금 납부일이 18일 지났기 때문에 검토해 본다니.

"으악!"

김영선이 벌떡 상반신을 일으키면서 소리쳤다.

치켜뜬 눈에는 초점이 흐려졌고 딱 벌린 입 끝에 침이 흘러내렸다.

"아이구, 형님."

옆에 서 있던 최경만의 동생 최수만의 처 유현숙이 어깨를 잡았다.

"형님, 형님, 좀 누워요."

"으악! 저기 저놈!"

김영선이 손으로 옆쪽 벽을 가리켰다.

"저놈이 우리 기철이를 죽였어!"

대전병원의 병실 안.

응급실에서 병실로 올라온 김영선이 악을 쓰고 있다.

방 안에는 유현숙, 유현숙의 동생 유병숙, 공장 직원의 부인들까지 대여섯 명이 몰려와 있지만 고지현과 그 식구들은 싹 사라졌다.

라운지 한식당 앞에서 돌아가고 끝이다.

그런데 누가 기철이를 죽였다는 말인가?

모두 어리둥절했다.

"죄송합니다."

신성화재의 채영수 부장이 말했다.

보험 회사의 책임자다.

"대영은 보험료를 미납했기 때문에 보험법에 의해서 보험금 지급이 불가능합니다. 안타깝습니다."

"이봐요, 부장님."

전화기를 고쳐 쥔 이창규가 소리쳤다.

"18일이오! 18일! 그걸 가지고……."

"죄송합니다."

다음 순간, 통화가 끊겼기 때문에 이창규가 어깨를 부풀렸다가 내렸다.

끝났다. 망했다.

유성에서 1박만 하고 서울로 돌아온 셈이다.

프레지던트룸에 다시 여장을 푼 이동욱이 정진하에게 말했다.

"오늘은 술이나 마시지."

"예, 사장님."

정진하가 반짝이는 눈으로 이동욱을 보았다.

"어디로 가실까요?"

"순댓국집."

"순댓국?"

되물은 정진하의 시선을 받고 이동욱이 빙그레 웃었다.

정진하는 일본 태생이다. 순댓국을 모르는 것이다.

"날 따라오면 돼."

오후 8시.

장안평 경남호텔 근처의 '함흥 순댓국 식당'.

5평쯤의 식당 안에는 손님이 한 사람뿐이다.

주방에 있던 박윤정이 홀로 나왔을 때 문이 열리면서 손님 둘이 들어섰다. 남녀 손님이다.

"어서 오세요."

박윤정이 혼자 일하는 식당이다. 주방 일에서 음식 나르는 일, 계산까지 다 하고 있다.

둘이 자리 잡고 앉았을 때 박윤정이 다가가 물 잔을 내려놓았다.

"순댓국 드려요?"

메뉴는 순댓국 하나다.

박윤정의 시선을 받은 사내가 입을 열었다.

"선생님, 저 모르시겠어요?"

"아니, 누군데."

눈썹을 모은 박윤정이 사내를 보았다. 그러더니 고개를 기울였다.

"글쎄, 나는……."

"선생님, 지갑 도둑맞으셨죠?"

사내가 물었을 때 박윤정이 입을 딱 벌렸다.

입에서 저절로 외침이 터졌다.

"앗, 너는……."

"예, 이동욱입니다. 선생님 지갑을 훔쳐간 도둑놈이죠."

"아니, 네가."

"선생님 찾아왔습니다."

자리에서 일어선 사내가 박윤정의 손을 두 손으로 감싸 쥐었다.

박윤정의 손을 감싸 쥔 채 이동욱이 상기된 얼굴로 말을 이었다.

"여기서 순댓국 식당을 하고 계시다니요. 제가 18살 때 떠났으니 16년 만이네요."

"그렇구나."

박윤정의 눈에 눈물이 고였다.

그때 정신을 차린 박윤정이 옆쪽에 서 있는 정진하를 보았다.

"아이구, 손님하고 같이 왔구나."

"예, 제 처입니다."

이동욱이 정진하를 소개했다.

"작년에 결혼했는데 아직 아이는 없습니다."

"어머, 그렇구나."

박윤정이 활짝 웃었다.

"이렇게 미인인 아내를 두다니. 아이구, 네가 이렇게 잘되다니."

"다 선생님 덕분이죠."

그때 얼떨떨한 표정이 되어 있던 정진하가 고개를 숙여 인사를 했다.

"안녕하세요."

"그래, 잘 왔어요."

셋이 정신없이 인사를 주고받는 동안에 순댓국을 다 먹은 손님이 자리에서 일어섰다.

박윤정이 계산대로 나갔을 때 정진하가 상기된 얼굴로 이동욱을 보았다.

뭐냐고 묻는 표정이다.

"와이프 행세를 해."

이동욱이 낮게 말했다.

"그게 자연스럽다."

"미리 말씀을 해주셨어야죠."

"넌 가만히 있으면 되는 일이야."

"알았습니다."

정진하가 웃음 띤 얼굴로 고개를 끄덕였다.

"조금 놀라서 그래요."

"손님도 없으니까 문 닫아야겠다."

계산대에서 돌아온 박윤정이 '금일 휴업' 팻말을 들고 나가서 문 앞에다 걸어 놓고 돌아왔다.

"요즘은 저녁 손님이 10명도 안 돼."

앞쪽에 앉은 박윤정이 고개까지 저으면서 말했다.

"불황이라 큰일 났다. 월세도 두 달째 못 냈어."

"순댓국집 차린 지 얼마나 되셨어요?"

"1년 반, 그런데."

정신을 차린 박윤정이 눈동자의 초점을 잡았다.

"날 어떻게 찾았니?"

"요즘은 주민증 번호를 몰라도 금방 찾을 수 있어요, 선생님."

"그렇구나. 그런데 넌 지금 뭐 하니? 결혼까지 한 걸 보면……."

"외국에 나가 있었어요, 사업 때문에."

"그렇구나. 아이구, 잘 됐구나."

"선생님이 고아원 그만두신 것이 10년쯤 되셨다면서요?"

"그래. 이젠 고아원이 많이 없어졌어. 난 자격증도 없고."

그러다가 박윤정이 다시 정신을 차린 듯 둘을 번갈아 보면서 일어섰다.

"참, 뭘 먹어야지? 내가 순댓국 특으로 만들어 줄게. 기다려라."

"예, 선생님. 술도 있죠?"

"그래, 소주. 맥주도 있고."

박윤정이 떠들썩한 목소리로 말했다.

"술안주로 수육 만들어 줄게."

박윤정이 주방으로 들어갔을 때 이동욱이 정진하에게 말했다.

"내가 고아원에서 고등학교를 졸업한 다음 날에 저 선생님의 지갑을 훔쳐서 도망쳤어."

숨을 죽인 정진하에게 이동욱이 말을 이었다.

"지갑에 25만 5천 원이 들어있었어."

"……."

"편지를 써놓았지. '선생님, 꼭 갚겠습니다. 제가 은혜를 잊어먹는 놈이 아닙니다. 두고 보십시오.' 하고."

"그래서 찾아오셨군요."

"그런데 날 기억하지 못하는 걸 보면 나 같은 도둑놈이 많았던 모양이야."

"……."

"하긴, 내가 고아원에 있을 때도 도둑질한 놈들이 많았으니까."

"……."

"고아원에서 초등학교, 중학교, 고등학교를 졸업할 때까지 12년 동안 같이 다녔지만 정이 든 놈이 없어. 정이 든 선생님, 보모도 없고."

"……."

"정을 붙여 봐야 상처만 받을 뿐이라는 것을 어렸을 때부터 알고 있었던 것이지."

그때 수육 접시를 든 박윤정이 다가왔다.

"넌 조용한 애였어."

박윤정이 지그시 이동욱을 보면서 말했다.

소주를 셋이 두 병쯤 비웠을 때다.

정진하는 믿기지 않는 듯 눈을 크게 떴고 이동욱은 쓴웃음만 지었다.

박윤정이 말을 이었다.

"널 놀이터에서 데려온 사람이 바로 나야. 내가 널 유심히 봤단다."

"알고 있습니다."

술잔을 든 이동욱이 말을 이었다.

"하지만 전 드러나기 싫었죠. 주목을 받기 싫었습니다."

"나도 알고 있었단다."

"군에 가고 나서 제 성격을 스스로 개조했죠. 다시 태어난 것입니다."

"잘했다."

박윤정이 번들거리는 눈으로 이동욱을 보았다.

"그리고 고맙다, 동욱아. 날 찾아서 여기까지 와주다니. 더구나 네 아내하고."

"제가 편지로 써드렸잖습니까? 꼭 갚겠다구요."

"됐다, 그건."

그때 이동욱이 의자 밑에 놓인 가방을 들어 박윤정에게 내밀었다.

"선생님, 받으세요."

"웬 가방이야?"

"가방까지 가져가세요."

"응?"

놀란 박윤정이 엉겁결에 가방을 받았을 때 이동욱이 자리에서 일어섰다.

"선생님, 저희들은 오늘 이만 갈게요."

"아니, 벌써?"

가방 안의 내용물을 볼 사이도 없이 놀란 박윤정이 따라 일어섰다.

"또 올게요, 선생님."

"그래. 또 오너라."

"순댓국집 그만두시고 쉬세요."

"아유, 그랬으면 좋겠는데."

그때 정진하가 허리를 꺾어 절을 했다.

"안녕히 계세요, 선생님."

"오, 그래. 나중에 둘이 다시 놀러와."

"네, 선생님."

이동욱이 정진하의 팔을 끌고 밖으로 나왔고 박윤정이 문밖까지 따라 나왔다.

가방은 가게에 놔둔 것 같다.

골목 밖에서 빈 택시를 잡아탔을 때는 오후 9시 반이다.

택시가 출발했을 때 이동욱이 혼잣소리를 했다.

"경황 중에 가방 안을 안 봐서 다행이다."

가방 안에는 현금으로 2억이 들어 있기 때문이다. 16년 전에 훔쳐 간 돈의 100배쯤 될까?

소파에서 일어난 이창규가 퍼뜩 눈을 치켜떴다가 다시 앉았다.

오전 7시 반.

어젯밤에도 집에서 소주를 3병을 마시고 나서 잤는데 다섯 시간도 못 자고 오전 5시에 일어났다. 그러고는 이 궁리 저 궁리를 하다가 화장실을 가려고 일어났던 것이다.

눈앞이 빙빙 돌았기 때문에 이창규는 눈을 감았다가 떴다.

어지럼증이 조금 가신 것 같아서 이창규는 자리에서 일어섰다.

그러고는 화장실을 향해 발을 떼었다.

한 걸음, 두 걸음, 세 걸음, 그러나 네 걸음째에 이창규의 머릿속이 환해졌다.

그 순간, 이창규가 다섯 걸음째는 헛디디면서 그대로 옆으로 쓰러졌다.

"꽝."

이창규의 상반신이 옆쪽 탁자에 부딪치는 소리다.

그 바람에 탁자가 옆으로 넘어지면서 위에 놓인 서랍과 함께 부서졌다.

"와장창!"

뷔페식당에 마주 앉은 이동욱이 정진하에게 말했다.

오전 8시 반.

"이창규의 아들, 이성호는 불타버린 대영슈퍼의 상무였더군. 나이가 25살인데 말야."

정진하는 잠자코 샐러드를 뒤적거렸고 이동욱이 말을 이었다.

"이놈은 군대도 가지 않았어. 무릎 관절 이상으로 군 면제를 받았는데 이건 사기야."

"……."

"이제 거지가 되었으니까 다른 세상에서 살게 되겠군."

"어떻게 하실 건데요?"

포크를 내려놓은 정진하가 이동욱을 보았다.

눈동자가 흔들리지 않는다.

"죽여야지."

이동욱이 포크로 소시지를 찍어 입에 넣고 씹었다.

"재산 없앤 것으로는 부족해. 사랑하는 자식이 눈앞에서 사라지는 꼴을 봐야 되겠어."

"……."

"자식 잃은 심정을 느끼게 해주려는 거야."

이동욱의 얼굴에 웃음이 떠올랐다.

"28년 전에는 그자가 느끼지 못했겠지만 말야. 그래서 내가 도와주려고 해."

"뇌출혈입니다."

장현이 고개를 들고 한경숙을 보았다.

"이거, 시간이 지나 봐야 알겠지만……."

목소리를 낮춘 장현이 말을 잇는다.

"뇌혈관이 터진 상태라 수술은 어려운 상태구요……."

"아니, 그럼, 선생님."

답답해진 한경숙이 장현의 소매를 움켜쥐었다.

"수술이 어렵다니 무슨 말씀이세요?"

"시간이 지나 봐야 압니다. 지금은 의식도 돌아오지 않은 상태라서요."

"깨어날 수는 있는 거죠?"

"예, 가능성은 있습니다."

"얼마나요?"

"글쎄, 지금 몇 시간밖에 안 되어서……."

그때 장현이 길게 숨을 뱉었다.

"각오는 하고 계셔야 됩니다."

"아이구!"

한경숙이 마침내 두 손으로 얼굴을 감싸 쥐었다.

이곳은 서울 병원 응급실 안.

지금 이창규는 산소 호흡기를 단 채 응급처치 중이다.

장현은 이창규의 주치의인 것이다.

그때 옆에 서 있던 이성호가 말했다. 얼굴이 일그러져 있다.

"엄마, 좀 기다려 보자."

한경숙이 두 손으로 얼굴을 감싸 쥔 채 흐느꼈다.

"이걸 어떻게 해. 어떻게 해."

날벼락이 계속 떨어진다.

불이 나서 사업장과 건물이 전소되고 이어서 보험료를 늦게 내는 바람에 알거지가 돼 버렸다.

그러고 나서 이창규가 뇌출혈로 쓰러져 아직 의식불명인 것이다.

박명준의 전화가 왔을 때는 오전 11시경이다.

외출 준비를 하고 있던 이동욱이 정진하가 건네주는 전화기를 받았다.

"사장님, 저 박명준입니다."

이동욱이 응답했을 때 박명준이 말했다.

"보고드릴 일이 있어서요."

"뭔데요?"

"이창규 씨가 오늘 아침에 뇌출혈로 쓰러져서 현재 서울 병원 중환자실에 있습니다."

"……."

"아직 의식이 깨어나지 않은 상태인데요. 수술은 불가능하고 현재 기다리고 있는 상황입니다."

"……."

"평소 고혈압이었는데 요즘 사건으로 충격을 받았다는군요."

"알았습니다. 수고했어요."

"예, 제가 수시로 경과를 보고 드리도록 하겠습니다."

"알겠습니다."

전화기를 내려놓은 이동욱이 창가에 서 있는 정진하를 보았다.

"바닷가로 가고 싶은데."

5장
복수

서해안 대천 해수욕장 근처의 호텔에 방을 잡았을 때는 오후 4시가 되어갈 무렵이다.

이곳은 특급 호텔이 없었기 때문에 이동욱은 방 2개를 잡았다.

5층 건물의 호텔로 5층 특실이어서 바다가 보이기는 했다.

이동욱이 옆방으로 들어가는 정진하에게 말했다.

"여기선 누가 암살하려고 올 사람도 없으니까 문 열어놓고 자도 되겠다."

정진하는 웃기만 하고 제 방으로 들어갔다.

지금까지 둘이 부부 행세를 하면서 같은 방을 써 온 것이다.

서로 익숙해졌지만 정진하에게는 불편했을 것이다.

방으로 들어온 이동욱이 씻고 나왔을 때 전화벨이 울렸다.

전화기를 든 이동욱이 응답했을 때 곧 박명준의 목소리가 울렸다.

"사장님, 박명준입니다."

"아, 박 사장."

박명준에게 행선지를 알려준 것이다.

"사장님, 이창규 씨가 2시간쯤 전에 의식을 회복했습니다."

"……."

"하지만 왼쪽 수족이 마비되어서 반신불수가 되었습니다."

"……."

"대화는 가능한 상태라고 합니다."

"수고했어요."

"특별한 일 있으면 다시 보고 드리지요."

박명준은 이것이 굿 뉴스도 배드 뉴스도 아니라는 것을 알기 때문인지 차분한 목소리다.

혼자 바닷가를 걷던 이동욱이 식당으로 들어섰다.

10월의 평일이어서 바닷가는 사람이 드문드문했지만 식당에는 손님이 절반쯤 차 있다. 30대쯤의 남녀들로 단체 여행을 온 것 같다.

구석 쪽 자리에 앉은 이동욱이 회와 소주를 시켰다.

혼자 온 손님은 이동욱 하나뿐이다.

오후 6시, 수평선에 걸려 있던 태양이 가라앉으면서 하늘은 붉게 물들어 있다.

술잔을 든 이동욱이 소란스러운 식당 안을 둘러보았다.

분위기는 밝다.

여자가 다섯, 남자가 셋. 무슨 선생, 무슨 선생 하는 걸 보면 선생님들 모임 같다.

이동욱이 한 모금에 소주를 삼켰다.

정진하도 혼자 쉬겠지.

그 시간에 정진하는 전화기를 귀에 붙이고 창가에 서서 바다를 보고 있다.

상대는 해밀턴이다.

정진하는 지금 리스타연합의 사장인 해밀턴과는 처음 통화를 한다. 만난 적도 없기 때문에 지금은 얼떨떨한 상태다.

이 전화는 정진하를 이곳에 보낸 리스타연합 기조실의 부장 서렌든이 연결해 준 것이다.

그때 해밀턴의 목소리가 울렸다.

"미스 정인가?"

"네, 사장님."

"지금 혼자 있다면서?"

"네, 사장님."

"내 목소리는 처음 듣지?"

"그렇습니다, 사장님."

"지금 바닷가라고 했나?"

"네, 사장님."

"쉬려고 간 거야?"

"네, 그렇습니다."

여전히 긴장한 정진하가 땀이 밴 전화기를 고쳐 쥐었다.

그때 해밀턴이 말했다.

"내가 사건은 보고 받았는데 보좌역으로 보낸 네 이야기를 듣고 싶다. 너를 보낸 이유가 바로 그것이니까. 무슨 말인지 알고 있나?"

"네, 사장님."

"말해라."

"신변정리를 하는 것 같습니다. 인연을 완전히 끊으려는 것으로 보입니다."

"부친은 지금 반신불수 상태라고?"

"모친은 아직 중환자실에 있습니다."

"갓댐."

욕설을 뱉은 해밀턴이 말을 이었다.

"미스 정, 그놈 주위에서 여자가 불나방처럼 타 죽고, 떨어져 죽고, 부딪쳐 죽었어. 알고 있나?"

"네, 들었습니다."

"그놈한테 여자가 필요해."

해밀턴의 목소리가 따뜻하게 느껴졌다.

"여자들이 수없이 스치고 지나갔지만 이제 정착할 때야."

"……."

"미스 정, 네 역할이 중요하다."

정진하가 소리 죽여 숨을 뱉었다.

용건이 바로 이것이다.

최고 지도부에서 이렇게 신경을 쓰다니.

소주를 세 병째 시켰을 때 교사들은 식당을 나갔다.

갑자기 식당이 조용해졌고 창밖의 어둠은 더 짙어진 것 같다.

오후 8시 반이다.

"어서 오세요."

주인 여자의 목소리에 이동욱이 고개를 들었더니 안으로 정진하가 들어서고 있다.

시선이 마주치자 정진하가 웃으면서 말했다.

"찾아다녔어요."

앞쪽에 앉은 정진하가 주인에게 술잔을 가져오라고 하면서 안주까지 시켰다.

"왜 나하고 같이 가자고 안 했어요?"

정진하가 묻자 이동욱은 쓴웃음을 지었다.

"너도 혼자 있는 시간이 필요할 것 같아서."

"내가 혼자 있고 싶으면 말할게요."

"그럴까?"

이동욱이 정진하의 잔에 술을 따랐다.

얼굴이 술기운으로 붉어져 있다.

"나한테 여자 역할도 하려는 거냐?"

"가능하면요."

"내 주위의 여자 이야기를 했던가?"

"그럴 시간이나 있었나요?"

"그런가?"

이동욱이 흐려진 눈으로 정진하를 보았다.

"오더를 받은 것 같군."

술을 들이켜는 정진하를 응시하면서 이동욱이 말을 이었다.

"위에서 가만있을 리가 없지."

그때 주인이 새로 시킨 회 접시를 놓고 돌아갔다.

정진하가 따라준 술잔을 들면서 이동욱이 말을 이었다.

"지금까지 내가 오더를 받지 않고 행동한 경우가 드물었기 때문에 불안한 거야."

"……."

"난 리스타그룹의 소모품일 뿐이야. 그리고 내가 소모품이 되기를 자원한 사람이고."

정진하가 한 모금에 술을 삼키고 이동욱을 보았다.

"알았어요, 사장님이 욕심 없으신 것."

“난 중국에서 결혼했다가 와이프를 잃었어. 알고 있나?”

“들었습니다.”

“정략적 결혼이었지만 죽지 않았다면 잘 살았을 거야.”

식당 안이 조용해졌다.

정진하가 대답하지 않았고 이동욱도 더 이상 말을 잇지 않았다.

그랬더니 식당 안까지 파도 소리가 들려왔다.

“술 더 드려요?”

술병이 빈 것을 본 주인이 다가와 물었다.

정진하가 대신 대답했다.

“더 주세요.”

“집은 어떻게 됐어?”

입이 조금 틀어졌지만 말은 제대로 나왔다. 조금 느리긴 했다.

“집은 괜찮아요.”

한경숙이 외면한 채 말했다.

“걱정하지 말고 몸이나 챙깁시다.”

“성호는?”

“병원에 있다가 조금 전에 나갔는데.”

“미아는?”

“내가 집에서 쉬라고 보냈어요.”

병원 중환자실 안, 면회 시간이어서 한경숙이 들어와 있다.

이창규가 말을 이었다.

“언제 일반실로 옮긴대?”

“2, 3일 있다가.”

그때 이창규가 이를 악물고 신음했다.

갑자기 피로가 몰려왔기 때문이다.

한경숙이 바짝 다가서며 위로했다.

"이제 정신 차렸으니까 몸 관리부터 합시다. 우선 살기부터 해야 돼."

"내 몸이 나을 가능성이 있다는 거야?"

어눌한 목소리로 묻는 이창규의 눈에 물기가 고였다.

"이렇게 산다면 차라리 죽는 게 낫지."

10시가 되었을 때 정진하는 전화를 받았다.

옆방의 이동욱이 전화를 한 것이다.

어젯밤 11시쯤 호텔에 돌아와서 지금 첫 통화다.

이동욱이 물었다.

"식사했어?"

"아뇨, 아직."

"그럼 바닷가 식당에서 밥 먹지. 로비로 나와."

"10분 후에 내려갈게요."

전화기를 내려놓은 정진하가 오늘은 아래쪽 바닷가를 내려가 보는 것이 좋겠다는 생각을 했다.

그러나 식당에서 조개탕에 아침 겸 점심을 먹으면서 이동욱이 말했다.

"점심 먹고 대전으로 가지."

정진하의 시선을 받은 이동욱이 말을 이었다.

"오늘쯤 장례식이 끝날 테니까."

그렇다. 오늘이 사흘째구나.

정진하는 고개만 끄덕였다.

김영선의 상황은 사흘이 지났지만 가라앉지 않았다.

병원에서 어제 오후에 퇴원을 한 후에 장례를 치르고 있었는데 이곳은 화장장이다.

김영선은 겨우 부축을 받고 서 있다.

오전 11시 반.

김영선이 화장장에서 유골 박스로 나온 최기철을 보더니 다시 몸부림을 치고 운다.

최기철과 하마터면 결혼할 뻔했던 고지현은 그날 한식당에서 나온 이후로 사라졌다. 코끝도 보이지 않았다.

"어떻게 하실 건데요?"

대천 해수욕장에서 대전으로 향하는 차 안에서 정진하가 물었다.

이번에는 정진하가 운전을 했고 이동욱이 옆자리에 앉아 있다.

이동욱이 앞쪽을 응시한 채 말했다.

"내가 그 여자와 이야기를 해야지."

순간 숨을 들이켠 정진하가 입을 다물었고 이동욱이 말을 이었다.

"처음부터 그러려고 했으니까."

"……."

"마무리 단계야."

"……."

"내 행동에 의미를 찾을 건 없어, 이런다고 지워지고 정리가 된다는 생각도 하지 않았으니까."

이동욱의 목소리는 담담하다.

"하지만 이것으로 마무리를 짓겠다는 결심은 확고하다. 내가 철이 든 후부터 품은 결심이지."

"알겠어요."

정진하가 고개를 들고 이동욱을 보았다.

"생각했던 대로 진행하세요. 저는 방관자일 뿐입니다."

이동욱은 입을 다물었다. 그렇다. 변명 따위는 필요 없다.

간단히 평가해도 된다.

복수? 좋지.

김영선은 다시 쓰러졌기 때문에 병원에 입원했다.

죽을상이 된 최경만이 그래도 정신을 수습하고 김영선을 동생 부부에게 맡긴 후에 유성의 공장에 들렀다.

장례식을 치른 다음 날 오후다.

밀린 결재서류를 검토하고 있을 때 공장장이 들어섰다.

"사장님, 근대 건설의 오더가 보류되었습니다."

외면한 공장장이 어깨를 늘어뜨리면서 말했다.

"어제 연락이 왔기 때문에 제가 생산을 중지시켰습니다. 원자재를 버릴 것 같아서요."

"잘했어."

최경만이 고개를 끄덕였다.

15년간 손발을 맞춰온 공장장이다.

오더가 보류되었는데 작업을 진행하면 원자재만 버리게 되는 것이다.

그러나 오더가 보류되었으니 15억 가까운 원자재가 쌓이게 되었다.

그중에서 5억 정도는 이미 생산에 투입되어서 반제품이 된 상태다.

왜 보류되었는가를 따지기 전에 수습이 먼저다.

노련한 최경만은 그것부터 머릿속에 떠올렸다.

그때 공장장이 말했다.

"사장님, 자금 사정이 좋지 않습니다."

"알고 있어."

어깨를 편 최경만이 똑바로 공장장을 보았다.

"내가 은행에 가서 알아보지."

최경만은 부동산이 많다. 부동산 담보로 대출을 받으면 된다.

최경만이 말을 이었다.

두 눈이 번들거리고 있다.

"이것으로 최경만은 안 죽는다."

동서 유현숙이 집에 돌아갔을 때는 밤 10시가 되었을 무렵이다.

최경만이 퇴근하는 길에 들렀다가 9시쯤 집에 갔기 때문에 이제 김영선은 혼자 남았다.

밤 11시 반, 병원은 조용하다.

1인실이어서 벽에는 TV가 부착되었고 옆쪽에 냉장고 문 앞에는 화장실도 있다. TV를 꺼놓고 눈을 감은 채 누워있던 김영선은 갈증이 났기 때문에 눈을 떴다.

손을 뻗어 옆쪽 탁자에 놓인 물병을 쥐었을 때다.

물병 옆의 휴대폰이 진동으로 떨어서 김영선이 집어 들었다.

발신자는 모르는 번호였지만 김영선이 귀에 붙였다.

"여보세요."

"김영선 씨 맞죠?"

울리는 목소리에 저절로 숨을 들이켰다.

귀에 익은 목소리.

"누구세요?"

"내 목소리 들으면 알 만하지 않습니까?"

김영선이 상반신을 일으켰다.

"도대체 누구신데?"

"인과응보라는 말뜻을 아시나?"

"넌 누구야?"

"내 목소리가 귀에 익지 않느냐고 물었어, 김영선 씨."

"……."

"죽은 아들이 살아 돌아온 것 같지 않아?"

"기철이가……."

"그래. 기철이 목소리지?"

"기철이……."

"내가 귀신이다."

사내의 목소리에 웃음기가 띠어졌다.

"내가 죽은 기철이의 귀신이야."

"……."

"너는 아들 복이 없어."

"……."

"기철이 전에도 아들 하나가 있었다가 죽었지?"

"……."

"걔가 어렸을 때 죽었다고 들었는데."

"……"

"그 애가 6살 때 죽었다고 들었어. 네가 아주 사랑했던 아들이라고. 이번에 죽은 기철이보다 더 사랑했다던데."

"……"

"맞지?"

"너 누구야?"

눈을 치켜뜬 김영선이 물었을 때 통화가 끊겼다.

핸드폰을 내려놓은 이동욱의 얼굴에 쓴웃음이 떠올랐다.

대전호텔의 특실.

방 안은 조용하다. 정진하는 옆방에 투숙했다.

이제 김영선은 전화를 한 사람이 누군지를 알았을 것이다.

6살 때 자신이 죽었다고 한 것은 지어낸 말이다. 아주 사랑했던 아들이라고 한 것도 그렇다.

이제 김영선은 죽은 최기철 대신에 귀신처럼 나타난 이동욱의 존재를 알게 되었다.

무섭겠지.

"그놈이야."

마침내 김영선의 입에서 그렇게 말이 터졌다.

지금 김영선은 침대에서 일어나 앉아 있다.

방 안이 무섭도록 조용했지만 이제 김영선은 그것도 개의치 않았다.

눈의 초점은 흐렸지만 번들거렸고, 입이 굳게 닫혔다가 열렸다.

"그놈이 나타났어."

자신의 목소리가 병실을 울렸다.

"그놈이야, 그놈. 내 앞으로 지나간 놈."

한식당 앞 복도에서 만난 놈, 선글라스를 끼었지만 어딘지 낯이 익었던 놈, 그 놈이다. 그놈이 바로…….

고개를 든 김영선이 어둠에 덮인 창밖을 보았다.

오전 7시.

눈을 뜬 이동욱이 창밖이 환해진 것을 보았다. 날이 밝았다.

몸을 일으킨 이동욱이 화장실에서 나왔을 때 곧 전화벨이 울렸다.

핸드폰을 집어 든 이동욱이 응답했다.

"아, 박 사장."

"보고드릴 일이 있습니다."

박명준이다.

이동욱이 침묵했고 박명준이 말을 이었다.

"오전 3시쯤에 병원에서 김영선 씨가 화장실에서 목을 매어 자살했습니다."

"……."

"지금 대전병원 영안실로 넘겨졌는데, 장례식은 사흘 후라고 합니다."

"수고했어요."

"다시 연락드리지요."

건조한 목소리로 말한 박명준과 통화를 끝냈다.

이동욱은 한동안 그 자리에 서서 다시 창밖을 보았다.

호텔 식당에서 뷔페로 아침식사를 하면서 이동욱이 정진하에게 말했다.

"어젯밤에 김영선 씨하고 통화를 했어."

포크를 쥔 채 정진하가 시선만 주었고 이동욱이 말을 이었다.

“그런데 오늘 오전 3시에 자살을 했어. 병실에서 목을 맸다는군.”

“…….”

“끝났어.”

이동욱의 얼굴에 쓴웃음이 떠올랐다.

“미련이 없어.”

“그럼 대전에서 떠나야죠.”

“그래야지.”

“서울로 가요?”

“서울에서도 마무리를 지어야지.”

이동욱이 말을 이었다.

“이번에는 직접 만날 거야. 남자 대 남자로.”

“용서해 드릴 생각은 없었나요?”

서울로 상경하는 차 안에서 정진하가 불쑥 물었다.

이동욱이 운전하고 있었기 때문에 정진하는 옆자리에 앉아 있다.

정진하가 이동욱을 보았다.

“지금도 풀리지 않았어요?”

이동욱이 대답하지 않았고 정진하가 말을 이었다.

“이 정도면 끝내도 될 것 같은데, 꼭 만나서 할 일이 있어요?”

“있어.”

이동욱이 앞쪽을 응시한 채 말했다.

“내 태생의 열등감을 싹 날렸어. 이젠 한국을 부담 없이 떠올릴 수 있을 것 같다.”

"……."

"이해가 되지 않았어. 지금도 그렇지만 말이야."

이동욱이 차분한 목소리로 말을 잇는다.

"나는 여섯 살 때까지 부모한테 맞은 기억밖에 없어. 맞아서 아프고, 배고프고, 추운 날 베란다에 벌거벗겨져 서 있고, 울면 맞고, 배고파서 라면을 쪼개 먹었던 기억. 옷이 더럽다고 발길로 차이고."

말이 막힌 이동욱이 헛기침을 했다.

"둘이 경쟁하듯이 날 학대했어. 고아원이 나에겐 천국이었어."

"……."

"고아원에서 키가 쑥쑥 자랐지. 내가 고아원에 살면서 무엇을 제일 겁냈는지 알아?"

"……."

"둘이 찾아와 날 데려가는 것이었어."

"……."

"그래서 고아원 12년 동안 숨어서 지냈어, 어둠 속 그림자처럼."

"이창규 씨는 재산을 다 날리고 현재 반신불수 상태예요. 만나서 이야기해 보시겠다구요?"

"마무리를 지어야지."

앞쪽을 응시한 채 이동욱이 말을 이었다.

"그자도 나를 잊어먹고 있었겠지만 나를 떠올리게 해줘야지, 김영선처럼."

서울, 다시 프린스호텔 프레지던트룸.

오후 5시, 정진하가 해밀턴에게 직접 전화를 한다. 해밀턴이 직접 보고를 원했기 때문이다.

지금 정진하는 로비 라운지의 테라스에 혼자 앉아 있다.

해밀턴이 응답했을 때 정진하가 입을 열었다.

"이동욱은 어제 생모인 김영선과 통화를 했는데, 그 통화가 끝나고 나서 김영선은 자살했습니다."

"……."

"오전 3시경에 목을 매 자살했다는 것입니다."

해밀턴은 듣기만 했고, 정진하가 말을 이었다.

"지금 서울에 왔습니다. 이동욱은 생부 이창규를 직접 만난다고 합니다."

그때 해밀턴이 물었다.

"어떻게 하겠다는 건가?"

"마무리를 짓겠다고 합니다."

"제 어머니처럼 만들겠다는 것인가?"

"이번에는 직접 만난다고 합니다."

"만나서 마무리를 짓겠다고?"

"네, 사장님."

"심한 것 같지 않나?"

"일반적인 기준은 넘은 것 같습니다."

그러고는 정진하가 덧붙였다.

"부모도 심했습니다. 그래서 타인의 평가가 적절하지 않을 수도 있습니다."

"그것이 네 생각인가?"

"그렇습니다."

"이동욱의 행동이 이해가 간단 말이지?"

"이해는 하지만 공감은 못 합니다."

"그렇군. 네 생각을 듣자."

"잔인하고 냉혹합니다."

정진하가 거침없이 말을 이었다.

"과거의 기억을 싹 지우려고 주변까지 청소하고 있습니다. 철저한 성품입니다."

"……."

"인간적인 감성이 없습니다. 기계 같은 인간입니다."

그때 해밀턴이 짧게 웃더니 물었다.

"이동욱과 동반자 관계가 되어서 함께 지내라면 지시를 따르겠나?"

"그런 임무는 거부하겠습니다."

"인간적인 매력이 없다는 말이군."

"예, 말씀드렸다시피 기계 같은 인간입니다."

"좋아. 이동욱이 이제 제 생부를 만나고 나면 한국에 더 이상 머물 이유가 없겠지?"

"현재로서는 그런 것 같습니다."

"그럼 그때 너는 임무를 종결하고 귀사하도록."

"감사합니다."

정진하가 어깨를 늘어뜨렸을 때 통화가 끊겼다.

중환자실에서 1인실로 옮긴 이창규는 기력을 회복했다.

뇌출혈로 쓰러져 반신불수가 되었지만 정신은 말짱한 상태다.

가족이 말렸지만 이창규는 저녁 시간에 1층의 재활운동실 탐방에 나섰다.

오후 6시 반, 아들 이성호가 끄는 휠체어에 타고 이창규가 옆쪽 보행기로 다가갔다.

"아버지, 오늘은 운동기구 구경만 하시죠."

이성호가 말했다.

"내일 재활사를 만나보셔야죠."

"그러자."

이창규가 어눌한 말투로 말했다. 입도 조금 비틀어져 있다.

그때 가운 차림의 재활사가 다가왔다.

"오늘 처음이신가요?"

"그래요."

이성호가 대답했다.

"그래서 오늘은 구경 왔어요. 내일부터 재활 교육을 받는다고 해서요."

"그럼 제가 소개를 해드리죠."

재활사가 휠체어의 손잡이를 쥐면서 말했다.

"보호자분은 30분쯤 후에 들어오시죠. 여긴 보호자가 들어오는 곳이 아니어서."

"알았습니다. 잘 부탁합니다."

이성호가 선선히 대답했다.

"아버지, 30분 후에 올게요."

이성호가 돌아가자 재활사가 휠체어를 밀면서 말했다.

"자, 안쪽 수영장부터 보여드리죠."

수영장에는 서너 명의 재활 운동자가 수영하고 있었을 뿐 이곳도 한산했다.

재활사는 안쪽 방으로 휠체어를 밀고 들어가더니 안에서 문을 잠갔다.

의아하게 생각한 이창규가 고개를 들었지만 묻지는 못했다.

다시 재활사가 휠체어를 밀고 안쪽 방으로 들어갔다.

이곳은 창고다.

휠체어를 구석에 세운 재활사가 이번에도 문을 잠갔기 때문에 이창규가 눈을 치켜떴다.

"뭐 하는 거야?"

이동욱이 이창규 앞으로 다가가 섰다.

시선이 마주쳤을 때 이동욱이 입술 끝을 올리며 말했다.

"몇 가지만 물어봅시다."

"왜 이러는 거야?"

어눌한 목소리로 이창규가 물었다.

그때 이동욱이 똑바로 이창규를 보았다.

"내 얼굴을 똑바로 봐."

이창규가 눈만 치켜떴다.

이동욱이 다시 물었다.

"누군지 모르겠어?"

"모른다. 너, 누구야?"

"내가 이동욱이야."

그러나 이창규는 '무슨 말이냐'는 표정이었고, 이동욱이 바짝 다가섰다.

"모르겠어? 이동욱 말이야."

그때 이창규의 눈꺼풀이 흔들렸다.

"당신이 고아원 건너편 놀이터에 내버리고 도망간 자식이 바로 나야."

"……."

"28년 전이지. 이젠 잊었나?"

"……."

"내가 나타난 이유를 아나?"

"네가……."

그제야 이창규가 입을 열었다. 눈썹이 모아졌지만 감동한 표정은 아니다.

"네가 동욱이라고?"

이창규의 표정이 마치 옛날에 버린 쓰레기를 떠올리는 것처럼 느껴졌다.

"그런데 왜 날 찾은 거냐?"

이창규가 물었을 때 이동욱이 풀썩 웃었다.

"당신 반응부터 보고 판단하려고."

"내가 어쨌다고?"

"당신 회사에 불을 지른 건 나야."

순간 이창규의 눈썹이 치켜 올라갔다.

비틀어진 입술은 더 비틀려졌다.

"내가 불을 질렀다구."

"이, 이놈!"

"도대체 왜 그렇게 나를 학대했느냐고 묻고 싶었지만 지금 당신을 보니까 부질없다고 느껴졌어."

"이놈, 불을 질렀다고?"

"병신이 되어서 거지로 살아 봐."

"이놈!"

이창규의 입 끝에 게거품이 버글거리며 부풀었다.

그때 이동욱이 쓴웃음을 지어 보였다.

"이제는 내가 잊을 차례야, 이 병신아."

몸을 돌린 이동욱이 문을 열고 밖으로 나왔다.

수영장을 거쳐 헬스장 밖으로 나왔지만 이성호는 보이지 않았다.

가슴이 먹먹했지만 재활사 가운을 벗은 이동욱이 병원을 나왔을 때는 얼굴이 밝아져 있다.

문에서 노크 소리가 들렸기 때문에 정진하가 놀라 일어섰다.

오후 10시 10분, 제 방으로 돌아와 침대에 누워 TV를 보고 있었던 것이다.

문으로 다가간 정진하가 문을 열자 이동욱이 말했다.

"다녀왔어."

"네, 오셨어요?"

어디 간다고 말하지도 않았기 때문에 그렇게만 대답했다.

이동욱이 똑바로 정진하를 보았다.

"이제 한국에서 할 일은 다했어. 그러니까……."

숨을 들이켰다 뱉은 이동욱이 시선을 들었을 때 정진하가 물었다.

"그럼 떠나실 건가요? 출발 준비를 해요?"

"아니, 난 남을 테니까 네가 떠나."

"네?"

"난 며칠 더 쉴 거야."

몸을 돌린 이동욱이 응접실의 소파에 앉았기 때문에 정진하가 따라가 앞에 앉았다.

이동욱이 말을 이었다.

"이런 기회가 더 있을 것 같지가 않으니까, 여기서 며칠 더 쉬다가 갈 거야."

"……."

"한국을 머리와 가슴속에 다 넣고 떠나려는 거지."

이동욱의 시선이 먼 곳을 보는 것처럼 흐려졌다.

정진하는 이동욱이 이것으로 한국과 작별하려는 것을 깨달았다.

눈의 초점을 잡은 이동욱이 정진하를 보았다.

"이젠 네 역할도 필요 없어졌으니까 본부에서도 동의할 거야."

"그럼 전 내일 떠날게요."

마침내 정진하가 정색하고 말했다.

"허락받을 필요는 없습니다."

"그래, 그동안 수고했어."

이동욱이 웃음 띤 얼굴로 정진하를 보았다.

"비정상적인 인간의 행태를 보고 견디느라고 고생했어."

"아뇨, 도움을 드리지 못한 것 같아서 미안하게 생각하고 있습니다."

"천만에, 도움이 많이 되었어. 덕분에 행동하기 전에 한 번씩 생각하게 되었거든. 오늘도 이야기만 하고 끝낸 거야."

"……."

"네가 보고할 것을 의식하고 있었기 때문에 함부로 행동할 수 없었어."

자리에서 일어선 이동욱이 고개를 끄덕이며 정진하를 보았다.

"언젠가 다시 만나게 될지 모르지만 고마운 인연으로 기억하지."

그러고는 이동욱이 몸을 돌려 제 방으로 들어갔다.

이것으로 작별이다.

이동욱이 사라지자 정진하가 어깨를 부풀렸다가 내렸다.

'작전'을 제대로 마친 것 같지가 않다.

다음 날 아침.

응접실로 나온 정진하는 안쪽 침실 문이 열려 있는 것을 보았다. 방 안이 깨끗하게 정돈되어 있었고 탁자 위에 쪽지 한 장이 놓여 있다.

다가간 정진하가 쪽지를 집어 들고 읽었다.

'내가 먼저 간다. 잘 지내.'

이동욱이 먼저 떠난 것이다. 한국 어딘가로 떠났다.

응접실로 나온 정진하가 소파에 앉아 길게 숨을 뱉었다.

이제 갈라진 것이다.

자동차도 돌려주고 맨몸으로 호텔을 나온 이동욱이 강남의 서울호텔로 숙소를 옮겼다.

이곳은 별 3개짜리 호텔로 5평 규모의 방이다.

가방을 던져둔 이동욱이 다시 침대 위에 몸을 던지듯이 눕히고는 잠이 들었다.

그러고 나서 다시 눈을 떴을 때는 오후 6시 반이다. 이번에는 10시간이 넘게 잔 것이다.

7시 반, 이동욱은 말끔해진 얼굴로 호텔을 나왔다.

"어서 오세요."

안지현이 들어서는 손님에게 인사를 했다.

오후 8시, 이곳은 강남대로 안쪽의 리도카페 안.

들어선 손님은 뜨내기다. 척 보면 안다.

"혼자시죠?"

안지현이 묻자 사내는 고개만 끄덕였다.

"그럼 이쪽으로."

안지현은 35세, 20살 때부터 화류계에서 생활했던 터라 한눈에 손님을 감별하는 기술이 있다. 손님의 등급을 매길 수 있는 것이다.

이 손님은 상중하에서 하급이다.

이곳 '리도'는 위스키 한 잔에 1만 5천 원을 받는 특급 카페다. 회원제는 아니지만 분위기를 찾는 고급 손님이 오는 것이다.

안지현이 안내한 곳은 카페 구석 쪽 기둥 옆 테이블. 옆에 화분이 놓여 있지만 으슥하고 시야가 차단되었다. 영업시간 외에 쓰레기를 쌓아두는 곳 같다.

손님은 잠자코 안내된 자리에 앉더니 재킷을 벗어 옆쪽 의자에 놓았다. 후줄근한 재킷이다.

안지현이 시선 끝으로 그것을 보았지만 놔두었다. 보통 때라면 재킷을 받아 뒤쪽 옷걸이에 걸었을 것이다.

앞에 선 안지현이 물었다.

"뭘 드실까요?"

"위스키."

"잔으로 드릴까요?"

"귀찮으니까 병으로."

"어느 걸로 가져올까요?"

여기까지는 문답이 순조로웠다.

안지현이 순간 숨을 죽였다. 그때 처음으로 사내와 시선이 마주쳤다.

그제야 사내한테서 '포스'가 느껴졌다.

이동욱이 똑바로 안지현을 보았다.

"발렌타인으로 하지."

"네, 발렌타인."

복창한 안지현이 숨을 들이켰다.

상급이다. 발렌타인 17년은 60만 원이다.

"네, 발렌타인 17년으로 가져오지요."

"아니, 발렌타인 32년."

"네?"

잠깐 어지러웠기 때문에 안지현이 숨을 골랐다.

발렌타인 32년은 1병에 200만 원. 이곳이 돈 많은 강남의 상급 클럽이지만 한 달에 한 병 정도쯤 팔린다.

그런데 이런 호구가 나타나다니. 돈은 있는 건가?

15년의 경험에 비춰보면 무전취식자는 아니다. 그렇다고 없는 척하는 쇼맨도 아니고. 안지현은 확인해야만 했다.

"저기, 발렌타인 32년, 맞습니까?"

"맞아."

이동욱이 고개까지 끄덕였다.

"그것 마시면 이 지린내 나는 구석 자리에서 자리를 좀 옮겨줄 만하겠지?"

"아휴."

민망해진 안지현이 먼저 이동욱의 재킷을 집어 들었다.

"안쪽 룸으로 가시죠."

"옳지. 제대로 돈값을 해주는군."

"죄송해요. 예약한 곳이 많아서요."

"그런 거짓말은 안 해도 돼."

안지현의 뒤를 따라가면서 이동욱이 말을 이었다.

"당연한 일이니까 말야."

안지현이 안내한 곳은 안쪽의 룸이다.

밖에서는 룸이 있는지도 몰랐는데 주방 옆쪽에 붉은색 카펫이 깔린 복도가 있고 방 3개가 배치되어 있었던 것이다.

이동욱이 그중 끝 방에 들어갔다.

"민주, 네가 들어가라."

안지현이 서민주에게 말했다.

"뜨내기지만 발렌타인 32년이야. 네 서비스를 받을 자격이 있어."

"자격?"

풀썩 웃은 서민주가 안지현을 보았다.

"이거, '먹튀'면 어떻게 하려고 그래?"

"내가 뜨내기 재킷을 보았더니 '알마니'야. 3백만 원짜리라구."

"짝퉁 아냐?"

"얘가 사기꾼만 겪었나?"

대기실 안이다.

서민주는 리도의 에이스, 28세. 이쪽도 수전산전 다 겪은 전문가지만 눈높이가 너무 높아서 스폰서가 없다. 그러나 단골이 많았기 때문에 안지현이 '모시는' 아가씨인 것이다. 더구나 선금도 요구하지 않아서 심사가 뒤틀리면 내일이라도 안 나오면 장사에 타격이 온다.

"알았어. 내가 가지."

서민주가 마침내 자리에서 일어섰다.

"언니 체면을 봐주는 거야. 팁 안 내면 언니가 책임져."

"오케."

이렇게 이동욱의 파트너가 결정되었다.

이동욱이 방으로 들어서는 안지현과 서민주를 보았다. 테이블에는 이미 술과 안주가 놓여 있다.

"여기 오늘 밤 시중 들 파트너예요."

안지현이 소개하자 이동욱이 고개만 끄덕였다.

고개를 숙여 인사를 한 서민주가 이동욱의 옆에 앉았다.

그때 이동욱이 고개를 들고 안지현을 보았다.

"표정을 보니까 아직도 나에 대해서 불안감이 남아 있는 것 같은데."

"네?"

"혹시 먹튀나 아닐까 하고 말야."

"아휴, 그런……."

안지현이 쓴웃음을 지었을 때 이동욱이 고개를 끄덕였다.

"그럴 만도 하지. 갑자기 나타나서 200만 원짜리 발렌타인 32년을 시켰으니까."

"아녜요."

그때 이동욱이 지갑을 꺼내더니 수표 한 장을 꺼내 내밀었다.

"받아. 확인해 보고 나중에 결산해."

"그러시지 않아도 되는데요."

수표를 받아본 안지현이 숨을 들이켰다.

1천만 원짜리 수표다. 1억짜리 수표를 받은 적도 있지만 안지현은 감동했다. 요즘은 장사가 잘 안 되어서 이것저것 다 떼면 한 달에 3백만 원 수입도 안 되는 것이다.

안지현이 방을 나갔을 때 이동욱이 고개를 돌려 서민주를 보았다.

"이름이 뭐냐?"

"서민주예요."

서민주가 정색하고 말했다.

"마담이 감동했겠어요. 솔직히 발렌타인 32년 손님이 별로 없거든요. 더욱이 처음 온 손님이요."

"감동보다도 안심했겠지."

"잘하셨어요."

이동욱의 잔에 술을 따른 서민주가 말을 이었다.

"언니는 사장님이 계산하실 때까지 간을 졸이고 있었을 테니까요."

"응, 그래서 내가 미리 준 거다."

"여긴 어떻게 오신 건데요, 우연히?"

"응, 시간이 남아서."

"사장님은 뭘 하시는 분이세요?"

"사람을 죽이고 다녔는데."

"세무서에 계시군요."

"금방 그렇게 알아맞히다니."

"여기는 세무사한테 죽은 사람이 많이 오거든요."

"나한테 죽은 놈들이 있는지 모르겠네."

그때 문에서 노크 소리가 들리더니 안지현이 들어섰다. 얼굴이 상기되어 있다.

"사장님, 수표 확인했습니다."

앞쪽에 앉은 안지현이 접힌 종이를 이동욱에게 내밀었다. 보관증이다.

"여기 1천만 원 수표를 보관한다는 증서 써 왔어요. 술값 계산하실 때까지 보관하세요."

"계산이 정확하구만."

"당연히 해드려야죠."

한 모금에 술을 삼킨 이동욱이 안지현에게 술잔을 내밀면서 물었다.

"8살짜리 아들이 있다면서?"

순간 깜짝 놀란 안지현이 숨을 들이켰다. 그러나 이동욱이 따라주는 술은 받으면서 웃었다.

"그러고 보니 날 알고 오셨군요. 하긴 내 소문이 룸살롱계에 퍼져 있을 테니까."

"지금도 전 남편이 돈 뜯어간다면서?"

순간 안지현의 얼굴에서 웃음기가 지워졌다. 서민주는 눈동자만 굴리고 있다. 고개를 든 안지현이 이동욱을 보았다.

"누구세요?"

"세무사."

바로 대답한 이동욱이 옆에 앉은 서민주를 향해 웃어 보였다.

"사람 죽이는 직업."

서민주가 얼굴만 일그러뜨렸을 때 이동욱이 가볍게 어깨를 두드리면서 말했다.

"10분만 나가 있다가 들어와."

"네, 그럴게요."

바로 일어난 서민주가 자리에서 일어서더니 방을 나갔다.

둘이 되었을 때 이동욱이 안지현을 보았다. 이동욱이 물었다.

"넌 중3 때 입양을 갔잖아? 입양 가서 잘 살고 있는 것으로만 들었는데."

그 순간 안지현이 숨을 들이켰다. 그러고는 눈썹을 모으고 이동욱을 보았다. 안지현의 시선을 받은 채 이동욱이 다시 물었다.

"미국으로 입양 가서 5년 만에 돌아왔더구나. 그러고 나서 이렇게 된 거야?"

"……."

"전 남편은 룸살롱에서 만났을 것이고."

"너 누구야?"

마침내 안지현이 갈라진 목소리로 물었을 때 이동욱이 쓴웃음을 지었다.

"네 팬티를 훔쳐간 놈은 기억나냐?"

"응?"

화들짝 놀란 안지현의 얼굴이 하얗게 굳어졌다.

"성철이? 장성철?"

눈을 치켜뜬 안지현이 거칠게 고개를 저었다.

"아냐, 아냐. 네가 장성철이라니, 아냐."

"아니지, 당연히."

"너 누구야?"

"그때 애경 고아원은 구청 고아원을 통합해서 3백 명이 넘었지?"

이제는 안지현이 숨을 죽였고 이동욱의 말이 이어졌다.

"넌 그곳에서 모든 남자 아이들의 선망의 대상이었지. 네 팬티를 훔쳐가는 놈, 양말까지 훔쳐가는 놈도 있었어."

"……."

"그래. 장성철이가 네 팬티를 훔쳐가는 도둑놈이었지. 그런데 실은 그 팬티는 내가 가졌어."

"……."

"내가 장성철이한테 샀거든. 내가 모아둔 돈을 다 주고."

이동욱의 얼굴에 웃음이 떠올랐다.

"그놈은 중국집 배달을 하다가 교통사고로 죽었다고 하더군. 그놈은 죽을 때까지 비밀을 지켜주었어."

"너 누구야?"

"넌 말해도 몰라, 난 어둠 속에 묻힌 그림자 같은 놈이었으니까. 한 번도 두각을 나타낸 적이 없었으니까 말야."

"여긴 왜 왔어?"

"시간이 남아서."

"나 보려고?"

"그래."

이동욱이 커다랗게 고개를 끄덕였다.

"너를 보면서 나를 떠올려 보려고."

"지금은 잘 풀린 것 같구나."

안지현의 눈빛이 조금 부드러워졌다.

"발렌타인 32년을 마실 정도로."

대기실로 들어온 안지현이 서민주에게 말했다.

"들어가 봐."

"언니, 누구야?"

서민주가 묻자 안지현이 픽, 웃었다.

"좀 아는 사람이야. 너, 잘 모셔."

"세무사 맞아?"

"응."

"그런데 언니 가족사까지 다 아네?"

"세무사니까."

"말두 안 돼."

"빨리 들어가."

안지현이 서민주의 등을 밀었다.

"잘해줘. VIP야."

"하긴 1천만 원짜리니까."

"시끄러."

눈을 흘긴 안지현의 얼굴을 본 서민주가 물었다.

"언니, 울었어?"

"미쳤냐?"

안지현이 몸을 돌렸기 때문에 서민주가 이맛살을 찌푸렸다.

"사장님, 우리 언니 잘 아세요?"

방으로 들어온 서민주가 이동욱의 옆에 딱 붙으면서 물었다. 어느새 발렌타인 32년은 절반 이상이 비어 있다.

"그럼, 잘 알지."

술잔을 든 이동욱이 흐려진 눈으로 서민주를 보았다.

"그런데 너 참 미인이다."

"네, 그런 소리 많이 들어요."

"좀 방정맞기도 하고."

"네, 맞아요."

"물론 사람 봐서 그렇게 나대겠지?"

"그럼요. 사장님한테는 귀뺨을 안 맞을 거라고 믿고 있죠."

"마담 전 남편은 자주 오는 거냐?"

"아마 오늘도 올걸요?"

"지금은 그, 뭐냐 보도 일을 한다면서?"

"그것도 잘 안 돼서 지금은 매니저 일을 하고 있어요."

"무슨 매니저야?"

"차로 애들 실어다 주는 직업. 저도 그분 고객 중 하나죠."

"그렇군. 이혼도 겨우 했다면서?"

"지금도 끝난 건 아니죠. 아이 때문에 시달려도 고발도 못 하는 상황이니까요."

"참 세상에는 세무사가 필요한 사람이 많구나."

"세무사요?"

서민주가 쓴웃음을 짓고 이동욱을 보았다. 그때 이동욱이 물었다.

"오늘 밤 네 집에 갈까?"

"네가 오늘 밤, 임자 만났구나."

서민주가 외박 나가겠다고 말했을 때 안지현이 웃으면서 말했다.

"잘됐어. 먼저 나가."

"고마워, 언니."

"고맙다니, 천만에."

오후 10시밖에 되지 않았다.

계산서와 잔돈을 가져온 안지현이 이동욱에게 물었다.

"민주가 옷 갈아입고 있어. 네 숙소로 데려갈 거야?"

"아니, 걔 집으로 가기로 했어."

"그렇구나."

고개를 끄덕인 안지현이 거스름돈을 내놓았다.

"너한테는 술값 60만 원만 받았어. 발레타인 원가가 50만 원이거든."

"……."

"민주 팁 20 빼고 920 가져왔어."

"나머지는 네가 받아."

이동욱이 테이블 위에 놓인 거스름돈을 안지현에게 밀어 놓았다.

안지현이 돈을 응시한 채 잠깐 침묵했다.

그때 이동욱이 자리에서 일어서면서 말했다.

"너, 내일 나하고 점심 먹자. 민주 시켜서 연락할게."

서민주의 집은 역삼동 골목 안의 오피스텔이다.

10평 규모의 오피스텔은 깨끗하게 정돈되었고 가구도 새것이다.

"씻으세요. 제가 물 받아 드릴게요."

서민주가 이동욱의 재킷을 받아들면서 말했다.

"그동안 제가 술상 차려 놓을게요. 술 더 드실 거죠?"

"좋지."

"매운탕도 끓일게요."

"집에 온 것 같구나."

옷을 벗으면서 이동욱이 웃었다.

"넌 사랑 받는 와이프가 될 거야."

이동욱은 욕실로 들어섰다. 따라 들어온 서민주가 욕실에 물을 틀어놓고 나갔다.

물이 쏟아지는 욕조에 들어온 이동욱이 길게 숨을 뱉었다.

인연을 끊고 다시 만든다.

이것은 자연스러운 현상이다.

"지금 어디서 살아요?"

밤, 1시 반.

이동욱의 품에 안긴 서민주가 물었다.

가슴에 볼을 딱 붙였기 때문에 서민주의 달싹이는 입술 움직임과 더운 숨결이 피부에 생생하게 느껴졌다.

"응, 아프리카로 갈 거야."

저절로 정직하게 말이 뱉어졌다.

"아프리카?"

조금 의외인 듯 서민주가 고개를 들었다가 내려놓았다.

"지금 아프리카에 리스타연방이 세워지던데, 그 아프리카?"

"응."

서민주가 팔을 뻗어 이동욱의 허리를 감았다.

"내 친구도 지난달에 거기 갔는데. 탄자니아."

"탄자니아?"

"응, 거기서 관광사업, 의류사업을 한다면서 갔는데 아직 연락이 없어요."

"잘되겠지."

"자기는 아프리카 어디에 있어요?"

"카이로."

"아, 카이로."

서민주가 이동욱의 가슴에 입술을 붙였다.

"가고 싶다."

"가서 뭘 하게?"

"가서 자기 집에서 살게."

"일주일도 못 가서 지겨워질걸?"

"카이로에서 자기는 뭘 해요?"

"세무 관계."

그러자 서민주가 입을 벌리더니 이동욱의 가슴을 물었다.

이동욱이 몸을 비틀었지만 가슴을 문 서민주의 이가 떼어지지 않았다.

이동욱은 서민주의 허리를 당겨 안고 놔두었다.

가슴이 따뜻해지면서 행복해졌다. 그렇다. 행복도 순간이다.

모든 것은 끝이 있는 법이다. 현실에 충실하자.

눈을 뜬 이동욱이 벽시계를 보았다, 오전 7시.

이동욱의 팔을 베고 누운 서민주는 반쯤 입을 벌린 채 깊게 잠들어 있다.

긴 머리칼이 옆으로 흐트러진 서민주의 모습은 그림처럼 아름답다. 화장을 안 한 맨얼굴인 것이 오히려 더 눈부시다.

서민주의 벌린 입 끝으로 흘러내린 침이 침대까지 흘러내렸다.

이동욱이 조심스럽게 팔을 빼내고 베개에 머리를 받쳤어도 서민주는 깨어나지 않았다.

침대에서 일어난 이동욱이 소파 앞 탁자에 놓인 휴대폰을 집어 들었다.

발신자를 체크한 이동욱이 곧 베란다로 나왔다.

문을 닫고 휴대폰을 켠 이동욱이 버튼을 눌렀다.

오전 7시 15분이다.

"여보세요."

곧 응답 소리가 울렸다.

리스타연합 기조실장 베라이트, 해밀턴의 오른팔이다.

"나야. 무슨 일이야?"

오전 6시에 베라이트가 문자로 연락을 해달라고 한 것이다.

그때 베라이트가 말했다.

"리, 한국에서 떠나기 전에 해결해 줘야 할 업무가 있어."

베라이트가 말을 이었다.

"해밀턴 사장님의 지시야."

"말해."

"연합 한국 법인장 강성배가 회사 자금 2천만 불을 횡령해서 주식 투자로 다 날린 것 같아."

"……."

"감사에 걸릴 것 같으니까 또 3백만 불을 빼내 중국으로 도주할 계획이야."

"갓댐."

힐끗 방 안에 시선을 준 이동욱이 목소리를 낮췄다.

"이봐, 어쩌라는 거야? 감사반을 보내 해결하면 되지 않아?"

"강성배는 우리 그룹의 비자금 리스트를 쥐고 있어. 그놈이 리스타투자에서 근무하다가 해밀턴 사장한테 트레이드되어서 '연합'의 자금을 관리하는 기조실 자금팀장이 되었는데……."

"……."

"그러다가 이번에 한국 법인 사장이 되어서 '아프리카연방'으로 출국하는 한국인들의 자금 대출을 맡았던 거야."

"개한테 고깃간을 맡겼군."

"한국에서 최종 결재권자가 되니까 리스타투자에서 배운 주식 투자를 한 것이지."

"그놈이 협박을 하는 거야?"

"만일의 경우에 대비하는지 그놈이 자료를 확보해놓았다는 증거를 잡았어."

"횡령한 자금은 회수 불가능한가?"

"숨겨둔 자금이 있을 수도 있지."

"내가 일찍 떠나는 건데……."

"떠났더라도 다시 당신을 보냈을 거야."

베라이트가 말을 이었다.

"사장급 간부에 관한 사건이야. 소문이 나지 않게 처리할 사람은 당신뿐이야."

리스타연합은 각 그룹에 대한 정보 수집 역할도 있는 것이다.

"전화 왔어요?"

방으로 들어섰더니 자는 줄 알았던 서민주가 물었다.

맑은 눈이 이동욱을 응시하고 있다.

그 순간, 이동욱은 서민주에 대해서 아무것도 모른다는 생각이 떠올랐다.

이름과 나이만 알 뿐이다.

침대로 다가간 이동욱이 몸을 굽히고는 두 손으로 서민주의 얼굴을 감싸 쥐었다. 이동욱이 서민주의 이마에 입을 맞췄다.

서민주가 팔을 뻗어 이동욱의 목을 감싸 안았다.

"너 아름답다."

이동욱의 입에서 터진 말이다.

가슴이 가득 찬 것 같고 머릿속이 환해진 이 느낌이 겨우 그렇게 표현된 것이다.

"자기는 좋은 사람 같아요."

이동욱의 목을 껴안은 채 서민주가 대답했다.

아침 햇살을 받은 서민주의 상반신이 눈부셨다.

하룻밤 인연이지만 둘은 이미 남한산성을 쌓았다.

오전 10시, 소공동 지하상가의 커피숍으로 들어선 이동욱이 안쪽 자리에 앉아 있는 두 사내를 보았다.

이동욱을 본 두 사내가 벌떡 일어섰다.

박기준, 고영수다.

리스타자원에서 파견된 용병이다.

둘 다 이동욱의 명성을 들었기 때문에 잔뜩 긴장한 상태.

악수를 나눈 셋이 자리에 앉았을 때 이동욱이 말했다.

"오늘 중으로 강성배의 동선을 파악한 후에 내일 납치하도록 하지."

이동욱이 말을 이었다.

"안가로 데려간 후에 횡령한 자금을 회수하고 나서 처리하는 거야."

"저희들이 강성배의 자료를 갖고 있습니다."

둘 중 선임인 박기준이 말했다.

"강성배의 애인이 있는데요. 가족은 지금 중국 여행 중입니다."

이동욱이 고개를 끄덕였다.

가족을 미리 중국으로 도피시킨 것 같다.

강성배는 52세. 17살, 15살짜리 아들과 49세 와이프가 지금 중국 베이징에 머물고 있다.

그때 손목시계를 본 이동욱이 말했다.

"곧 한국 법인의 전무가 올 거야. 강성배를 대신할 사람이지."

10시 반이 되었을 때 커피숍으로 사내 하나가 들어섰다.

리스타연합 한국 법인의 전무 한재구다, 45세. 이번 강성배의 비리를 고발한 당사자다.

인사를 마친 한재구가 앞자리에 앉았다.

그늘진 표정이었고 이동욱을 향한 눈이 번들거리고 있다.

한재구가 먼저 입을 열었다.

"현재 강성배의 횡령 금액은 3,200만 불입니다. 그동안 더 늘어났습니다."

이동욱의 시선을 받은 한재구가 얼굴을 일그러뜨렸다.

"강성배가 그 돈을 모두 뉴욕 증시에 투자한 것 같지도 않습니다. 자금 집행을 강성배가 했기 때문에 결재할 수도 없었지요."

"……."

"저도 책임이 있습니다, 이제야 자금 유출을 체크했으니까요."

이동욱이 고개를 끄덕였다.

"우리가 여기에 와 있다는 사실을 비밀로 해주시죠."

한재구까지 넷만 알자는 말이다.

밤 12시 반, 이곳은 역삼동의 설렁탕 집 안.

이동욱이 안지현과 마주 앉아 있다.

이동욱이 안지현을 불러낸 것이다.

"민주는 2차를 한 번도 나간 적이 없는 애야."

안지현이 웃음 띤 얼굴로 말했다.

"물론 따로 만나는 남자가 있는지 모르지만 말야. 가게에서는 그런 일이 없어."

"장삿속이지."

따라 웃은 이동욱이 말을 이었다.

"그래야 주가가 오를 테니까."

"걔가 널 따라간다고 해서 모두 놀랐어. 이제 금방 소문이 퍼질 거야."

"남자를 알아본 거지."

그때 설렁탕 국물을 한 수저 먹은 안지현이 이동욱을 보았다.

"언제 외국에 나가?"

"며칠 더 있을 거야. 일이 생겨서."

수저를 내려놓은 이동욱이 안지현을 보았다.

"그런데 너 어떻게 할 거야?"

"뭘?"

"전 남편, 조병철이한테 당하고만 살 거냐?"

안지현이 숨을 들이켰다. 얼굴이 굳어 있다.

"민주가 말했구나?"

"걘 네 이야기 하지 않았어."

"그럼 어떻게 알아?"

"내가 널 찾아갔을 때부터 알고 있었어."

"……."

"어젯밤에도 왔었나?"

그때 고개를 든 안지현이 쓴웃음을 지었다.

"대박 손님이 왔다 간 것이 바로 그놈한테 알려졌더군. 1천만 원 수표 바꾼 것도."

"……."

"너한테 받은 돈 다 빼앗겼어."

"……."

"법보다 주먹이 가까운 세상이야, 이곳이."

"……."

"아프리카로 도망칠까 생각하고 있어."

"그놈만 없으면 살 만하겠니?"

"그런 놈이 명이 긴 법이야."

"알았다."

고개를 끄덕인 이동욱이 안지현을 보았다.

"내가 조병철이를 없애주지."

정색한 이동욱이 물었다.

"네 대답을 듣자. 그래도 되겠지?"

"내가 매일 기도를 하고 있어. 내 자식을 위해서라도 그놈을 데려가 달라고."

안지현의 목소리가 떨렸다.

"내가 초등학교 1학년인 아들만 없었다면 진즉 아프리카로 갔을 거야."

데려가 달라고 한 목적지가 어디인가?

"자기, 어디야?"

수화구에서 대뜸 울리는 목소리.

서민주다.

하룻밤 남한산성을 쌓더니 반말이 자연스럽게 터진다. 그런데 그것이 듣는 쪽도 어색하지가 않다.

오후 3시 반, 안지현과 헤어졌을 때 서민주의 전화가 온 것이다.

이동욱도 가볍게 응답했다.

“시내다. 왜?”

“저기, 오늘 저녁에 뭘 해?”

“뭘 하기는?”

“약속 있느냐구?”

“약속은 없어.”

“그럼 오늘도 우리 집에서 자는 거지?”

이것 때문이다.

이동욱의 얼굴에 웃음이 떠올랐다.

이런 분위기가 얼마 만인가? 아니, 없었던 것 같다.

“그러지.”

“그럼 나도 오늘 가게 안 나갈게.”

서민주가 말을 이었다.

“늦게 오더라도 기다릴게.”

통화를 끝낸 이동욱이 잠깐 자신이 지금 뭘 하려고 했는지를 잊었다.

여긴 시청 앞 택시 정류장이다.

아, 이래서 신혼 남자가 일찍 귀가하는구나.

“휴식이 필요합니다.”

해밀턴이 이광에게 말했다.

리스타랜드의 바닷가 별장 테라스.

이광과 안학태, 정남희, 해밀턴이 등나무 의자에 앉아 있다.

해밀턴이 말을 이었다.

"제 경험에 비추어 봐도 그렇습니다. 인생을 되찾을 시간이 있어야 됩니다."

모두 잠자코 듣는다.

이동욱의 지난 몇 년이 그들의 화제 대상이었기 때문이다.

이동욱이 중국 역사를 뒤흔든 주역이었고 아프리카를 리스타연방의 연방국으로 변환시킨 선봉장이었던 것이다.

그때 안학태가 말했다.

"이동욱이 제 과거를 청산하는 일이 남아 있는 모양이죠?"

안지현에 대해서 묻는 것이다.

그때 해밀턴이 쓴웃음을 지었다.

"예, 거기다 리스타연방의 내부 숙정 작업이 추가되었습니다."

해밀턴이 고개를 들고 이광을 보았다.

"연합 법인 사장이 자금을 횡령했습니다."

해밀턴이 강성배의 횡령 사건을 보고하는 동안 이광은 듣기만 했다.

이윽고 해밀턴이 입을 다물었을 때 이광이 고개를 끄덕였다.

"그 수습을 이동욱에게 맡기려는 것이군."

"예, 그리고 이런 경우가 드물기도 해서요. 이동욱에게 맡겼습니다."

그때 안학태가 입을 열었다.

"이번에 한국에서 아프리카로 이주를 많이 하면서 이주 자금이 몰렸습니다. 한국 리스타연합 법인으로 자금이 150억 불 가깝게 보내졌거든요."

정남희가 말을 받았다.

"강성배는 리스타투자에서 자금 관리를 하다가 한국 법인장이 되면서 결재자가 되었군요."

쓴웃음을 지은 정남희가 말을 이었다.

"자격이 없는 결재자의 폐해는 내가 잘 알죠."

그때 이광이 해밀턴에게 물었다.

"그래서 연합의 한국 법인 사장 후임으로 누구를 예정하고 있는가?"

"본부에서 물색 중입니다."

"이동욱의 현재 직책이 뭐지?"

"아프리카 리스타연방의 연합 측 사장입니다. 연방 본부가 위치한 트리폴리로 복귀해야 됩니다."

"그럼 연합의 후임 사장을 이동욱으로 임명하는 것이 어때?"

그때 해밀턴이 고개를 끄덕였다.

"예, 그렇게 하겠습니다."

"이동욱이 한국에 머물게 되었군요."

정남희가 어깨를 늘어뜨리면서 말했다.

"서둘러서 인연을 정리했는데 다시 주저앉힌 셈인가요?"

"글쎄 말입니다."

안학태가 맞장구를 쳤을 때다.

이광이 정색하고 말을 받았다.

"그놈한테도 이로운 일이야."

오후 6시 반.

강성배가 일식당 '오사카'의 방 안으로 들어섰다.

"어서 오세요."

이미 생선회에 술까지 시켜 놓고 앉아 있던 임연화가 웃음 띤 얼굴로 강성배를 맞았다.

눈부신 미모다.

안쪽 자리에 앉은 강성배가 물수건으로 손을 닦으면서 물었다.

“자금 체크는 안 하지만 불안해. 어때? 준비 다 되었지?”

“네, 공안부장도 기다리고 있습니다.”

임연화가 말을 이었다.

“이런 경우가 처음이 아니거든요. 오시기만 하면 연기처럼 사라지게 됩니다.”

술잔을 든 강성배가 고개를 끄덕였다.

임연화는 중국 신성은행의 한국지점 영업부장으로 강성배의 애인이다.

“이번에 케냐로 떠나는 이민자들의 지원 자금 5천만 불이 들어왔어.”

한 모금에 술을 삼킨 강성배가 말을 이었다.

“이왕 횡령한 김에 이번에 더 떼어가는 것이 낫겠어.”

“얼마든지 도와드리지요.”

임연화가 이를 드러내고 웃었다.

“우리 은행 측에서는 적극 환영합니다. 문제없습니다.”

“자금 이체가 며칠 걸릴 거야.”

“알겠어요.”

“내 가족은 안가에 잘 있더군.”

강성배가 길게 숨을 뱉었다.

미리 처와 두 아들을 3주일 전에 중국으로 보낸 것이다.

지금 세 식구는 베이징의 160평형 대저택에 거주하고 있다. 임연화가 만들어 준 안가다.

그때 임연화가 물었다.

“그럼 은행에 연락해서 이체받을 준비를 하라고 할까요?”

"그래. 이번에도 뉴욕 시티은행에서 올 거야. 거기를 통하는 것이 안전해."

강성배가 말을 이었다.

"뉴욕 아메리카에서 보낸 돈을 내가 시티은행으로 돌린 후에 신성으로 보내는 것이지."

"알겠습니다."

임연화가 강성배의 잔에 술을 채우면서 눈웃음을 쳤다.

이번의 작전으로 신성은행은 전체 금액의 5퍼센트를 커미션으로 먹는 것이다. 은행 이체만으로 단숨에 5퍼센트를 먹는 사업이다.

1천만 불이면 50만 불.

더구나 임연화는 강성배의 내연녀다. 강성배한테서 수시로 용돈을 받는다.

그 단위가 만 불 단위인 것이다.

오후 7시 반, 이동욱이 호텔방에서 전화를 받는다.

상대는 리스타연합 사장 해밀턴.

긴장한 이동욱의 귀에 해밀턴의 목소리가 울렸다.

"리, 이번 작전을 끝내고 나서 너를 리스타연합 한국 법인 사장으로 발령을 내겠다."

이동욱은 듣기만 했고 해밀턴의 말이 이어졌다.

"이것은 회장님께서 직접 결정하신 인사니까 참조하도록. 알겠나?"

"알겠습니다."

대답은 했지만 이동욱의 눈이 흐려졌다.

한국 법인장이라니 난데없다. 정리하고 떠나려고 서둘기까지 했는데.

이제 미련도, 은원도 다 털고 새로운 땅에서 뿌리를 내리려고 했더니 이게 무슨 일인가?

이때 해밀턴의 말이 이어졌다.

"한국은 리스타의 모국이야. 리스타의 후계자는 한국에 대한 애정이 있어야 돼."

해밀턴은 애정이라고 표현했는데 한국인이 아니라서 그렇게 말한 것 같다.

만일 이광이라면 그렇게 표현하지 않을 것 같았다.

그 순간 이동욱의 머릿속에 떠오른 생각이다.

해밀턴과 전화를 끝낸 지 30분쯤 후에 박기준이 들어섰다.

박기준은 31세, 한국군 중사 출신. 제대한 후에 리스타자원에 지원해서 다시 1년 교육을 받고 아프리카, 쿠웨이트 작전에 참가한, 리스타 경력 5년의 과장급 용병이다.

박기준이 탁자 위에 소형 녹음기를 내려놓고 말했다.

"강성배와 임연화의 대화를 녹음해왔습니다."

박기준이 어깨를 펴고 이동욱을 보았다.

170 정도의 신장에 평범한 체격이지만 전사다. 체격이 좋다고 다 우수한 전사는 아니다.

박기준이 녹음기의 버튼을 눌렀다.

"자금 체크는 안 하지만 불안해. 어때? 준비는 다 되었지?"

강성배의 목소리가 방 안을 울렸다.

이동욱이 팔짱을 끼고 앉아 강성배와 임연화의 이야기를 듣는다.

박기준은 팀을 운용하고 있다.

강성배의 전화는 도청되었고 예약한 식당의 방에 도청 장치를 장착해 놓았던 것이다.

이윽고 녹음이 그쳤을 때 이동욱이 박기준을 보았다.

"횡령한 자금을 찾을 수 있을 것 같은데. 그렇지?"

"예, 주식 투자로 날린 것 같지는 않습니다."

박기준이 각진 얼굴을 들고 말했다.

"사라졌을 때를 대비해서 미리 그런 소문을 퍼뜨린 것 같습니다."

"그렇군. 그래서 회수할 의욕을 꺾는 효과를 노리겠군."

고개를 든 이동욱이 물었다.

"오늘 밤, 강성배의 숙소는?"

"임연화의 집입니다."

박기준이 바로 대답했다.

"상계동의 단독주택입니다."

"좋아. 오늘 밤에 시작하지."

이동욱이 결정했다.

오후 9시, 오피스텔에서 서민주가 전화를 받는다.

이동욱이다.

"자기야?"

서민주가 소리치듯 묻는다.

"지금 어디야?"

"나 집 앞인데, 지금 들어간다."

"빨리 와."

서민주는 저녁 준비를 다 해놓고 기다리는 중이다.

잠시 후에 문에서 벨 소리가 울렸다.

서둘러 문을 연 서민주가 들어서는 이동욱의 목을 두 팔로 감아 안고 매달렸다.

이동욱이 주춤했지만 곧 서민주의 허리를 감아 안는다.

"이런."

이동욱의 얼굴에 저절로 웃음이 떠올랐다.

여기서는, 어깨의 힘이 풀리고 무방비 상태가 된다.

서민주가 차린 늦은 저녁 식사를 마쳤을 때는 10시 반이다.

서민주가 그릇을 들고 주방으로 갔을 때 이동욱이 따라가서 말했다.

"민주야, 내가 오늘 밤에 할 일이 있어."

"오늘 밤?"

놀란 서민주가 몸을 돌렸다.

"지금 나가야 돼?"

"응."

"그렇게 바빠?"

쓴웃음을 지은 이동욱이 다시 서민주의 허리를 감아 안고는 이마에 입을 맞췄다.

"그래, 아마 내일까지."

"나 가게 안 나갈 거야."

정색한 서민주가 이동욱의 품에 안긴 채 말을 이었다.

"오늘 많이 생각했어."

"뭘?"

"자기가 여기 떠날 때까지 같이 있을 거야."

"이런."

이게 무슨 말인가?

해밀턴의 전화라도 도청했다는 말인가?

그러나 이동욱이 고개를 끄덕이더니 서민주를 보았다.

"알았다."

서민주의 시선을 잡은 채 이동욱이 몸을 떼고는 바지 주머니에서 지갑을 꺼냈다.

"이건 네가 받아야 돼."

이동욱이 지갑에서 수표 3장을 꺼내 내밀었다.

"가게 안 나갔을 때 돈 쓸 데가 많을 테니까, 이걸로 써."

서민주가 손을 내밀지 않았기 때문에 이동욱이 바지 주머니에 넣어 주었다.

"내일 전화할게."

다시 서민주의 이마에 입을 맞춘 이동욱이 숨을 들이켰다.

자신의 이런 행동에 놀란 것이다.

내가 이렇게 되다니.

밤 10시 반, 운전석에 앉은 조병철이 휴대폰을 귀에 붙이고 말했다.

"내가 오늘은 좀 늦을 거야, 3시 반쯤 갈 테니까."

"알았어."

하경애가 말을 잇는다.

"올 때 편의점에서 콜라 좀 사와."

"그래."

휴대폰을 귀에서 뗀 조병철이 쓴웃음을 짓고는 차에서 나왔다.

역삼동 천지주차장 안이다.

주차장에는 절반쯤 차가 주차되어 있었는데 수시로 대리기사와 근처 가게 종업원들이 들락거렸다.

그때 떠들썩한 말소리가 들리더니 두 사내가 다가왔다.

종업원들이다.

“여기 있구만.”

옆쪽에 주차한 벤츠를 보고 사내 하나가 소리쳤다.

다가온 사내가 그제야 조병철을 발견하고 눈을 크게 떴다.

“병철이 형님 아니십니까?”

“어, 민수구나.”

“아이구, 여기 계셨네요.”

그때 다른 사내가 다가와 허리를 기역자로 꺾었다.

“안녕하십니까, 형님.”

“응, 용석이. 잘되냐?”

“아이구, 죽겠어요.”

다가간 사내들이 조병철 옆에 세워둔 BMW를 훑어보았다.

“차 잘 빠졌네요, 형님.”

사내 하나가 말하자 조병철이 쓴웃음을 지었다.

“내가 이 짓으로 근근이 먹고 산다.”

“아이구, 형님도. 앞으로 잘되시겠죠.”

사내 하나가 위로했고 벤츠 문을 열면서 다른 사내가 말했다.

“잘되시면 저도 좀 데려가 주십쇼.”

둘이 곧 벤츠를 몰고 사라졌을 때 조병철은 입맛을 다셨다.

몇 년 전, 룸살롱 지배인 시절에 데리고 있던 종업원들이다.

손목시계를 본 조병철이 편의점에서 맥주를 사 와야겠다고 생각했다.

이따 애들 싣고 갈 때 시간이 없을 테니 동거하고 있는 하경애가 부탁한 콜라도 함께 사 두는 것이 낫겠다.

차 문을 잠근 조병철이 어젯밤 안지현한테서 뺏은 900만 원에다가 1천만 원을 더 보태서 벤츠로 바꿔야겠다고 마음을 정했다.

아가씨들 매니저라고 불리지만 실상은 가게 출퇴근 때나 손님과 함께 호텔에 실어다 주는 일인 것이다. 사기 폭력으로 구속되어서 2년을 교도소에서 보내고 나왔더니 다 떨어지고 겨우 매니저 일이 잡혔다. 그것도 전처 안지현한테서 뜯어낸 돈으로 시작한 것이다.

차 문을 잠근 조병철이 몸을 돌렸을 때다.

바로 코앞에 사내 하나가 서 있었기 때문에 조병철이 숨을 들이켰다.

"누구야?"

조병철이 어깨를 부풀리며 물은 순간이다.

"퍽!"

뒷머리에 충격을 받은 조병철이 허물어지듯이 그 자리에 쓰러졌다.

그때 뒤쪽 사내가 다시 쓰러진 조병철의 머리를 가격했다.

"퍽!"

어둠 속에서 충격음이 들렸다.

처자식을 베이징에 보냈기 때문에 강성배는 마음 놓고 임연화의 집에 투숙한다.

차를 단독주택 옆쪽 개인 주차장에 세운 강성배가 손목시계를 보았다.

오후 11시 10분.

오늘은 회사 간부들과 회식을 한 것이다.

'리스타 아프리카연방' 이민 사업을 '연방' 법인이 주관하는 터라 늦게까지 야근한 간부들을 가끔 위로해줘야 한다. 자주 빠지면 의심받게 될 테니 오늘은 어쩔 수 없다.

늦은 시간이어서 주택가는 조용하다. 차량 통행도 드물다.

발을 뗀 강성배가 모퉁이를 돌았을 때다.

앞을 가로막은 사내가 있었기 때문에 강성배는 숨을 들이켜면서 멈춰 섰다.

그 순간이다.

사내가 후려친 주먹이 강성배의 옆얼굴에 맞았다.

쇠주먹, 쇠 장갑을 낀 손이다.

"퍽!"

뼈가 부서지는 소리가 그렇게 났다.

신음도 뱉지 못한 강성배가 허물어지듯 주저앉았을 때다.

다시 주먹이 날아와 강성배의 뒷머리를 강타했다.

강성배가 늘어지자 뒤쪽에서 인기척이 나더니 사내들이 다가왔다.

"이놈은 이놈 차에 싣고 가자."

사내 하나가 말했다.

"깨어날지 모르니까, 입에 테이프를 붙이고."

사내들이 강성배를 들고 다시 차로 다가갔다.

어둠 속에서 움직이는 모습이 자연스럽다.

서둘지도 않는다.

"언니, 사고가 났대!"

유경아가 소리치듯 말했기 때문에 간이 철렁 내려앉은 안지현이 고개를 들었다.

오후 11시 반, 딱 한 팀 남았던 손님들이 나가고 전표를 정리하고 있던 참이었다.

밖에 나갔다 온 유경아가 눈을 치켜뜨고 있다.

"천지주차장에서 살인사건이야!"

안지현은 시선만 주었고 유경아가 말을 이었다.

"대리기사가 죽었대!"

"웬 호들갑이야?"

겨우 안지현이 이맛살을 찌푸리고 말했을 때다.

가게 안으로 웨이터 김막수가 들어섰다. 주차 담당이다.

찬바람을 일으키며 다가온 김막수가 안지현 앞에 섰다.

"사장님, 조 사장이 죽었습니다!"

"뭐?"

"조 사장 말입니다."

숨을 들이켠 안지현이 입만 쩍 벌렸다.

조 사장이 누구인가? 조병철이다.

이곳에서는 조병철을 조 사장으로 부르는 것이다.

그때 김막수가 말을 이었다.

"주차장에서 강도에게 당했답니다! 지금 천지주차장에 경찰들이 가득 깔려 있습니다."

안지현은 어지러웠기 때문에 의자에 앉았다.

그 순간 머릿속에 이동욱의 얼굴이 떠올랐다.

주위에서 종업원들이 서로 이야기를 주고받았지만 귀에 들어오지 않았다.

현관문 열리는 소리에 기다리고 있던 임연화가 벌떡 일어섰다.

단독주택이지만 대문과 현관문 키를 강성배가 갖고 있기 때문이다.

문을 열고 들어서는 사람은 강성배뿐이다.

밤 11시 45분.

곧 집에 온다고 했던 강성배가 늦었기 때문에 기다리고 있던 참이다.

"앗."

다음 순간, 임연화의 입에서 놀란 외침이 터졌다.

응접실로 사내들이 들어서고 있다.

낯선 사내들 세 명이다. 그중 둘은 손에 가방을 들고 있다.

"가만있어."

놀라 서 있는 임연화를 향해 앞장선 사내가 말했다.

"누, 누구……."

다가선 사내에게 임연화가 겨우 입을 떼었을 때다.

"철썩!"

눈에서 불이 번쩍 일어난 임연화가 비틀거렸다.

"앉아."

사내가 말하더니 어깨를 밀었기 때문에 임연화는 뒤쪽 소파에 털썩 주저앉았다.

머릿속이 텅 비었지만 온몸에 소름이 돋아났다.

공포감 때문이다.

오전 8시 반, 이곳은 성북동의 안가(安家).

단독 주택으로 산골짜기에 박힌 외딴집으로 리스타연합의 안가다.

이동욱은 이곳으로 거처를 옮겼는데 물론 강성배와 임연화도 함께 왔다.

창문도 없는 지하실 방에 앉아 있던 강성배가 고개를 들었다.

방으로 사내들이 들어서고 있다.

모두 다섯 명, 그중에는 자신을 데려온 사내도 보인다.

강성배는 얼굴을 붕대로 온통 싸매고 있었는데 광대뼈가 부서졌기 때문에 입만 내놓았다. 그래서 앞쪽 탁자 위에 백지와 펜이 놓였다.

그때 앞쪽 의자에 사내 하나가 앉더니 강성배의 시선을 받고는 쓴웃음을 지었다.

"내가 이동욱이야. 너도 연합 소속이니까 내 이름은 들어봤을 거다."

순간 강성배가 숨을 들이켰다.

이제 모든 것이 분명해진 것이다. 이놈들이 누구인지, 왜 끌려왔는지 알 수 있었다.

'혹시' 하는 불안감이 있었기는 했다. 그것이 맞았다.

그리고 그 주인공이 암살자로 악명이 높았던 이동욱인 것이다.

강성배도 연합 소속이니 이동욱을 안다.

이동욱이 말을 이었다.

"네가 횡령한 금액, 다 토해 놓아라. 여기 임연화도 잡아 왔으니까 둘이 상의하면 해낼 수 있을 거다."

이동욱이 지그시 강성배를 보았다.

"베이징에 숨어 있는 네 가족도 곧 잡힐 텐데 인질 정도가 아냐. 네 태도에 따라 바로 처단할 테니까. 자, 생각할 시간을 1시간 준다."

자리에서 일어선 이동욱이 다시 웃음 띤 얼굴로 강성배를 보았다.

"1시간 후에 임연화를 데려올 테니까 너희들 둘이 바로 회수 방법을 내놓아야 할 거야. 그러지 못한다면 팔다리가 하나씩 떼어질 테니까."

그러고는 덧붙였다.

"임연화에게도 같은 주문을 했어."

오전 11시가 되었을 때 이동욱은 박기준의 보고를 받았다.

"강성배 가족을 잡았습니다."

이동욱의 시선을 받은 박기준이 말을 이었다.

"셋을 모두 보호하고 있습니다."

"됐어."

고개를 끄덕인 이동욱이 박기준을 보았다.

"강성배와 가족들을 연결시켜."

박기준이 잠자코 몸을 돌렸다.

대번에 이동욱의 계획을 알아차린 것이다.

오전 11시 반, 베이징 시간이다. 한국 시간은 낮 12시 반이 된다.

베이징 신성은행 총경리 방소환이 비서가 넘겨주는 전화기를 받았다.

긴장한 표정. 지금 전화를 걸어온 상대가 베이징 공안부장 주안식.

베이징 공안의 총수다.

"예, 방소환입니다."

방소환이 목청을 가다듬고 인사했다.

"안녕하십니까, 부장님."

"음. 방 동무, 바쁘시지?"

주안식이 억양 없는 목소리로 말했다.

주안식은 60세, 54세인 방소환보다 연상인 데다 거물이다. 공안총국 내 서열도 3위인 실세다.

주안식이 말을 이었다.

"긴급하게 상의할 일이 있으니까 지금 나한테 오시오. 난 공안부에 있소."

"지금 말씀입니까?"

"그렇소."

방소환이 손목시계를 보았을 때 주안식이 덮어씌우듯이 말했다.

"기다리겠소."

통화가 끊겼을 때 방소환이 숨을 들이켰다.

문득 신변 정리를 해놓고 가야 되지 않을까 하는 생각이 떠올랐다.

이건 보통 일은 아니다.

공안부장실로 소환되었다.

당 계정담당 비서 윤청은 당 서열 18위, 주안식이 33위니까 그보다 높다.

그러나 주안식은 법 집행을 하는 실세다. 윤청과는 비교도 할 수가 없다.

윤청의 휴대폰 번호를 누르면서 방소환이 심호흡을 했다.

휴대폰을 귀에 붙였을 때 곧 윤청의 목소리가 울렸다.

"아, 주 형, 웬일이야?"

"윤 비서 동지, 부탁드릴 일이 있습니다."

시간이 없었기 때문에 방소환이 바로 본론을 꺼냈다.

윤청과 방소환은 동향이다. 우한(武漢) 출신으로 지금까지 상부상조하면서 서로 형, 아우로 지냈다.

그래서 윤청의 대답도 따뜻하다.

"말해 봐. 내가 도와주지. 무슨 일인데?"

"지금 공안부장 주안식이 저를 보자고 합니다. 그래서 공안부로 가야 되겠는데요."

윤청이 대답하지 않았고 방소환이 말을 이었다.

"영문을 모르겠습니다. 그래서……."

"주 부장이 오라고 했단 말이지?"

"예, 형님."

"사무실로?"

"예, 그래서."

"내가 알아보지."

"형님이 알아보실 때까지 기다릴까요?"

"아니, 이 사람아."

윤청의 목소리가 달라졌다.

짜증기가 배어 있는 것 같다.

"시간이 걸릴 거야, 그러니까 기다릴 것 없네."

그러고는 통화가 끊겼기 때문에 방소환이 어깨를 늘어뜨렸다.

한 시간 반 후인 오후 1시.

방소환이 공안부의 공안부장실에서 주안식과 마주 앉아 있다.

인사를 마친 방소환은 긴장으로 굳어진 상태.

주안식은 비대한 체격에 공안부장 정복 차림이어서 위압적이다.

넓은 방 안은 조용하다.

비서가 차도 가져오지 않았고 주안식도 뭘 권하지도 않았다.

숨결이 가빠졌다.

심상치 않은 분위기를 느낀 것이다.

그때 주안식이 담배를 꺼내 입에 물었다.

몇 년 전부터 공안청사는 금연 구역이었지만 고위급은 방에서 담배를 피운다.

라이터를 켜 담배에 불을 붙인 주안식이 연기를 길게 뿜었다.

연기가 앞으로 퍼져 나가 방소환의 옆으로 지나갔다.

그러고 나서 주안식이 입을 열었다.

"이봐, 방 동무, 서울의 강성배를 아나?"

"예?"

"알 텐데. 신성은행에 자금을 입금한 한국인. 요즘 3천만 불을 넘게 입금했지?"

안다. 서울의 주재원이 탁월한 능력을 발휘해서 3,300만 불을 입금해 놓았다.

그 덕분에 신성은 150만 불이 넘는 수수료를 챙겼다.

그리고 그 내막이 또 있다.

그 150만 불 중에서 100만 불이 방소환의 비자금이 된 것이다. 나머지 50만 불은 간부들이 먹었다.

그때 주안식이 지그시 방소환을 보았다.

"방 동무."

"예, 부장 동지."

"강성배 씨가 입금한 금액이 3,300만 불인데 예금 잔고에는 3,150만 불이지?"

"예. 그, 그것이……."

"지금 강성배 씨가 입금된 자금을 서울 시티은행으로 송금해달라고 할 거네."

"……."

"아마 서울의 신성 담당자가 본사로 연락을 해올 거네. 물론 입금자인 강성배가 전화로 요청을 할 것이고."

"아, 예."

"지금 즉시 송금시켜 주게."

"아, 예."

"동무가 수수료로 먹은 금액까지 다 돌려줘야겠지. 원금 전체를 말이네."

"아, 예."

"이건 적법한 일이지. 그렇지 않나?"

"그, 그렇습니다."

"만일 문제가 발생했을 때는 동무가 책임을 져야 될 거야. 이건 엄청난 사건이 될 테니까 말이네."

"……"

"동무는 물론이고 동무가 지원을 요청한 경제 비서 동지도 무사하지 못할 것이고."

그러고는 주안식이 턱을 들었다. 나가보라는 표시다.

성북동의 지하실 안, 한국 시간으로 오후 3시 반.

임연화가 휴대폰의 스피커 버튼을 누르고 나서 말했다.

"왕 부장님, 강성배 씨가 입금한 금액 전체를 서울 시티은행으로 입금해 주시죠."

"본인의 요청입니다. 지금 총경리께도 연락을 해 놓았으니까 확인을 해보시죠."

"총경리께도?"

"네, 지금 은행에 돌아오셨을 테니까요."

"무슨 말인지……."

"확인해 보세요."

"이봐, 총경리님 만나는 게 쉬운 일인 것 같아? 그리고 그런 거금을 갑자기……."

"당신이 그 자리에 앉아 있으려면 서둘러야 될 거예요."

"아니, 이 여자가 간덩이가 부었나?"

"좋아. 이 돼지 같은 자식아."

버럭 소리친 임연화가 고개를 들었을 때 박기준이 손을 뻗어 종료 버튼을 눌렀다.

"이런 망할 년이 갑자기 미쳤나?"

입출부장 왕탄이 어깨를 부풀리며 시근거렸다.

신성은행 본사의 입출부장은 은행장인 총경리 휘하의 최고위 간부, 10위권 안에 드는 거물이다.

신성은행은 중국에서 7번째 서열의 은행이다.

서울로 파견된 임연화는 중급 간부에 불과하다.

왕탄은 지금 부장실 안에서 씩씩거리고 있다.

왕탄이 컴퓨터를 켜고 강성배의 자료를 보았다.

근래에 들어서 여러 차례에 걸쳐 3,150만 불을 입금했다.

본래 3,300만 불을 입금했는데 150만 불은 총경리를 중심으로 고위층 10명이 나눠 먹은 것이다.

그중에 왕탄도 끼어있다.

"빌어먹을 년."

다시 욕설을 뱉은 왕탄이 컴퓨터에서 시선을 떼었을 때다.

그때 전화벨이 울렸다.

전화기를 든 왕탄이 응답했다.

"예, 왕탄이오."

"나, 총경리인데."

방소환의 목소리다.

화들짝 놀란 왕탄이 전화기를 고쳐 쥐었다.

"예, 총경리 동지."

"너, 내가 지시했다는 말 못 들었어?"

"예? 무, 무슨……."

"이 개 같은 자식아. 강성배의 입금된 금액을 서울로 보내라는 말 말이다. 이 후레자식아."

"총, 총경리 동지."

"내 지시를 무시해?"

"총, 총경리 동지. 저는……."

"지금 당장 입금해!"

"예, 총경리 동지."

"다시 서울에서 연락이 올 테니까 말야! 알아들어?"

"예, 총경리 동지."

왕탄이 이마에 흘러내리는 땀을 손등으로 닦았다.

한 시간 후, 서울 성북동의 지하실 안.

임연화가 고개를 들고 이동욱을 보았다.

"서울 시티은행으로 입금했습니다. 확인해 보세요."

그러자 이동욱 뒤에 서 있던 박기준이 몸을 돌려 방을 나갔다.

이동욱의 시선이 옆쪽에 앉은 강성배에게 옮겨졌다.

"넌 어떻게 살고 싶어?"

"살려주십시오."

강성배가 어눌한 목소리로 말했다.

"살려만 주시면 눈앞에서 사라지겠습니다."

"네가 회사에 끼친 피해는 어떻게 보상할 거냐?"

자리에서 일어선 이동욱이 말을 이었다.

"다시 결산을 해보도록 하지."

다음 날 오전 11시가 되었을 때 안가로 연합 법인의 전무이사 한재구가 찾아왔다.

응접실에 들어온 한재구가 이동욱에게 말했다.

"오늘 자로 한국 법인의 사장으로 사장님이 임명되셨습니다. 전임 강 사장은 본사 기조실로 발령이 났습니다."

이동욱이 고개만 끄덕였다.

강성배는 지금 지하실에 있는 것이다.

횡령한 자금은 모두 회수했지만 빼돌린 정보를 확인해야만 한다.

한재구가 들고 온 서류 봉투를 이동욱 앞에 놓았다.

"참고하실 서울 법인 자료를 가져왔습니다. 필요하신 건 비서실로 연락하시지요."

이제는 한국 법인 사장인 것이다.

"알았어요. 내일부터 출근하지."

"알겠습니다, 사장님."

고개를 든 한재구가 이동욱을 보았다.

"3,300만 불이 입금되니까 경리부 직원들이 이게 무슨 돈이냐고 묻습니다. 아직까지도 강성배가 횡령한 금액이 자료상으로 나타나지 않았기 때문이죠."

"한 전무 덕분이오. 조금만 늦게 알았다가는 그놈이 중국에서 잠적할 뻔했어요."

이동욱이 정색했다.

"강성배는 중국 출장을 간 것으로 하세요. 마침 가족도 중국에 있으니까."

"알겠습니다."

한재구가 길게 숨을 뱉었다.

강성배의 횡령 사건이 순식간에 끝난 것이다.

<2권에 계속>